J. C. CERVANTES

Ren gegen die Götter

NACHTKÖNIGIN

In der Reihe »Rick Riordan Presents«
sind erschienen:

Zane gegen die Götter

Sturmläufer

Feuerhüter

Schattenspringer

Ren gegen die Götter

Nachtkönigin

Band 2 erscheint im Herbst 2024

Aru gegen die Götter

Die Wächter des Himmelspalasts

Im Reich des Meeresfürsten

Das Geheimnis des Wunschbaums

Die Magie der goldenen Stadt

Sikander gegen die Götter

Das Schwert des Schicksals

Der Zorn der Drachengöttin

Tristan gegen die Götter

Band 1 erscheint im Sommer 2024

Weitere Bände sind in Vorbereitung

J. C. CERVANTES

REN GEGEN DIE GÖTTER

NACHTKÖNIGIN

Band 1

Aus dem amerikanischen Englisch
von Katharina Orgaß

Ravensburger

Im Glossar ab Seite 369 findest du
viele nützliche Erklärungen zu Begriffen, die in diesem Buch
vorkommen, sowie Hinweise zu deren Aussprache.

MIX
Papier | Fördert
gute Waldnutzung
FSC® C111262

1 3 5 4 2

Deutsche Erstausgabe

Postfach 2460, D-88194 Ravensburg

Die Originalausgabe erschien 2022 unter dem Titel
»The Lords of Night« bei Disney • Hyperion,
einem Imprint von Buena Vista Books, Inc.

Published in agreement with the author,
c/o BAROR INTERNATIONAL, INC., Armonk, New York, U.S.A.

Umschlaggestaltung: Miriam Wasmus unter Verwendung
einer Illustration von Jann Kerntke und
eines Bildes von AdobeStock/Анна Богатырева

Printed in Germany

ISBN 978-3-473-40233-5

ravensburger.com

Für alle Mädchen,
die »Nein« zu hören bekommen

1

Der Anfang (irgendwie)
Sieben Monate davor

Es war einmal ein Mädchen, das wusste nicht, wer sie eigentlich war. Sie konnte nicht richtig mit ihrer Schattenmagie umgehen und wusste nicht, woher diese Magie stammte. Sie wusste nur, dass die Magie aus ihrem tiefsten Inneren kam.

Doch um das alles zu verstehen, müssen wir von vorn anfangen – irgendwie.

So ging es nämlich los:

Es war Abend. Sie hatte sich unter die Bettdecke gekuschelt und las ein Buch über Mayagötter und Magie und Flüche und einen ziemlich schrägen Jungen namens Zane Obispo. Das Buch war superspannend, aber leider rückte das Ende unaufhaltsam näher. Alles hat irgendwann ein Ende.

Ren wollte das Buch eben zuklappen, da leuchtete der letzte Satz auf der letzten Seite plötzlich grünlich-golden auf. Sie blinzelte ein paarmal kräftig. Spielten ihre Augen ihr einen Streich? Hoffentlich. Aber nein – das Leuchten war keine Einbildung.

Irgendwann, wenn du am allerwenigsten damit rechnest, vernimmst auch du den Ruf der Magie.

Als Nächstes spürte sie den unwiderstehlichen Drang, den Satz laut nachzusprechen: »… vernimmst auch du den Ruf der Magie …«

Erst geschah gar nichts. Doch dann, vier Minuten und fünfzehn tiefe Atemzüge später, hörte sie, wie drüben in der Küche eine Bratsche eine wohlbekannte Melodie spielte. Die Klänge fluteten durch die Diele und unter ihrer geschlossenen Zimmertür hindurch.

Ren schlug das Herz bis zum Hals. Das war nicht irgendeine Melodie – es war das Lieblingslied ihres Vaters, das er extra für sie geschrieben hatte. Aber das war ausgeschlossen! Er war vor sechs Jahren gestorben und mit seinem geliebten Instrument begraben worden.

Draußen zuckten Blitze über den Himmel. Anscheinend war ein Gewitter im Anzug. Das kam in Galveston, Texas, öfter vor.

Etwas braute sich zusammen.

Die Melodie wurde schneller, lauter, drängender. Ren war jetzt ganz sicher, dass es die Bratsche ihres Vaters war. Das Instrument hatte beim Spielen immer ein bisschen gequietscht.

Sie bekam einen Schreck. Konnte sie die Worte zurücknehmen? Vielleicht, indem sie den Satz rückwärts aufsagte? Schon flackerte ein weiterer grellweißer Blitz über den Nachthimmel.

Als Nächstes scharrte es auf dem Dach über ihrem Zimmer. Unwillkürlich sah sie eine Leiche vor sich, die versuchte, aus ihrem Sarg auszubrechen. Nicht dass sie so etwas schon mal erlebt hatte, aber dummerweise hatte sie mit ihren dreizehn Jahren schon zu viele Zombiefilme gesehen.

Ren wusste, was sie zu tun hatte. Sie hatte diesen Augenblick schon oft durchgespielt. Sie schlug die Decke zurück, schwang die Beine aus dem Bett und zog ihre roten Cowboystiefel an.

Als sie aus dem Zimmer trat, erschien ihr *abuelo* in der Diele. Die plustrigen grauen Haare umwogten seinen Kopf wie eine Gewitterwolke. »Jetzt erfüllt es sich,« sagte er gedämpft.

Von seinem Ton überlief es Ren kalt.

Eines Tages wird sich deine Schattenmagie offenbaren, hatte er Ren prophezeit. *Dann musst du von hier weg. Du musst fliehen und dich verstecken.*

Ihr wurde flau im Magen. War es jetzt so weit, weil sie den Satz nachgesprochen hatte? *Aber es ist doch bloß ein Buch!* Ein Buch, das sie noch in der Hand hatte.

Es schnürte ihr die Kehle zu. »Hörst du *Papá* auch? Er spielt mein Lied!«

Ihr Großvater schüttelte den Kopf und schaute an die Decke. »*Mira*«, sagte er im Flüsterton, »wir steigen jetzt ganz leise ins Auto, so wie wir es geübt haben. *¿Me escuchas?* Und dann folgen wir der Musik. Deinem Lied.«

Für Fragen und Einwände war keine Zeit mehr. Ren konnte nicht mal mehr ihren Laptop mit den Blogbeiträgen über Außerirdische einpacken. Sie schaffte es gerade noch, eine Kapuzenjacke über ihr graues NASA-Schlafshirt und die mit Raumschiffen gemusterte Schlafanzughose zu ziehen, dann scheuchte ihr Großvater sie auch schon in die Garage und ins Auto.

Die Bratschenklänge wurden noch lauter.

Statt mit der Fernbedienung öffnete ihr *abuelo* das Garagentor ganz langsam von Hand. Jeder Zentimeter schien eine Ewigkeit zu dauern.

Der nächste Blitz. Ein unheilvolles Grollen erfüllte die Nachtluft.

Als Rens Großvater ins Auto stieg, fing es an zu regnen. Er lenkte den kleinen Honda aus der Garage und schaute alle zwei Sekunden in die Seitenspiegel.

»Abuelo …«

»Pssst!«

Es war mitten in der Nacht. Kein Verkehr, keine Menschen, nirgends rührte sich etwas.

Inzwischen schüttete es und die Blitze waren so gleißend, dass sogar die Sonne geblendet gewesen wäre.

»Du musst mir sagen, wo dich die Musik hinführen will.« Rens Großvater wischte sich den Schweiß von der Stirn.

Sie zögerte. Was würde passieren, wenn sie sich irrte? Doch ihr Dad hätte sie niemals im Stich gelassen, wenn es um ihr Leben ging. Sie atmete tief durch und spitzte die Ohren. »Fahr nach rechts.«

Ihr Großvater überfuhr die rote Ampel und bog scharf nach rechts ab. »Ich weiß, dass du deine Schatten noch nicht richtig im Griff hast.« Er holte zittrig Luft. »Aber das lernst du schon noch. Deine Macht wird wachsen.«

»Aber wo soll ich mich denn verstecken? Und wie lange?« Ren fand diese Fragen durchaus angebracht. Wenn sie das Ganze durchgegangen waren, hatten sie diese Punkte nie angesprochen.

Rums! Glänzende schwarze Flügel verdeckten die Windschutzscheibe.

Ren schrie auf.

Ihr *abuelo* trat auf die Bremse. Der Honda drehte sich schlitternd um 180 Grad und das Flügelwesen wurde durch die Luft geschleudert.

Was war das? Ein Riesenvogel? Oder eine Riesenfledermaus? Ren klammerte sich an ihren Sitz.

»Du musst ruhig bleiben«, sagte ihr Großvater.

Ruhig? Wie denn?! Doch sie wussten beide, dass Ren jetzt nicht durchdrehen durfte. Stress löste ihre Anfälle aus, ihre Absenzen, und das Bewusstsein zu verlieren war das Letzte, was sie in dieser Situation gebrauchen konnte.

»Jetzt nach links«, sagte sie.

Ihr Großvater gab wieder Gas.

Ein schauriges Knurren hallte durch die Nacht.

Nicht hinsehen. Nicht hinsehen. Nicht hinsehen.

Die mondbeschienene Bucht kam in Sicht. »*Papá* will, dass wir ans Meer kommen!« Ein ungutes Gefühl beschlich Ren.

»Das war eigentlich klar«, sagte ihr *abuelo* wie im Selbstgespräch. Dann: »Kannst du deine Schatten beschwören? Um diese … Viecher aufzuhalten?«

¿En serio? Ich kriege ja kaum Luft! Doch sie kämpfte ihre Panik nieder, denn was blieb ihr anderes übrig? Sie schloss die Augen und konzentrierte sich so krampfhaft, dass ihr beinahe eine Schläfenader platzte. Es nützte nichts.

Im nächsten Augenblick waren beide aus dem Auto gesprungen und rannten den Kai entlang. Inzwischen nieselte es nur noch leicht, aber die schwarzen Flügelwesen … Ren spürte, dass sie näher kamen. Die Musik schwoll immer mehr an.

Dann verstummten die Klänge jäh und Ren blieb stehen. Im Wasser schaukelte ein Ruderboot. Ihr war sofort klar, was das zu bedeuten hatte. *Das geht gar nicht als Fluchtfahrzeug! Kann ich nicht eine Yacht nehmen?*

»*¿Eso es todo?*«, fragte ihr Großvater mit skeptischer Miene.

Ren nickte. Ihr kamen die Tränen. »Da sind ja nicht mal Ruder drin!« Auch keine Decke oder Proviant. Oder etwas zu trinken. Sie verdrängte den Gedanken daran, was sonst noch alles passieren konnte. Es gab Schlimmeres, als nichts zu essen zu haben. Riesenhaie mit Riesenzähnen und einem Riesenhunger zum Beispiel. *Warum habe ich bloß immer so viele Haifilme geguckt?*

»Die Magie wird dich leiten.« Die Stimme ihres *abuelo* schwankte. »Und wo auch immer das Boot dich hinbringt, denk daran –«

»Dass ich von den mächtigsten Schattenbrujos aller Zeiten abstamme«, beendete Ren den Satz. Leider war sie selbst keineswegs überzeugt, dass ihr das helfen würde.

»Du musst los, Renata.«

Sie gab sich einen Ruck und kletterte in das Boot. Sie würde es schaffen. *Musste* es schaffen.

Wieder das dumpfe Knurren. Es klang hungrig. Dann fiel wie aus dem Nichts ein Wirbel aus Krallen, Flügeln und glühenden schwarzen Augen über sie her.

Instinktiv schützte sie den Kopf mit den Armen.

Und auf einmal waren die Schatten zur Stelle. Wie ein engmaschiges Netz senkten sie sich auf die kreischenden Ungeheuer herab und fingen sie im Flug ein. Rens Fingerspitzen kribbelten, als stünden sie unter Strom.

Die Flügelwesen heulten zornig und wehrten sich vergeblich gegen das Netz.

»Nicht schlecht.« Rens Großvater rang sich ein stolzes Lächeln ab.

»Ich will dich aber nicht allein lassen, Abuelo!«

Trotzdem verabschiedeten sie sich hastig. Eine letzte tränenreiche

Umarmung und die Versicherung, dass sie einander ganz bestimmt wiedersehen würden.

Das Boot trieb vom Kai weg und aufs offene Meer hinaus wie von unsichtbaren Händen gesteuert. Eine Schattendecke legte sich darüber, sodass Ren nicht mehr zu sehen war. Sie setzte die Kapuze auf und zog die Knie an, um das Buch und sich selbst zu schützen. *Nicht an Haie denken!* Sie bekam Herzklopfen. *Und auch nicht an die abscheulichen Flügelmonster.* Ihr Herz schlug noch schneller. *Und schon gar nicht daran, wo mich das Boot hinbringt.* Ihr Puls raste.

Nicht aufregen. Nicht jetzt!

Ich muss bei Bewusstsein bleiben. Ich muss –

Ihr wurde schwarz vor Augen.

Das Boot glitt durchs Wasser, Renata Santiagos Bestimmung entgegen. Und obwohl sie auf der Ruderbank saß, ging ihr Geist eigene Wege. Er flüchtete sich an einen wunderschönen Ort, wo der Himmel rosa, violett und silbern gestreift war. Wo auf einem seidenen Kissen eine Krone aus Jade lag. Doch es war kein Traum, sondern eine tief verschüttete Erinnerung.

Eine Erinnerung, die ihr erst über ein Jahr später wieder in den Sinn kommen würde.

2

Sieben Monate danach
Xiuhtecuhtli

Der Nordwind toste, als wären zehntausend Götter losgelassen. Die Bäume schwankten und bogen sich. Ja, der Himmel selbst erzitterte vor Furcht. Feuer loderten aus dem Nichts auf und versengten die Erde von Kansas. Jemand raunte: »Es ist so weit.«

Und dann erschien der erste Fürst der Nacht, der Fürst des Feuers. Er erhob sich in den Flammen, die von seinem Zorn angefacht wurden, und öffnete die Augen.

Er hatte lange, lange geschlummert.

3

DU SPINNST TOTAL!

Als Ren das E-Mail-Postfach zu ihrem Blog öffnete und die oberste Betreffzeile las, futterte sie gerade ein Stück Pizza. Der Blog hieß *Himmelsbeobachterin* und beschäftigte sich mit Sichtungen von Außerirdischen und dergleichen.

Ren blinzelte ungläubig. Überflog die Zeile noch einmal, als hätte sie sich vielleicht verlesen. Nein. Die drei Wörter waren unmissverständlich. Ihr Blick fiel auf den Betreff der nächsten Mail und sie schnappte nach Luft. Der angeknabberte Pizzarand fiel auf den Tisch.

DU BIST EINE HOCHSTAPLERIN!

Okay, sie war den ganzen Sommer weg gewesen und hatte nichts gepostet und sich auch nicht mit ihren Followern ausgetauscht, aber hallo? Zufällig hatten sie und ihre Freunde die Welt gerettet! Ihre Wangen glühten, als ihr Blick auf den nächsten Betreff fiel.

HAST DU SONST KEIN LEBEN?

Dann: WIR WOLLEN BEWEISE, CHICA! Das kam von jemandem, der sich Chewbaccabro nannte. Rens Kehle schnürte sich zu.

Ihr war zumute, als würde ihr Herz implodieren – nicht einmal, nicht zweimal, sondern immer und immer wieder.

Und so gemein die Mails auch waren, sie konnte nicht wegschauen. Und auch nicht aufhören zu zittern. Als sie in Gedanken eine Entgegnung formulierte, wurde ihr ganz heiß. *Beweise? Du willst Beweise, Mr Chewbaccabro? Wie wär's mit einem Ausflug in die Maya-Unterwelt? Außerdem ist Chewbacca ein viel zu cooler Name für dich.*

Ehe sie sich's versah, quoll ein Schatten aus dem Fußboden und nahm den Umriss einer Löwenpranke an. Eine Kralle drückte die einzige Taste auf ihrem Laptop, die infrage kam.

Löschen.

Löschen.

Löschen.

Tränen brannten ihr in den Augen, als sie den Schatten mittels Gedankenkraft dazu brachte, nacheinander sämtliche beleidigenden Mails zu löschen. Dabei hatte sie schon Erfahrung mit Mobbern, vor allem mit solchen, die sich hinter ihren Computern versteckten. Die Typen waren keinen zerkauten Pizzarand wert! Sie wollten bloß provozieren, Ren fertigmachen. Doch diese Genugtuung gönnte sie ihnen nicht. Auch wenn die Versuchung groß war, zurückzuschreiben: *Bist du immer so ein Arsch?*

Sie wischte sich die Tränen ab, ließ den Schatten verschwinden, holte tief Luft und schloss die Augen. Sie würde meditieren. Sich in eine friedliche Zen-Welt versetzen, wie sie es immer machte, wenn sie sich aufregte, unter Stress stand oder Angst bekam. Doch nachdem sie zehn Sekunden lang ruhig und gleichmäßig geatmet hatte, machte ihr Laptop *Ping*. Beinahe hätte sie den FaceTime-Anruf ignoriert, doch als sie kurz ein Auge aufmachte, sah sie, von wem er kam.

Rasch riss sie sich zusammen. »Hey, Marco.«

Aber statt dem Gesicht ihres Freundes sah sie nur den Fußboden seines Zimmers. Der Boden war mit fallen gelassenen Klamotten übersät, zerknüllten Papierbögen und insgesamt drei Paar schlammverschmierten Footballschuhen.

»Hallo«, hörte sie Marco sagen. »Du bist zu schnell rangegangen. Leg wieder auf.«

»Warum soll ich dich nicht sehen?«

Er ließ sich auf seinen Schreibtischstuhl fallen und drehte den Monitor so, dass sie sein Gesicht und die schuhcremeschwarzen Streifen unter seinen Augen erkennen konnte. Über den Kopf hatte er ein Handtuch gelegt, wie ein Boxer, der in der Ringecke kurz verschnaufte. »Ich hab mich grade umgezogen. Und frisch gemacht.«

»So siehst du gar nicht aus.«

»Du kriegst ja nicht mit, wie gut ich rieche.« Er riss mit den Zähnen einen Proteinriegel auf und biss davon ab. Marcos Vater war der Kriegsgott der Mayas. Normalerweise schlug er erst zu und stellte hinterher Fragen. »Ich hab dir haufenweise Nachrichten geschickt«, sagte er. »Warum ghostest du mich?«

»Mein Handy war runtergefallen und das Display ist gesprungen. Ich musste mir ein neues Telefon besorgen und habe es noch nicht eingerichtet.«

Das Handtuch über seinem Kopf rutschte herunter und enthüllte frisch blondierte Haare mit blauen Streifen.

»Was sollen denn die Streifen?«, fragte Ren erstaunt.

Als Marco antwortete, spuckte er Krümel über den Tisch. »Die haben wir jetzt alle.« Er trank einen Schluck aus einer Edelstahlflasche. »Teamgeist und so.«

»Haare färben fördert den Teamgeist?«

Marco verzog ärgerlich das Gesicht.

»Okay, okay, mit Football kenne ich mich nicht aus«, sagte Ren rasch, »aber findest du den Look wirklich cool? Mich erinnert er eher an einen Clown ...« Gedämpft setzte sie hinzu: »Du setzt aber bei euren Spielen nicht deine göttlichen Kräfte ein, oder?«

Marco besaß übermenschliche Körperkräfte und konnte außerdem jede beliebige Person täuschend ähnlich nachahmen – Stimme, Bewegungen, alles. Während ihrer Ausbildung an der SCHAFOMA, der Schamanenschule für Fortgeschrittene Magie, hatte er diese Fähigkeit noch vervollkommnet. Er hätte sich jederzeit in einen NFL-Profispieler verwandeln können.

»Ich bin auch ohne Superkräfte der weltbeste Quarterback«, erwiderte er. »Aber egal. Hast du dir mal das bescheuerte Aufsatzthema angesehen, das ich dir geschickt habe?«

»Du meinst den Aufsatz, den ich für dich schreiben soll?«

»Ich mein's ernst, Ren!«

»Noch nicht. Ich ... ich hatte mit meinem Blog zu tun.« *Und mit einer Horde Hater.*

»Du weißt doch, dass ich aus dem Team fliege, wenn meine Noten zu schlecht sind. Und ich habe echt keine Zeit, mir irgendwas über tote Präsidenten aus den Fingern zu saugen. Außerdem habt ihr es nur mir zu verdanken, dass ihr alle in die Gegenwart zurückkehren konntet. Da habe ich ja wohl noch was gut.«

Wie oft wollte er sich noch auf seine Heldentat berufen? Ja, als Ren und die anderen ins Jahr 1987 zurückgekehrt waren, um die Mayagötter zu befreien, hatte Marco das goldene Seil gehalten, das die Zeitreisenden in der Gegenwart verankert hatte. Aber es war Rens Freund

Hondo gewesen, Zanes jugendlicher Onkel, der unter unaussprechlichen Qualen das andere Ende festgehalten hatte.

»Ist was?«, fragte Marco. »Du siehst aus, als ob … Geht's dir nicht gut?«

Hätte Ren ihm von den Hatern erzählt, hätte er einen nach dem anderen aufgespürt, kopfüber in eine Mülltonne gestopft und den Deckel mit Zement verschlossen. Mindestens. Wenn Marco beschrieb, was er mit seinen Feinden anstellen würde, gab es immer eine *noch* brutalere Alternative. Peinlicherweise war Ren trotzdem kurz in Versuchung, sich bei ihm auszuheulen, doch ihre innere Stimme warnte: *Schlechtes Karma.*

»Wie geht es *dir* denn?«, fragte sie stattdessen zurück. »Ist es dir nicht schwergefallen, ohne uns nach Hause zurückzukehren, wieder auf eine normale Schule zu gehen und –«

»So zu tun, als wäre ich normal, meinst du?« Mit finsterer Miene rieb sich Marco die tiefe Narbe am Kinn. »Du meinst, dass ich nicht über meine übernatürlichen Fähigkeiten reden darf? Darüber, wer ich in Wahrheit bin?«

Richtig.

Nicht, dass Ren irgendetwas bereut hätte. Sie hatte es nie bedauert, dass sie in jener schicksalhaften Nacht vor sieben Monaten ihrer Bestimmung gefolgt war und auf der Insel Holbox Zane Obispo kennengelernt hatte, den Sohn von Hurakan, dem Mayagott des Gewitters. Wäre sie damals nicht in das Boot gestiegen, hätte sie nie erfahren, dass ihre Mutter Pazifik war, die Mayagöttin der Zeit. Und Ah-Puch, der Mayagott des Todes, der Finsternis und der Zerstörung, wäre jetzt nicht ihr bester Freund.

Klar hörte es sich aufregend an, sein normales Leben mit Schule und Hausaufgaben und so weiter hinter sich zu lassen, um sich nach Xi'balb'a zu begeben, in die Unterwelt der Mayas, dort mit einem skrupellosen Kalender zu verhandeln und einen fiesen Fledermausgott sowie eine gesichtslose Göttin zu besiegen. Aber es war auch supergruselig gewesen.

Und manchmal, wenn Ren allein war, machten ihr die Folgen zu schaffen. Es belastete sie, die mächtigste Gottgeborene von allen zu sein, weil sie außerdem noch eine Schattenhexe war, die inzwischen auch das Zeitseil ihrer Mutter besaß.

Doch meistens gelang es ihr, das Ganze zu verdrängen. So zu tun, als wäre sie wie alle anderen. Auch wenn sie immer wieder spürte, dass die Zukunft an ihr zog, ihr eine Richtung vorgeben wollte, für die sie noch nicht bereit war.

Unwillkürlich tastete sie nach dem Zeitseil, das sie in eine Goldkette verwandelt um den Hals trug.

Da ploppte auf ihrem Laptop wieder eine E-Mail auf. Der Absender nannte sich Sir Switchblade und der Betreff lautete: ACHTUNG – AUSSERIRDISCHE GESICHTET! HILFE!!!!

Ren überflog den Text. Anscheinend hatte der Absender in einem Maisfeld in Kansas etwas Ungewöhnliches beobachtet: Blitze, die keinen natürlichen Ursprung zu haben schienen, sondern einer »Monster-Lightshow« glichen, wie sich Sir Switchblade ausdrückte. Dazu sechs Gestalten. Eine hatte blaue Haut, glühende Augen und Furcht einflößende Zähne gehabt, von denen gelber Sabber tropfte.

Das hörte sich eher nach einem Dämon an als nach einem Außerirdischen. Hielt vielleicht Ixtab, die Göttin der Unterwelt, außerhalb von Xi'balb'a Truppenübungen oder so was ab?

Dann las Ren die letzten Sätze:

Außer dem blauen Typen waren noch fünf Jugendliche da. Ein Mädchen hat sich vor meinen Augen in eine Schlange verwandelt. In eine rote Riesenschlange, länger als der Müsli-Gang im Supermarkt!

»REN!«, rief Marco schallend.

Sie riss sich zusammen und blickte wieder in die Laptop-Kamera. »Brüll nicht immer so!«

»ICH BRÜLLE NICHT!«

Nein, gar nicht.

»Wie es aussieht, haben wir ganz andere Probleme als dein Footballteam und deine Lautstärke«, sagte Ren.

Sie las Marco den Hilferuf vor.

»Und was schließen wir daraus?«, sagte Marco grinsend.

»Dass die Gottgeborenen dahinterstecken, die sich nach Montana abgesetzt haben.«

»Ist das nicht ein bisschen weit hergeholt?«

»Wer außer Serena kann Riesenschlangen erscheinen lassen?« Ren drückte auf Senden. »Und mit ihr waren es fünf Abtrünnige.«

Ren würde niemals den schrecklichen Abend vergessen, als Zane auf einen Tisch geklettert war und die anderen Gottgeborenen aufgefordert hatte, sich der Befreiungsaktion für die Mayagötter anzuschließen. Alles hatte gut ausgesehen, bis Serena (die Tochter der Mondgöttin Ixchel) und ihre Freunde verkündet hatten, dass jetzt die Gelegenheit für einen Aufstand gekommen war. Serena hatte sich zunutze machen wollen, dass die Mayagötter im Jahr 1987 festsaßen. Sie und die vier anderen wollten die Macht an sich reißen.

Marco nickte. »Ja, ich erinnere mich. So was brauch ich echt nicht noch mal.«

»Es war, als würde eine Banane im Zeitraffer verfaulen.«

»Das ist eine bescheuerte Metapher.«

»Das ist keine Metapher, sondern ein Gleichnis.«

Marco verdrehte die Augen. »Und was wollen diese Loser in Kansas?«

Das hätte Ren auch gern gewusst, aber ihr fiel keine Erklärung ein. Bis sich wieder die leise Stimme in ihrem Hinterkopf meldete.

Sie wollen zu Ende bringen, was sie angefangen haben.

4

»Vielleicht gibt es dort ja eine Pforte.« Ren tippte hektisch auf ihrem neuen Handy herum, um es einzurichten.

»Eine Pforte wohin?«, entgegnete Marco. »Zum Loserhead Stadium der Chiefs?«

»Welche Chiefs?«

»Das Football-Team von Kansas City? Nie gehört?« Dann: »Außerdem sind es …« Sie sah, wie er tippte. »… zweitausendfünfhundert Kilometer von Montana nach Kansas. Wie sind die fünf dort hingekommen?«

»Dass sich die *cinco* abgesetzt haben, ist ja schon ein paar Monate her. Vielleicht haben sie irgendwo einen Pfortenplan aufgetrieben. Vielleicht haben sie irgendwas Heimtückisches vor. Vielleicht –«

»Hör auf mit deinem ewigen *Vielleicht*. Das nervt.« Marco beugte sich so weit vor, dass Ren in seine Nasenlöcher spähen konnte. »Bestimmt haben sich die Feiglinge irgendwo versteckt.«

»Wir müssen nach Xi'balb'a und Ixtab verständigen«, sagte Ren.

»*Wir?*« Marco lehnte sich zurück, sodass Ren wieder sein ganzes Gesicht sah. »Ich hab morgen Abend ein wichtiges Spiel.«

»Du kannst rechtzeitig wieder da sein. Die Abtrünnigen führen nichts Gutes im Schilde, das spüre ich.« Als ihr Freund keine Miene verzog, setzte Ren hinzu: »Sie haben einen Dämon dabei. Das ist nicht normal.« Wobei es so etwas wie »normal« in der Mayawelt nicht gab. Aber wenigstens hatte Ren in dieser Welt das Gefühl, dazuzugehören.

»Vergiss es. Ich gehe nicht mehr in dieses Leichenhaus zurück. Ich habe keinen Bock mehr auf Dämonen und Eiterflüsse und den ganzen Kram. Und was können fünf kümmerliche Gottgeborene schon anrichten? Den Göttern können sie sowieso nichts tun.«

»Dein Spiel ist dir wichtiger, als herauszufinden, was die Abtrünnigen vorhaben?«

Marco antwortete nicht sofort, sondern fuhr sich durch die albernen blau gestreiften Haare. Doch als Ren schon glaubte, sie hätte ihn endlich überzeugt, rollte er mit seinem Stuhl ein Stück zurück und erwiderte: »Du hast es erfasst. Das Spiel ist mir wichtiger. Hier in Waco dreht sich alles um Football.«

»Marco!«

»Es geht um meine Zukunft, Alter. Wenn ich später in einem Collegeteam spielen will, darf ich jetzt keine Gelegenheit verpassen, dass mich ein Scout entdeckt.«

»Aber du bist doch erst in der achten Klasse.«

»Eben. Und ich will es nächstes Jahr in die Juniorenmannschaft schaffen. Da muss ich mich jetzt reinhängen.«

»Also gut.« Ren strich sich den zu langen Pony aus den Augen. »Dann rufe ich Zane an.«

»Hast du nicht mitgekriegt, dass er momentan nicht zu erreichen ist?«

»Wieso das denn?«

»Weil er und Hurakan untergetaucht sind. Sie wollen rausfinden, warum so viele Götter nach der verunglückten Zeitreise immer noch nicht wieder erwachsen sind.«

»Das kann nicht sein. Zane hätte sich auf jeden Fall von mir verabschiedet. Bist du sicher?« Vielleicht hatte Marco ja etwas missverstanden.

Als Marco sich die Augen rieb, verschmierte er die schwarze Farbe über sein Gesicht. »Alle anderen wissen Bescheid. Bestimmt hat Zane dir auf deinem kaputten Handy eine Nachricht hinterlassen.«

Rens neues Telefon lud noch. Sie ließ das Display nicht aus den Augen.

»Vielleicht solltest du nicht so viel Zeit mit deinem komischen Blog verplempern«, schob Marco nach.

»Mein Blog ist nicht komisch«, erwiderte Ren ärgerlich. »Aber okay, dann rufe ich eben Brooks an.«

»Die ist auf einer Undercover-Mission.«

»Dann eben Adrian und Alana.«

»Die sind auf Weltreise.«

»Dann Louie.« Der ängstliche Sohn des Regengottes würde ihr bestimmt helfen.

»Der arbeitet an einem wichtigen Forschungsprojekt.«

»Bist du jetzt die Chefsekretärin der anderen und verwaltest ihre Termine, oder was?«

»Haha. Ich kann nichts dafür, dass sie mich auf dem Laufenden halten. Wetten, du hast nicht mal gewusst, dass Hondo und Quinn den Kilimandscharo ersteigen? Wobei sie wahrscheinlich fliegt und ihn zu Fuß laufen lässt.«

Ren fühlte sich plötzlich ausgeschlossen. Alle hatten etwas vor, nur sie nicht.

Sie hörte, wie Marcos Mutter ihn zum Abendessen rief. »Komme!« Zu Ren sagte er: »Wetten, diese Kansas-Sache ist bloß Zufall?«

»Ich glaube nicht an Zufälle.«

»Du kannst die Nachricht doch auch einfach an Ixtab weiterleiten und gut ist.«

»Die Göttin der Unterwelt hat bestimmt keine Mailadresse.«

»Wie du meinst.« Marco stand auf.

»Dann gehe ich eben allein.«

»Von mir aus, aber kannst du vorher noch meinen Aufsatz schreiben?«

Auf Rens Bildschirm erschien eine neue Mail von Sir Switchblade.

Hab noch was vergessen. In das Maisfeld ist
ein riesengroßes Symbol eingebrannt.

Ein Symbol? *Endlich ein Beweis!* Wenn Ren sich ein Foto davon beschaffen konnte und es authentisch aussah, konnte sie es in ihrem Blog posten und die Hater würde die Klappe halten. Dann wäre ihr Ruf als ernst zu nehmende Außerirdischen-Beobachterin wiederhergestellt.

»Hör dir das mal an«, wandte sie sich an Marco. Doch als sie ihm die Nachricht vorlas, wirkte er nicht besonders beeindruckt. Ren griff zu einem letzten Mittel. »Wie wär's mit einer Abmachung?«

»Abmachungen sind blöd.«

»Vergiss Xi'balb'a. Wenn du mich nach Kansas begleitest, schreibe ich dir das ganze Schuljahr alle Aufsätze.«

Marcos Kopf ruckte nach hinten, als müsste er einem Kinnhaken ausweichen. »Alle?!« Er setzte sich wieder hin.

Ren nickte. Hoffentlich schluckte er den Köder. Klar war es eigentlich nicht in Ordnung, wenn sie seine Hausaufgaben übernahm, aber vielleicht konnte sie es ja als eine Art Nachhilfe aufziehen, sodass er irgendwann allein zurechtkam. Aber damit konnte sie sich später noch befassen.

Marco breitete die Arme mit nach oben gewandten Handflächen aus, als würde er in jeder Hand ein Stück Obst abwiegen. »Mal überlegen ... Soll ich mich ins Revier der Chiefs begeben oder lieber schlechte Aufsätze schreiben?« Er hob und senkte die Hände abwechselnd. Dann: »Wenn du *zwei* Jahre lang meine Aufsätze schreibst und wir noch heute losziehen und ich rechtzeitig zu meinem Spiel wieder da bin – dann meinetwegen.«

Ren stieß einen Jubelschrei aus und streckte ihrem Monitor die Hand hin, als könnte Marco einschlagen. »Abgemacht!«

»Aber du musst mich abholen kommen.«

»Wieso?«

»Weil ich meinen Pfortenplan sozusagen geschrottet habe.«

Jeder, der an der Befreiung der Götter mitgewirkt hatte, hatte so einen Plan bekommen. Ein tolles Geschenk, weil man durch die magischen Pforten praktisch überall hingelangen konnte.

»Wie schrottet man denn einen Pfortenplan?«

»Ist doch egal.« Marco wurde lauter. »Er ist im Arsch, okay?«

»Jetzt werd doch nicht gleich sauer! Du musst dich echt besser in den Griff kriegen.«

»Ich bin der Sohn des Kriegsgottes, Rena-a-a-ta«, erwiderte er und zog das A in die Länge wie jedes Mal, wenn er sie ärgern wollte.

»Komm endlich, Marco!«, rief seine Mutter. »Das Essen wird kalt!«

»Augenblick noch, Ma!« Marco deutete auf Rens goldene Armbanduhr. »Echt blöd, dass du damit nicht mehr die Zeit anhalten kannst.«

Alle Gottgeborenen hatten auf ihrer Anerkennungsfeier ein Geschenk von ihrem göttlichen Elternteil bekommen. Die Geschenke waren alle verschieden und hatten magische Eigenschaften. Nur Marcos Vater, der Kriegsgott Nakon, hatte seinem Sprössling nichts geschenkt. Ren fand das total daneben, aber Marco hatte sich nie beschwert.

Leider hatte Rens Uhr die Eigenschaft eingebüßt, die Zeit anhalten zu können, weil Ren bereits sämtliche magischen Zeitstränge verbraucht hatte. »Die Uhr geht immer noch auf die Sekunde genau«, gab sie verschmitzt zurück. »Und sie ist jetzt ein Pfortenplan.«

»Hä? Wie das denn?«

Ren hob den Arm und sprach in die Uhr hinein: »Wo ist die nächste Pforte nach Waco, Texas?« Im Nu zeigte das Display an, wo sich die nächstgelegene Pforte befand, wann sie aktiv war und wo man in Waco herauskam.

»Bei euch in Waco gibt es ein Dr.-Pepper-Museum?«, fragte Ren ungläubig. »Ein Museum für Softdrinks?!«

»Waco hat einiges zu bieten. Aber ich kapier das nicht. Wieso hab ich bloß einen ollen Papierwisch gekriegt und du so was Cooles?«

»Weil ich meinen Plan im Technogie-Kurs an der SCHAFOMA angefertigt habe, an dem du nicht teilnehmen wolltest.«

»Ich fand die Kombi aus Technik und Magie öde. Ich wollte lieber lernen, wie man Schlachten gewinnt und der beste Kämpfer aller Zeiten wird.«

»Vielleicht kann man ja auch kämpfen, ohne die Fäuste einzusetzen.«

Marco verzog das Gesicht. »Wie denn?«

»Indem du nach Kansas mitkommst.«

»Also gut. Das Museum ist am anderen Ende der Stadt. Wie viel Zeit gibst du mir?«

»Eine halbe Stunde.«

»Gut, dann packe ich mir was zu essen ein. Aber denk dran, ich komme nur mit, um mich mit diesem Sir Switchblade, oder wie der Typ heißt, zu unterhalten. Und egal, was er zu berichten hat, ich bin rechtzeitig wieder hier. Keine Missionen oder Verfolgungsjagden oder irgendein anderer Scheiß. Klar?«

»Klar.«

Ren behielt für sich, was sie dachte. *Logisch ist das eine Mission. Sie hat schon begonnen, als ich die Nachricht bekommen habe.*

5

Sobald Rens neues Handy aufgeladen war, wählte sie Sir Switchblades Nummer. Doch als das Telefon dreimal summte, brach sie wieder ab. Sie hatte drei noch nicht abgehörte Voicemails.

»Hi, Ren!« Das war Zane. »Sitzt du gut? Ich muss dir was erzählen.« Er machte eine Kunstpause, in der man Wind brausen hörte. Anscheinend ließ er sich von Brooks durch die Lüfte tragen. Aber warum rief er Ren von unterwegs an? Doch da sagte er schon aufgeregt: »Du glaubst nicht, was ich entdeckt habe!«

Er macht es wieder mal spannend.

Die nächste Sprachnachricht lautete folgendermaßen:

»Ren! Warum gehst du nicht ran? Ich habe auf der Isla Pájaros etwas gefunden. Du wirst ausflippen! Ich sage nur: Außerirdische! Vielleicht bist du doch nicht so *loca,* wie ich immer dachte. Ruf mich zurück!«

Mit klopfendem Herzen hörte sie die dritte und letzte Nachricht ab:

»Verstehe. Du kannst oder willst nicht zurückrufen. Egal. Ich habe einen Holzkasten entdeckt. Ich wollte ihn für dich fotografieren, aber dann sind ein paar Dämonen aufgetaucht und ich musste abhauen. Der Kasten sah antik aus und der Deckel war bemalt. Mit einem Dämonenpaar, das vor einem Feuer steht und sich an der Hand hält. Der weibliche Dämon hatte einen Blumenkranz auf dem Kopf.«

»Erzähl ihr von der Höhle des Verderbens«, rief Brooks dazwischen.

Höhle des Verderbens?

»Das ist doch unwichtig«, sagte Zane ärgerlich.

»Dort war ein Monster, das wie Zane aussah«, fuhr Brooks unbeirrt fort. »Oder sein Aussehen angenommen hatte. Bloß gruseliger.«

»Und wir haben Ixtab gefragt, ob …«, ergriff Zane wieder das Wort, verstummte dann aber. Entweder wollte er es doch nicht erzählen oder Brooks hatte ihm einen Rippenstoß verpasst, denn er sog scharf die Luft durch die Zähne und wechselte das Thema. »Die Szene auf dem Kästchen – da waren überall Blumen, wie auf einem Fest oder so.«

»Und ein Wesen, das eindeutig kein Dämon war!« Das kam wieder von Brooks.

»Ey, lass mich erzählen!« Das war Zane.

Dann komm endlich zum Punkt!

Zane seufzte hörbar. »Das Wesen hatte Augen, die –«

Weil die Verbindung auf einmal rauschte und knackte, bekam Ren den Rest nicht mit. Als sie wieder etwas verstehen konnte, hörte sie nur noch: »… Schuppen. Voll krass. Aber egal, ich schicke dir Bilder von der komischen Muschel, die in dem Kasten war. Schau dir die Fotos an und ruf mich zurück. Wenn ich nicht rangehe, dann bloß, weil es dort, wo wir hinwollen, kein Netz gibt. Bis dann, *amiga.*«

Mit fliegenden Fingern öffnete Ren ihre Textnachrichten. Beinahe wäre ihr das Telefon aus der verschwitzten Hand gerutscht.

Hier sind die Fotos. Was ist das?
Du weißt es bestimmt.
Schließlich bist du Dr. Alien.

Dr. Alien? Ren verdrehte die Augen. Aber dann musste sie unwillkürlich lächeln, weil es sich eigentlich ganz cool anhörte. Leider dauerte der Download der Bilder ewig. Warum wollte ihr Zane unbedingt eine Muschel zeigen?

Während sie wartete, ging sie noch einmal durch, was Zane und Brooks über den antiken Holzkasten und die Darstellung eines Dämonenfestes gesagt hatten.

Ein Wesen, das eindeutig kein Dämon war …

Danach hatte sie nur noch »Augen« und »Schuppen« verstanden.

Waren Brooks und Zane auf die frühe Darstellung eines Außerirdischen gestoßen? Das wäre nicht so ungewöhnlich. Überall auf der Welt hatte man unerklärliche Darstellungen von Außerirdischen entdeckt. Vom Iran bis Afrika.

Schnell wählte sie Zanes Nummer, wurde aber sofort an seine Mailbox weitergeleitet. Nachdem sie draufgesprochen hatte, dass er zurückrufen sollte, versuchte sie es bei Brooks, hatte aber genauso wenig Glück.

Bevor Ren aufbrach, schickte sie ihrem *abuelo*, der wie jeden Donnerstag auf seinem Mahjong-Spieleabend war, eine kurze Nachricht.

Muss eine Sichtung checken.

Bin bald wieder da.

Sie hängte noch ein paar Smileys an.

Als Ren aus der Pforte auf die Fifth Street in Waco hinaustrat, wurde es schon dunkel. Die Luft war warm und drückend. Das Dr.-Pepper-Museum war nicht schwer zu finden. Marco stapfte schon mit saurer Miene davor auf und ab.

»Wieso hast du so lange gebraucht?«

»Ich bin doch pünktlich.«

»Das habe ich nicht gefragt.«

»Wenn du deinen Pfortenplan nicht geschrottet hättest –«

Sein Blick fiel auf ihr Sweatshirt. »Was ist *das* denn?«

»Gut, oder? Ich habe welche für meinen Blog bedrucken lassen. Als Werbung und so.« Aber vielleicht war es albern zu glauben, dass sich irgendwer dafür interessierte, was sie über das Universum und Außerirdische zu sagen hatte. Vielleicht sollte sie den Blog einfach aufgeben.

»Alien-Augen … echt jetzt?!«

Ren fand die T-Shirts und Sweatshirts super. Sie hatte sie selbst entworfen. Die Idee war ihr gekommen, als sie zum ersten Mal ihre SCHAFOMA-Uniform gesehen hatte.

»Die Augen leuchten im Dunkeln«, sagte sie. »Soll ich dir auch eins schicken?«

»Nein danke.«

Ren musterte ihn. »Und du trägst ein Football-Trikot.«

»Ich bin Quarterback! Wie oft muss ich dir das noch –«

»Ich habe dich bloß noch nie in was anderem als in deiner Lederjacke oder in SCHAFOMA-Klamotten gesehen.«

»Dann gewöhn dich dran. Das ist mein wahres Ich. Also, wo wollen wir hin?«

»Äh … Ich habe ganz vergessen anzurufen und nachzufragen.«

»Du hast keine Adresse oder so?«

»Augenblick.«

Ren griff zum Handy und wählte. Sir Switchblade entpuppte sich als zwölfjähriger Junge. Er redete, als würde er bei jedem Wort die Lautstärke hochdrehen.

»Glaubst du, das Monster kommt mich holen«, fragte er.

Meinte er die Riesenschlange oder den Dämon? Eigentlich egal. Eins war so unheimlich wie das andere.

»Davon gehe ich nicht aus«, erwiderte Ren beruhigend. »Und du hast die Gruppe nur dieses eine Mal gesehen?«

»Glaubst du, sie sind noch da?« Seine Stimme schwankte.

»Gib mir doch einfach deine Adresse. Dann komme ich vorbei und sehe mich mal um.«

»Ich darf Fremden nicht sagen, wo ich wohne«, entgegnete der Junge. »Ich kenne dich doch gar nicht. Vielleicht bist du ja eine Erwachsene.«

»Bestimmt nicht«, versicherte ihm Ren. Marco, der mithörte, verdrehte die Augen und stapfte wieder auf und ab. »Ich bin zwar erst vierzehn, aber ich kann dir trotzdem helfen. Ich kenne mich mit so was aus.« *Ich bin schon in die Unterwelt hinabgestiegen, habe einen Todeszauberer besucht und in Knochenstaub gebadet. Ich habe sogar eine gesichtslose Göttin in einer Zeitschleife eingefangen!* »Du brauchst nicht mal lange mit mir zu reden. Ich möchte bloß wissen, wo du die Gruppe gesehen hast. Und einen Blick auf das Symbol werfen.«

Schweigen. »Niemand glaubt mir«, sagte der Junge dann resigniert.

Das kenne ich nur zu gut. »Ich glaube dir. Lass mich dir helfen.«

Sir Switchblade zögerte. Sie hörte ihn atmen. »Hatte ich schon gesagt, dass der Blitz eingeschlagen ist? Dort, wo dann plötzlich das komische Spiralsymbol war?«

Ren wurde ganz hibbelig. »Ich bin in Kansas. Ich kann gleich bei dir sein.«

»Du bist auch aus Kansas?«

»Nein … Ich … Ich will hier eine andere Sichtung von Außerirdischen checken.« Ren log ungern, aber wie sollte sie sonst erklären, dass sie in übernatürlicher Geschwindigkeit bei Sir Switchblade sein konnte?

»Na gut, ich schicke dir meine Adresse. Aber wenn du mich reinlegen oder mir was tun willst – ich habe einen Hund, der dich in Stücke reißt.« Er legte auf.

»Scheint eine kleine Drama-Queen zu sein«, sagte Marco.

Als die Nachricht eintraf, tippte Ren aufs Display ihrer Uhr und sprach die Adresse hinein.

WACO SUSPENSION BRIDGE 16 MINUTEN, verkündete das Display.

»Hey, wir haben Glück. Nur eine einzige Pforte. Weißt du zufällig, wo das ist?«

»Komm mit«, erwiderte Marco knapp.

Nachdem sie ein Stück schweigend gegangen waren, erkundigte sich Ren: »Warum bist du so still?«

»Weil ich in Gedanken schon mal die Taktik durchgehe.«

»Gute Idee. Besser, wir sind vorbereitet, falls –«

»Ich rede von meinem Spiel.«

Sie bogen in eine belebte Straße mit vielen Läden und Restaurants ein. Grüppchen von Leuten gingen lachend und redend vorbei.

Während sie an Bäumen, geparkten Autos und Straßenlaternen vorbeiliefen, erzählte Ren ihrem Freund von Zanes Nachrichten. »Was hältst du davon?«

»Zane übertreibt gern.«

»Hast du schon mal von einer Höhle des Verderbens gehört? Blöd, dass ich die Fotos nicht runterladen kann. Vielleicht hat er ja etwas total Tolles entdeckt. Glaubst du –«

»Hey, mal langsam!« Marco hob abwehrend die Hände. »Woher soll ich das wissen? Und nicht jede Entdeckung ist ein Rätsel, das man unbedingt lösen muss.«

Ren hatte so damit zu tun gehabt, mit Marcos langen Schritten mitzuhalten, dass sie die Brücke über den dunklen Fluss erst jetzt sah. Der Aufgang war von angestrahlten Bronzefiguren flankiert: eine Herde lebensgroßer Longhorn-Rinder sowie mehrere berittene Cowboys.

»Und jetzt?« Marco sah sich misstrauisch um.

Eine Meditation zum Runterkommen oder eine Stunde in einem Floating-Tank würde ihm echt guttun. Ren sah auf ihre Uhr. »Noch zehn Sekunden.«

Auf die Sekunde pünktlich fing die Luft über einem der Bronzerinder rosafarben, golden und grün zu flimmern an. Die paar Passanten in der Nähe bekamen das magische Farbenspiel nicht mit. Aber wenn sie ihre Augen, ihren Geist und ihre Herzen geöffnet hätten, hätten sie bestimmt einen Blick darauf erhascht, dachte Ren. Oder auch nicht.

Marco schaute zu der Pforte empor. »Die schwebt drei Meter über dem Boden. Wie sollen wir da hochkommen?«

Ren breitete die Hände aus. Aus ihren Fingerspitzen quollen Schatten und verdichteten sich zu einer schmalen Rampe.

Doch Marco wich zurück und schüttelte den Kopf. »Ich soll über einen Schattensteg laufen?«

»Er trägt dich, versprochen. Aber er hält nicht lange, also beeil dich.«

»Deine Versprechungen kannst du dir sonst wohin stecken.«

Ren verdrehte ungeduldig die Augen und lenkte die Schattenrampe unter Marcos Füße. Bevor er protestieren konnte, wurde er emporgetragen. Er schwankte und ruderte mit den Armen. Doch jedes Mal, wenn er abzustürzen drohte, wurde die Rampe breiter und fing ihn auf.

»Na also.« Ren verkniff sich das Grinsen. »Ich hab's dir ja gesagt.«

»Das ist nicht lustig, RenatAAAA! Lass mich runter!«

»Jetzt entspann dich doch mal.« Ren erklomm ihrerseits die Schattenrampe. »Wenn du so rumhampelst, machst du es bloß schlimmer.« Sie wollte Marco festhalten, aber er riss sich los und verlor dabei das Gleichgewicht.

»Schlimmer?!«, brüllte er.

Mit dem Kopf voran stürzte er durch die Pforte. »Ich zeig dir gleich, was schlimmer ist!«, hörte sie ihn rufen.

Doch als sie eben hinterherspringen wollte, sah sie, dass sich zwischen den Bäumen unter ihnen etwas bewegte.

Nein, nicht etwas.

Jemand.

Eine durchscheinende Mädchengestalt, die flimmerte, als würde sie sich verfestigen wollen. Ren kannte das Mädchen nicht. Ihre blonden Haare waren zu einem kinnlangen, glatten Bob geschnitten und sie bewegte die Lippen, als wollte sie Ren etwas zurufen. Ren hielt unschlüssig inne. Da flackerte die Pforte auf – einmal, zweimal.

Und saugte Ren ein.

6

Als Ren sich durch ein loses Brett in der Scheunenwand zwängte, warf sie ein Holzschild um, das drinnen auf dem Boden stand. DER BLITZ SCHLÄGT NIEMALS ZWEIMAL EIN, stand in Großbuchstaben darauf.

Sie sah sich um. Marco stand ein Stück weiter weg mit dem Rücken zu ihr und ließ den Blick über die gegenüberliegende Wand gleiten. Wahrscheinlich sah er sich nach einer Heugabel um und wollte Ren aufspießen, weil sie ihn so unsanft durch die Pforte befördert hatte. Aber warum hatte er nicht reagiert, als sie mit lautem Gepolter durch die Bretterwand geschlüpft war? Vielleicht überlegte er noch, wie er sich am besten an ihr rächen konnte, oder aber er war so wütend, dass er nichts um sich herum mitbekam.

»Hey!« Als Ren zu ihm ging, knirschte Stroh unter ihren Sneakern. »Alles in Ordnung? Bist du noch sauer auf mich? Wenn ja, dann sag's einfach. Es tut mir echt leid, aber –«

»Kannst du bitte mal kurz still sein?«, entgegnete er, ohne sich umzudrehen.

Ren blieb neben ihm stehen, hielt aber vorsichtshalber Abstand. Jetzt sah sie, was ihn so fesselte. Die Wand war mit gerahmten Schnappschüssen irgendeines Footballspielers gepflastert. Auf einem Foto hechtete er hinter einem Ball her, auf einem zweiten riss er in der Endzone die Arme hoch, auf einem dritten strahlte er übers ganze Gesicht, während ihn seine Teamkameraden triumphierend hochhoben. Es waren mindestens zehn, zwölf Bilder.

»Weißt du, wer das ist?« Marco deutete mit dem Kinn auf die Fotos.

»Irgendein Quarterback?«, riet Ren, denn auf dem Trikot des Typen prangte wie bei Marco die Nummer 16.

»Das ist Len Dawson. Er ist der Größte. Eine Legende. Hall of Fame und so.«

»Hast du nicht gesagt, die Chiefs sind Loser?«

Marco riss sich von dem Football-Schrein los. »Ey, beleidige ihn nicht!«

»Ist ja gut. Anscheinend wohnt hier einer seiner Fans.«

Marco schüttelte den Kopf und zeigte auf ein Schild über dem Eingang der Scheune. DAWSON stand darauf.

Oh. OH! »Du glaubst, er wohnt selber hier?«

»Hände hoch und langsam umdrehen«, ertönte es da hinter ihnen.

Ren tat wie geheißen und blickte in den Lauf einer Schusswaffe. Hoffentlich war es nur eine Luftpistole. Aber hatten Luftpistolen orangefarbene Mündungen? Der Junge, der auf sie und Marco zielte, hatte rote Haare, Sommersprossen und einen entschlossenen Gesichtsausdruck.

Marco fasste sich als Erster. »Ist die Knarre echt?«

»*Ich* stelle hier die Fragen«, gab der Junge ungerührt zurück.

Ren mischte sich ein. »Bist du Sir Switchblade? Ich bin Ren vom Blog *Himmelsbeobachterin.*«

»Was macht ihr in unserer Scheune?«

Die magische Pforte hat uns hier ausgeworfen. Laut erwiderte Ren: »Wir dachten, du willst vielleicht nicht, dass uns deine Eltern oder sonst wer sehen.«

Der Junge drehte sich zu Marco um. »Und wer bist du?«

»Er ist mein Assistent«, sagte Ren rasch. Dabei sah sie Marco nicht an. Garantiert warf er ihr gerade einen seiner giftigen *Warte, bis wir wieder unter uns sind!*-Blicke zu.

»Ich habe aber kein Auto gesehen«, fuhr der fremde Junge fort.

»Das Taxi hat uns unten an der Straße abgesetzt«, sagte Marco. »Und deine Knarre ist eine Paintball-Pistole.« An Ren gewandt, ergänzte er: »Soll heißen, er kann uns nicht abknallen.«

Schmollend ließ der Junge die Waffe sinken. »Die Farbkugeln sind gefroren. Wenn man getroffen wird, tut das ganz schön weh. Wollt ihr's mal ausprobieren?«

»Nein!«, rief Ren. Etwas ruhiger setzte sie hinzu: »Aber wir glauben dir natürlich. Zeigst du uns jetzt bitte, wo –«

»Warte mal.« Marco deutete auf die Fotowand. »Ist das dein Opa?«

Was spielt das jetzt für eine Rolle?, hätte ihn Ren am liebsten angeschnauzt. *Wir müssen eine Sichtung von Außerirdischen UND Gottgeborenen überprüfen!* Aber es hätte keinen Zweck gehabt. Marco war nun mal Fan.

Der rothaarige Junge zuckte die Achseln. »Wieso interessiert dich das?«

»Wieso? Na, weil … Ist dir nicht klar, wie toll er ist? Und …« Marco unterbrach sich. »Warum habt ihr ausgerechnet in der Scheune lauter Bilder von ihm aufgehängt?«

»Len Dawson ist mein Großonkel«, erwiderte der Junge. »Mein Opa hat überall Fotos von ihm aufgehängt. Er sagt immer, die Bilder erinnern ihn dran, dass man jeden Tag seiner Angst eins aufs Maul hauen und sein Bestes geben soll. Darum habe ich mich ja auch bei euch gemeldet. Ich habe meiner Angst eine reingehauen.« Er wandte sich ab und sagte über die Schulter: »Kommt ihr jetzt mit, oder was?«

»Eine Frage noch«, sagte Ren. »Wie heißt du mit richtigem Namen?«

Doch der Junge antwortete nicht und stapfte in die schwarze Nacht hinaus.

Kurz darauf standen sie vor dem Maisfeld. Die Pflanzen überragten ihre Köpfe und standen so dicht, dass Ren sich fragte, wie sie sich einen Weg hindurchbahnen sollten.

»Da drin ist es«, verkündete der Junge, holte sein Handy heraus und schaltete die Taschenlampen-Funktion ein. »Kommt mir einfach nach.«

Damit verschwand er zwischen den Maisstängeln.

Ren folgte ihm als Erste, Marco hielt sich dicht hinter ihr. »Warum habe ich mich bloß darauf eingelassen?«, hörte sie ihn schimpfen, und dann noch etwas über »blöde Aufsätze«. Ren bog Stängel und Blätter auseinander und versuchte, mit Sir Switchblade Schritt zu halten. Für jemanden, der so kurze Beine hatte, war er erstaunlich schnell.

»Sind wir bald da?«, fragte Marco mürrisch.

Endlich kamen sie auf eine Lichtung. Sie war rechteckig und so groß wie ein Basketballfeld. Der Junge leuchtete mit dem Handy einen schwarz versengten Fleck Erde an. Ren ging näher heran, bis sie direkt vor dem Symbol stand.

Es war eine Art Spirale von ungefähr einem Meter Durchmesser. In der Mitte der konzentrischen Kreise war ein siebenzackiger Stern. Ren hatte so etwas noch nie irgendwo gesehen.

»Und dafür haben wir den weiten Weg gemacht?« Marco verschränkte die Arme.

»Könnt ihr mir denn sagen, was das ist?« Der Junge war ein Stück hinter ihnen stehen geblieben.

Ren schüttelte den Kopf und machte ein paar Fotos.

»Ich geh dann wieder«, sagte Sir Switchblade. »Ich will dem Ding nicht zu nahe kommen.«

»Jetzt warte doch mal!« Ren drehte sich zu ihm um. »Wo hast du denn die Schlange und –«

»Das Monster gesehen?« Er zeigte auf eine Stelle hinter dem Symbol. »Da drüben. Es hat rumgeschnüffelt, als würde es etwas suchen. Es war supergruselig, deswegen will ich ja auch wieder weg. Tschüss dann.«

»Nicht so schnell«, knurrte Marco. »Hast du die Gestalten gesehen, bevor oder nachdem der Blitz eingeschlagen ist?«

Der Junge hatte sich schon ein Stück entfernt, antwortete aber über die Schulter: »Davor.«

Marco zerwühlte seine blondierten Haare und holte tief Luft. »Ren, wenn Serena und *la ganga* schon hier waren, bevor das Symbol erschienen ist, dann –«

Doch er konnte den Satz nicht beenden, weil Ren den gleichen Gedanken hatte und ihm ins Wort fiel. »Dann haben sie entweder gewusst, dass der Blitz einschlagen würde, oder sie haben ihn selbst ausgelöst. Aber wozu? Und wie?«

Eine Wolkenbank schob sich vor den Vollmond und Marco und Ren sahen kurz nichts mehr.

»Auch das noch«, sagte Marco gedämpft.

Doch als Ren ihre eigene Taschenlampen-Funktion einschalten wollte, kam der Mond wieder zum Vorschein und warf wie ein Scheinwerfer gleißendes Licht auf das Symbol.

Ren bückte sich und legte die Hände auf den Boden. Dabei grub sie unwillkürlich die Finger in die weiche Erde. Sofort schoss ihr eine Hitzewelle den Arm hoch und aus dem Boden erhob sich eine strudelnde, zischende Säule aus Erdklumpen und Schatten.

»Scheiße, was ist das denn?«, fragte Marco erschrocken.

»Es ist heiß.« Kaum hatte Ren ausgesprochen, schwebte der Schattenstrudel auf sie zu. Als Marco ihn aufhalten wollte, glitten seine Hände einfach hindurch.

Die Schattensäule schwebte direkt vor Ren.

Sie schnappte erschrocken nach Luft.

Und die Schatten strömten geradewegs in ihren offenen Mund.

7

Hier stimmte etwas nicht.

Ganz und gar nicht.

Ren trieb in einem finsteren Tunnel.

Sie hörte Sturmwind heulen, Zähne klappernd zuschnappen und kehliges Gelächter.

Als sie sich mit zitternden, halb erfrorenen Händen in eine Schattendecke hüllen wollte, gelang es ihr nicht, weil sie kein Gefühl in den Fingerspitzen hatte. Ihre Gabe – ihre Magie – versagte ihr den Dienst. Was war da los? Deaktivierte der Tunnel ihre Fähigkeiten? Sie schwebte im eisigen Nichts und hatte nur den nicht besonders hilfreichen Gedanken: *Sieht so ein Schwarzes Loch aus?*

Eine heisere Männerstimme hallte durch die Dunkelheit. *Ein Schwarzes Loch würde dich zerfetzen.*

Na toll. Der Zähneklapperer konnte Gedanken lesen.

Als Ren den Kopf wandte, erspähte sie am anderen Ende des Tunnels einen schwachen Lichtschimmer. Doch es war, als würde sie durch ein Prisma blicken. Alles war verzerrt – nur Marco nicht. Er sah wie immer aus, war aber winzig klein und unendlich weit weg. Er streckte den Arm aus. *Es hat keinen Zweck. Er kommt nicht an mich ran.*

Etwas hielt sie fest. Sie spürte eine beängstigende, bösartige Kraft. Die Kraft vibrierte. Wurde immer stärker.

Hiergeblieben!, sagte die heisere Stimme belustigt. *Hiergeblieben, Königin.*

Königin?

Ganz recht.

Ren wurde plötzlich von panischer Angst überwältigt. Die Angst schien aus einer Erinnerung zu stammen, die sie aber nicht richtig zu fassen bekam. Fast wie ein Déjà-vu.

Dann überkam sie eine jähe Müdigkeit, eine abgrundtiefe Erschöpfung. Ihre Augenlider wurden schwer wie Blei, und wenn sie die Augen nur ganz kurz …

Mach ruhig, meldete sich die Stimme wieder. *Schlaf.*

»Ren!« Marco klang so dumpf, als hätte er ein Kissen auf dem Gesicht. Er ergriff ihre Hand, doch seine Finger drohten abzurutschen. »Sie kommen!«, rief er. »Halt dich fest – ich zieh dich raus!«

Sie kommen? Wer?

Jedes Mal, wenn Ren die Augen aufmachte, schmerzten sie so unerträglich, als würde sie direkt in die Sonne blicken. Gleichzeitig begriff sie, dass sie diesem Verlies aus Finsternis niemals entfliehen würde, wenn sie jetzt einschlief.

Kaum war ihr diese Erkenntnis gekommen, berichtigte die heisere Stimme sie: *Es ist ein Verlies aus Schatten.*

Sie kämpfte mit aller Kraft gegen die Schläfrigkeit an und packte Marcos Hand fester.

Dann sah auch sie, *wer* da kam. Wo Marco zwischen den Maispflanzen stand, klaffte die Erde auf. Aus dem Spalt krochen ein Dutzend gedrungene, graue Wesen. Sie ähnelten fetten Ratten mit langen, armähnlichen Vorderläufen und griffen nach Marco.

»Lauf weg!«, schrie Ren, doch Marco rührte sich nicht vom Fleck. Er wollte sie nicht im Stich lassen. Dummer, tapferer, treuer Marco. Seine Sturheit konnte einen wahnsinnig machen.

Gleich würden die Rattenwesen über ihn herfallen. *Drei …*

Du kannst nicht entkommen, sagte die heisere Stimme.

Zwei …

Marco riss kräftig an ihrem Arm. Ein schmatzendes Geräusch, ein Windstoß und ein gellender Schrei. Ren hatte gar nicht gewusst, dass sie so laut schreien konnte. Dann stand auch sie wieder im Maisfeld.

Marco hatte sich nach den Monstern umgedreht. Ihre Rümpfe glichen denen von Menschen und unter der dünnen grauen Haut schimmerten violette Adern. Die Mäuler in ihren Rattenköpfen öffneten und schlossen sich, sodass die kleinen spitzen Zähne klickten.

Klick. Klick. Klick.

Marco hob langsam die Hände, als wollte er sich ergeben.

»Marco!«

Klick. Klick. Klick.

Die vorquellenden Augen der Ungeheuer leuchteten weißlich. Als Ren hineinblickte, war sie plötzlich wie hypnotisiert und konnte sich nicht mehr rühren. In ihren Ohren knackte es, die Brust schnürte sich ihr zusammen. Grelles Licht flackerte über den Nachthimmel. Dann wieder die Stimme: *Ich habe dir doch gesagt, dass du nicht entkommen kannst.*

Ren spürte, wie ihre Kräfte sie verließen. Sie konnte nur lauschen und beobachten.

Und hoffen.

Denn sie wusste etwas, das die körperlose Stimme nicht wissen konnte. Ihre Schatten waren wie Leibwächter. Sie hatten sie immer beschützt – jedenfalls bis gerade eben, als der Tunnel sie eingesogen hatte. Sogar dann, wenn sie in ihre Trancezustände fiel und die Schatten nicht aktiv beschwören konnte. Ren hatte nie richtig begriffen, wie ihre Magie eigentlich funktionierte.

Und dann, als hätte sie ihren *sombras* befohlen, die Ungeheuer zu verschlingen, wallte eine Woge aus Schattenmagie auf und schleuderte die Rattenviecher durch die Luft.

Die Rattenmonster kreischen und fauchten, als die Schatten über ihnen zusammenschlugen.

»Weg hier!«, rief Ren Marco zu.

»Was war das denn?« Er zögerte noch kurz, dann rannten beide los.

Die trockenen, kratzigen Maisblätter peitschten nach ihnen. Hinter ihnen grollte die Erde. Die Rattenmonster fauchten und kreischten immer noch.

Schließlich hatten sie das Feld hinter sich gelassen und kamen auf eine große Wiese. Ren blieb kurz stehen und sprach atemlos in ihre Uhr: »Nächste … Pforte … mit … Ortsangabe.« Nach einer Millisekunde leuchtete die Uhr auf und Ren konnte Marco mitteilen: »Vierhundert Meter in diese Richtung.« Sie schaute nicht mal nach, was für ein Ort angegeben wurde. Es war ihr egal. Hauptsache, das Schattenverlies und die Rattenmonster lagen Tausende Lichtjahre hinter ihnen.

Ausnahmsweise kam Marco mit, ohne zu protestieren.

Nachdem sie unter Millionen Sternen die Wiese überquert hatten, materialisierte sich vor ihnen eine Pforte – blau, violett und silbern.

Doch als Ren sich schon in Sicherheit glaubte, ertönte wieder die schaurige Stimme. Diesmal war der Sprecher so nah, dass Ren seinen warmen Atem spürte. *Heute ist Neumond. Ein neuer Fürst wird erwachen. Du kannst davonlaufen, meine Königin, aber du kannst dich nicht verstecken.*

Ren ignorierte die Warnung. Sie fasste nach Marcos Hand und sprang mit einem großen Satz ins Unbekannte.

8

Ren und Marco landeten auf einer schwarzen Matte. Ringsum standen lauter Sportgeräte: Schwebebalken, Stufenbarren, Ringe und Sprungböcke. Zum Glück war sonst niemand da. Die Turnhalle hatte schon geschlossen.

»Kannst du mir bitte mal erklären, was das eben war?!«

Marco war wütend. Nein, das stimmte so nicht. So reagierte er, wenn er Angst hatte. Ren konnte das verstehen. Wut war immer besser als Angst. Wer wütend war, fühlte sich nicht so machtlos.

»Du warst da und auch wieder nicht«, fuhr er fort. »Als wärst du an einem supergruseligen, finsteren, fernen Ort gefangen.«

»Finster kann man wohl sagen«, stimmte ihm Ren zu. Sie rieb sich die Arme, weil sie immer noch eine Gänsehaut hatte. Dann schaltete sie die Deckenbeleuchtung ein, um die unheimliche Erinnerung zu vertreiben. »Und ich habe eine sonderbare Stimme gehört. Wie bin ich dorthin gekommen?«

Marco packte die Ringe und schwang daran hin und her, höher und höher. Anscheinend musste er sich irgendwie abreagieren.

»Der schwarze Rauch ist in deinen Mund geströmt.« Er machte noch ein paar Klimmzüge und ließ sich wieder auf die Matte fallen. »Dann bist du immer kleiner geworden und ich wollte zu dir hinlaufen und dann … Keine Ahnung. Trotz meiner Gottgeborenen-Fähigkeiten konnte ich dich nicht einholen.« Er wischte sich die Hände an der Jeans ab.

Ren wusste nicht recht, was sie sagen sollte. Es war, als hätte ihr der finstere Tunnel die Stimme geraubt. »Danke«, brachte sie schließlich heraus. »Du hast mir das Leben gerettet.«

»Ich finde, dafür könntest du meine Aufsätze schreiben, bis ich die Schule beende!« Marco lachte, aber es klang gezwungen.

»Hast du die Stimme auch gehört?«

»Nö.« Marco sah sich nach dem nächsten Sportgerät um. »Was hat sie denn gesagt?«

»Irgendwas über ein Schwarzes Loch. Und dann hat sie mich ›Königin‹ genannt.« Marco schwang sich über ein Sprungpferd. »Lustig, oder?« Ren gab sich Mühe, das Erlebte zu verharmlosen.

»Vielleicht war es ja eine Verwechslung.« Marco machte einen Handstand. »Wieso gibt's hier eigentlich keinen Boxsack?«

Was hatte die Stimme zum Schluss gesagt? *Heute ist Neumond. Ein neuer Fürst wird erwachen.* Ren sah auf die Uhr. »Es ist gleich elf.«

Marco kam mit einem Überschlag auf die Beine und wischte sich wieder die Hände ab. »Ich müsste längst schlafen. Lass uns hier verschwinden.«

»Marco …«

Stille. »Ich kann's nicht haben, wenn du mich so ansiehst«, sagte Marco dann.

Ren erzählte ihm von dem Schattenverlies und dem mysteriösen erwachenden Fürsten.

»Hört sich auch so an, als ob nicht du gemeint warst«, gab Marco ungerührt zurück.

»Wir müssen herausfinden, was mir die Stimme sagen wollte und was das Symbol im Maisfeld bedeutet und wie die *cinco* es entdeckt haben. Überleg doch mal – Sir Switchblade hat erzählt, dass sie schon dort waren, *bevor* der Blitz eingeschlagen ist. Die fünf müssen über das Symbol oder sogar über diesen Fürsten Bescheid gewusst haben. Vielleicht war es ja ein anderer Fürst, der mit mir gesprochen hat. Wenn der, der demnächst aufwacht, auch so gruselig ist …«

»Ich hatte dir gesagt, dass eine neue Mission oder sonst was für mich nicht infrage kommt. Für mein Spiel morgen muss ich ausgeruht sein. Egal, was du vorhast, du musst es ohne mich durchziehen.« Marco sprach so nachdrücklich, dass es wie eine Drohung klang.

»Darum habe ich dich auch gar nicht gebeten. Aber glaubst du nicht, wir sollten rausfinden, was die *cinco* vorhaben, und es Ixtab melden?« Doch ihre innere Stimme raunte Ren zu: *Du weißt doch längst, dass du der Sache auf jeden Fall nachgehen wirst. Das war dir auch schon klar, bevor dich die heisere Stimme (der Fürst?) »Königin« genannt hat.*

Ren atmete ein paarmal tief durch. Vielleicht war es nicht fair, Marco in die Sache mit hineinzuziehen. »Okay, du hast recht.«

»Ach, auf einmal?«

»Ich finde es auch allein heraus.«

»Versuch nicht, mir ein schlechtes Gewissen zu machen, Ren. Das ist gemein! Also gut. Ich komme so lange mit, bis ich zum Aufwärmen vor dem Spiel muss. Aber das war's dann auch.« Er klopfte sich auf den Bauch. »Können wir uns vorher bitte noch stärken? Ich verhungere!«

»Klar!« Ren lief zu einem Tisch in der Ecke der Turnhalle. Vielleicht fand sich dort ein Hinweis, wo sie hier überhaupt waren und ob irgendwo noch ein Imbiss oder etwas Ähnliches offen hatte. Sie entdeckte einen Flyer und drehte sich zu Marco um. »Glück gehabt.«

»Wieso?«

»Wir sind in Vegas.«

»In Sin City?«

»Haha! Im Paradies der All-you-can-eat-Büfetts. Komm.«

»Echt jetzt?«

»Ich war schon mal mit meinem *abuelo* hier. Wir haben uns ein paar Zaubershows angeschaut und uns praktisch einmal den Strip rauf und runter gefuttert.« Plötzlich fiel ihr siedend heiß wieder ein, wie spät es schon war. Rasch schrieb sie ihrem Großvater und informierte ihn, dass sie auf einer Mission war und ihm hinterher alles erklären würde.

Nach zehn Sekunden klingelte ihr Handy.

»Hallo, Abuelo«, sagte sie leicht betreten. »Bitte sei nicht sauer, aber es ist etwas passiert und es ging doch nicht um eine Sichtung von Außerirdischen. Das heißt, eigentlich schon, aber ich glaube, es hat etwas mit den abtrünnigen Gottgeborenen zu tun und jetzt … jetzt muss ich sie suchen.«

»*Ay, mija.* Wie lange bleibst du denn weg?«

Rens Großvater hatte stets Verständnis für ihre Magie und die Verantwortung, die damit verbunden war. Das schätzte sie sehr an ihm.

»Das weiß ich noch nicht. Aber Marco begleitet mich und hilft mir.«

Als sie zu ihrem Freund hinüberschielte, schüttelte der energisch den Kopf.

Seufzend erwiderte ihr Großvater: »*Cuidado*, ja? Und schreib mir morgen noch mal.«

»*Te prometo.*«

Eine halbe Stunde danach saßen Marco und Ren in einem proppenvollen Diner, der rund um die Uhr aufhatte. Im hinteren Bereich standen lauter Spielautomaten. Die elektronische Tanzmusik, das nervtötende *Ping, Ping, Ping* der Automaten und das Reden und Lachen der anderen Gäste strapazierten Rens Nerven aufs Äußerste.

Obwohl ihr immer noch flau im Magen war, war ihr klar, dass sie etwas essen musste. Zum Glück hatte sie Geld dabei. Sie bestellte ein Sandwich mit Grillkäse, Marco zwei Burger, Pommes, Zwiebelringe und Nachos.

»Ganz schön viel.«

»Es waren ja auch ganz schön viele Rattenmonster.«

Als das Essen kam, summte Rens Handy. Sie holte es heraus. Zanes Fotos waren endlich da.

Sie sog scharf die Luft ein.

»Was ist?« Marco stopfte sich fünf Pommes auf einmal in den Mund.

»Das gibt's doch nicht!«

Marco griff nach dem Telefon, aber Ren zog es weg und hielt ihm das Display so hin, dass er draufschauen konnte.

Es war das gleiche Symbol wie in Kansas: die Spirale aus konzentrischen Kreisen mit dem siebenzackigen Stern in der Mitte.

»Irre!«, entfuhr es Marco. »Wie kann es sein, dass Zane dasselbe Symbol in Mexiko entdeckt hat?«

Ren versuchte noch einmal, Zane anzurufen, aber wieder ging nur die Mailbox ran.

»Hast du mir vorhin nicht zugehört?«, sagte Marco. »Zane ist mit seinem Dad unterwegs und versucht zu erfahren, warum die Götter noch nicht wieder erwachsen sind.« Verächtlich setzte er hinzu: »Ich glaube nicht, dass die beiden irgendwas rausfinden, und ich wette, den Göttern, die nicht betroffen sind, ist das auch scheißegal. Auf die Weise haben sie mehr Macht.«

»Sei nicht so fies.«

»Ich versuche bloß, mich in die Götter hineinzuversetzen. Mal ehrlich, Ren – denen geht's doch immer nur um Macht! Das Freudenfest neulich, als sie wieder vereint waren? Das hat doch bloß stattgefunden, weil sie jetzt einen gemeinsamen Feind haben.«

Auf einmal hatte Ren einen Kloß im Hals. »Kannst du nicht mal ein bisschen positiver sein?«

»Ich? Ich bin Quarterback. Positiver geht's ja wohl kaum.«

Ren knabberte grübelnd an ihrem Sandwich und versuchte, aus dem Erlebten schlau zu werden. Was wussten die fünf Abtrünnigen über das Symbol und den Fürsten – oder die Fürsten? Wie kam es, dass Zane woanders das gleiche Symbol entdeckt hatte? Und wieso hatte der unsichtbare zähneklappernde Sprecher sie »Königin« genannt?

»Du siehst voll gestresst aus.« Marco schob ihr seinen Teller hin. »Nimm dir 'nen Zwiebelring.«

»Du bist doch der Sohn des Kriegsgottes«, entgegnete Ren. »Da kennst du dich bestimmt mit Taktik aus und durchschaust die Tricks deiner Gegner.«

»Ja und?«

»Dann hilf mir mal denken. Es ist schon fast Mitternacht und wenn das vorhin wirklich ein Fürst war, erwacht demnächst noch einer von der Sorte – wenn es nicht schon passiert ist.«

Man hörte Marcos Hirn förmlich rattern. Dann: »Dazu fällt mir leider nichts ein.«

»Aber du bist doch –«

»Der Größte, Stärkste und Schlaueste. Weiß ich.«

Der Schlaueste war Marco vielleicht nicht, aber er hatte ein feines Gespür dafür, ob ein Gegner etwas Hinterhältiges plante oder ein Angriff bevorstand. »Ich sehe doch, wie deine grauen Zellen arbeiten«, entgegnete Ren darum.

Ein hohes Klingeln schrillte durch den Diner, begleitet vom Jubel einer Frau, die soeben am Spielautomaten gewonnen hatte. Es folgte das Klirren von Münzen, die aus dem Geldfach purzelten.

Marco gab sich einen Ruck. »Okay, dann sage ich dir mal, was mir dazu einfällt. Was aber nicht heißt, dass ich mitkomme oder sonst was unternehme.« Er biss von seinem Burger ab, wischte sich Ketchup vom Kinn und kaute bedächtig. Nervtötend bedächtig. »Offenbar haben die *cinco* irgendwas mit dem Symbol zu tun. Vielleicht haben sie es erzeugt oder wussten, dass es erscheinen würde. In dem Fall müssten sie auch wissen, wer dieser Zähneknirscher ist, der dich angequatscht hat.«

»Zähneklapperer.«

»Ich vermute, dass Serena und ihre Freunde mit diesen zwielichtigen Typen, diesen Fürsten, unter einer Decke stecken. Wobei wir nicht wissen, wie viele Fürsten es insgesamt sind, aber …« Er rieb sich den Nacken.

»Aber?«

Marco legte die Arme auf den Tisch und beugte sich vor. »Anscheinend bist *du* bei dem Ganzen die Hauptperson. Du hast den Anruf bekommen. Du wurdest in das Schattenverlies gesperrt. Du wurdest als *Königin* angeredet. Darum lautet die eigentliche Frage: Was spielst *du* bei der Sache für eine Rolle? Und warum?«

In Rens Schläfen pochte es, sie hatte Magenschmerzen und ihre Schultern waren plötzlich total verspannt. Ihr ganzer Körper reagierte auf die Wahrheit, die Marco eben ausgesprochen hatte. Als wäre in all ihren Zellen eine längst vergessene Erinnerung gespeichert.

»Aber wieso ausgerechnet ich? Ich habe noch nie von diesen Fürsten gehört. Und bevor wir in Kansas waren und Zane uns danach die Fotos geschickt hat, habe ich auch das Spiralsymbol noch nie gesehen.«

Marco überlegte wieder. »Vielleicht hat es ja damit zu tun, dass du eine Schattenbruja bist.«

Rens Mexica-Vorfahren waren *brujos* gewesen, Hexer. Doch sie wusste kaum etwas darüber, weil ihr Vater das Thema immer gemieden hatte. Als er gestorben war, hatte sie nur ein paar Bruchstücke der Geschichte gekannt.

Marco trank einen Schluck Wasser. »Das hier ist eine Nummer zu groß für uns. Schick Ixtab eine Mail und gut ist.«

»Gar nichts ist gut! Du hast eben selber gesagt, dass sich das Ganze um mich dreht.«

»Das heißt ja nicht, dass du mitspielen musst.«

Ren verschränkte trotzig die Arme. »Wenn man *dich* in das Schattenverlies gesperrt hätte, wenn der Typ dich Königin oder König oder sonst was genannt hätte, würdest du die Sache dann auf sich beruhen lassen?«

Erst schien es, als wollte Marco das Gesicht verziehen, doch dann wurde seine Miene ausdruckslos. Steinern. Er würde nicht antworten. Wozu auch? Es war eine rein rhetorische Frage.

»Mit so einem Gesicht würdest du beim Poker richtig abräumen«, sagte Ren, tippte eine Nummer in ihr Handy und stellte auf Lautsprecher.

»Wen rufst du an?«

»Hallo?« Das war Ah-Puchs jungenhafte Stimme. »Hallo? Hallo?«

»Ich bin's, Ren. Warum sagst du dreimal Hallo?«

»Weil du gesagt hast, dass ich mich so melden soll, wenn ich rangehe. Und ich dachte, dreifach hält besser.«

Marco schnippte ein zusammengeknülltes Einwickelpapier über den Tisch und sagte halblaut: »Will er uns verarschen, oder was?«

»Wo bist du gerade?«, erkundigte sich Ren. Immerhin wusste der Teenagergott noch, was er tun sollte, wenn sein Handy klingelte. Sie hatte ihm das Telefon seinerzeit aufgedrängt, weil sie Angst hatte, ihn sonst vielleicht nicht erreichen zu können. Seine Götterkräfte waren immer noch geschwächt.

Im Hintergrund hörte man Geschirrgeklapper und gedämpfte Gespräche, als säße Ah-Puch in einem vollen Restaurant. Erstaunlich, denn der Gott des Todes, der Finsternis und der Zerstörung war eigentlich ein Einzelgänger. Er konnte niemanden leiden – außer Ren. Die beiden hatten eine besondere Beziehung. Sie hatte ihm das Leben gerettet und er ihr.

»Bist du in Xi'balb'a?«, fragte sie.

»Ich bin am Strand«, lautete die Antwort. »Hey, Kellner!« Ren hörte ihn mit den Fingern schnipsen. »Ja, dich meine ich, Kleiner.«

Sie zuckte zusammen. Wahrscheinlich war der Kellner älter, als

Ah-Puch momentan aussah, nämlich wie vierzehn. Garantiert hätte er dem unverschämten Gott am liebsten eine geknallt.

»Wo bin ich hier eigentlich?« Ah-Puch sprach immer noch mit dem Kellner.

»Im Hotel Del Coronado, Sir«, antwortete ein junger Mann.

»Das weiß ich selber. Aber wo liegt dieses Etablissement?«

Bestimmt wunderte sich der Kellner, dass ein Vierzehnjähriger so erwachsen und so arrogant klang.

»In Coronado, Sir.«

Anscheinend machte Ah-Puch ein verständnisloses Gesicht, denn der junge Mann setzte hinzu: »In San Diego in Kalifornien. Möchten Sie noch eine Limo?«

»Nö. Sonst hätte ich ja eine bestellt«, gab Ah-Puch zurück. Zu Ren sagte er: »Ich bin in Coronado.«

»Wieso weiß er nicht, wo er ist?«, raunte Marco.

»Ich dachte, du bist an der SCHAFOMA«, erwiderte Ren.

»Ich hab auf dem Handy gegoogelt, so wie du's mir gezeigt hast, und mir ein exklusives Hotel mit Meerblick und Sterneküche rausgesucht.«

Marco verdrehte die Augen. »Super. Während du es dir gut gehen lässt, wäre Ren beinahe gestorben! Irgend so ein unheimlicher, zähneknirschender Typ hat sie in einem Maisfeld in Kansas in ein Schattenverlies gesperrt und Königin genannt!«

»Aha«, gab Ah-Puch seelenruhig zurück. »Offenbar bist du mit dem miesepetrigen Sohn des Kriegsgottes unterwegs.«

Marco wollte empört protestieren, doch als Ren warnend die Hand hob, machte er den Mund wieder zu.

»Ist das denn wahr, was er sagt?«, wollte Ah-Puch dann wissen.

»Der unheimliche Typ hat nicht mit den Zähnen geknirscht, sondern damit geklappert. Kommt dir das bekannt vor? Könnte das irgendein Fürst oder so sein?« Keine Antwort. War die Verbindung unterbrochen? »Hallo, A. P.? Bist du noch dran?«

»Wahrscheinlich hat er dich auf stumm gestellt«, sagte Marco, »weil er sich gerade einen ganzen Hummer in den Mund stopft.« Er griff nach dem Stift, den der Kellner zusammen mit der Rechnung auf dem Tisch hatte liegen lassen. Dann packte er Ren am Handgelenk.

»Was soll das? Ich muss A. P. zurückrufen!«

»Halt einfach kurz still.«

»Marco!«

»Auch du triffst mal falsche Entscheidungen, Ren. Nicht weil du nicht intelligent wärst. Im Gegenteil. Aber du bist immer …« Er zögerte kurz. »… viel zu gutherzig und vertrauensselig. Damit stehst du dir selber im Weg, wenn es drauf ankommt. Verstehst du, was ich meine?«

War Marco jetzt Ah-Puchs offizieller Sprecher, oder was?

Der Sohn des Kriegsgottes kritzelte vier Großbuchstaben auf die Innenseite ihres Handgelenks: WWMM. Dann lehnte er sich selbstzufrieden grinsend zurück. »Das heißt: ›Was Würde Marco Machen?‹ Es soll dich dran erinnern, aggressiver zu sein, wenn es drauf ankommt. Egal wie.«

Ren fand diese Einstellung deprimierend. Aber vielleicht hatten Marco und Ah-Puch ja recht. Vielleicht sollte sie weniger Verständnis für andere aufbringen.

Sie wollte den Todesgott eben zurückrufen, da fühlte sich die Luft im Diner plötzlich wie elektrisch aufgeladen an. Rens goldene Halskette pulsierte wie ein Herzschlag, der immer langsamer wurde, bis das lärmende Gewimmel im Raum jäh zum Stillstand kam. Keine Geräusche mehr, keine Bewegungen, kein gar nichts.

»Marco?«, fragte sie flüsternd. Doch auch der Sohn des Kriegsgottes war wie eingefroren. Eine Pommes hing ihm noch halb aus dem Mund.

Ren erschrak. *Was ist da los?*

Dann entdeckte sie das Mädchen. Das durchscheinende Mädchen aus Waco. Drüben beim Monopoly-Automaten. Diesmal flimmerte ihr Umriss nicht.

Und anders als die übrigen Gäste konnte sie sich bewegen. In Rens Richtung.

9

Tezcatlipoca

Nur jene, die tot und begraben sind, spüren nicht, wie die Erde bebt.

Sie sehen nicht den Blitz über den schwarzen Himmel zucken, spüren den Gewittersturm nicht toben. Als die uralte Kraft der feuchten Erde von Yucatán entströmte, erscholl ein ohrenbetäubender Donnerschlag.

Der zweite Fürst der Nacht, der Rauchende Spiegel, öffnete die Augen. Sie waren schwarz und blank wie Obsidian.

Und seine tiefe, schattengetränkte Stimme raunte: »Endlich.«

10

Ren wurde heiß, als wäre tief in ihrem Inneren eine Flamme aufgelodert.

Das Mädchen kam näher. Sie bewegte tonlos die Lippen: *Hilf mir!*

Dabei schaute sie sich mit aufgerissenen dunklen Augen um, als sei sie überrascht, wo sie gelandet war. Sie trug Jeans und ein Sweatshirt mit einem glitzernden verschnörkelten Schriftzug, den Ren nicht entziffern konnte.

»Bleib stehen!« Ren sprang vom Tisch auf und schlängelte sich zwischen den zu unheimlichen Schaufensterpuppen erstarrten Gästen hindurch. Dabei bombardierte sie die Fremde mit Fragen: »Wer bist du? Wie soll ich dir denn helfen?«

Doch je näher Ren kam, desto durchsichtiger wurde das Mädchen. Wie eine Wolke, die sich lichtete, oder ein Gespenst, das sich in Luft auflöste. Darum hielt Ren drei Meter vor ihr an und versuchte, sich erst einmal zu beruhigen. Sie durfte auf keinen Fall umkippen und ohnmächtig werden. Nicht jetzt, wo ihr die Erscheinung offenbar etwas mitteilen wollte.

Auf einmal erhob sich zwischen ihr und dem Mädchen eine Wand aus Schatten. Schatten, die Ren nicht erzeugt hatte. Als sie sie mittels Gedankenkraft vertreiben wollte, wurde die Wand nur noch höher und dicker, bis sie das Mädchen verdeckte.

»Die Fürsten der Nacht«, hörte sie die Fremde mit einer Stimme sagen, als wäre sie weit weg.

»Was für Fürsten?« Ren drückte die Hände gegen die Schattenwand, die sich wie ein nasser Schwamm anfühlte. »Wo sind sie?« Sie beschwor ihre Magie. Erst vibrierte es in der Brust, dann strömten unerklärliche Kräfte bis in ihre Fingerspitzen. Im Nu hatte sie die Schattenwand zertrümmert. Nur schwarze Asche blieb übrig. Sie versickerte im orangefarbenen Teppichboden des Lokals.

Das Mädchen sagte wieder etwas, aber ärgerlicherweise verstand Ren nur abgehackte Wörter. »Erwachen … die Fürsten … Hollywood … Hilfe.«

Daraufhin machte sie spontan einen Schritt auf das Mädchen zu. Das war ein Fehler, denn nun löste sich die durchscheinende Gestalt endgültig auf. Und die Umgebung erwachte wieder zum Leben.

Im Diner herrschte erneut lärmende Geschäftigkeit. Marco mampfte Pommes und sah sich suchend nach Ren um. Bestimmt wunderte er sich. Eben hatte sie ihm noch gegenübergesessen und jetzt war sie auf einmal weg.

Ren schloss die Finger um ihre Goldkette und versuchte zu begreifen, was soeben geschehen war.

Die Zeit war stillgestanden. Aber wer hatte sie angehalten und warum? Warum hatte Rens Magie so seltsam vibriert? Wo war die Schattenwand hergekommen? Und wer war das Mädchen überhaupt? *Was wollte sie mir mitteilen?*

Erwachen … die Fürsten … Hilfe. Hollywood?

Marco hatte Ren entdeckt. Doch als sie an ihren Tisch zurückkehren wollte, hielt sie jemand von hinten am Arm fest. Als sie sich umdrehte, erblickte sie Ah-Puch. Doch ihr freudiges Lächeln erlosch, als sie seine grimmige Miene sah. Auch wenn er jetzt das Aussehen eines Jugendlichen hatte, erhaschte Ren hin und wieder einen Blick auf den Gott, der einst Angst und Schrecken verbreitet hatte.

»Mitkommen!«, sagte er. »Sofort!«

Wenn einem der Gott des Todes, der Finsternis und der Zerstörung befiehlt, dass man mitkommen soll, stellt man keine Fragen. Außer man ist Marco, der Sohn des Kriegsgottes, und aufgrund seiner Herkunft unglaublich stur und misstrauisch.

»Ich denke gar nicht dran.« Er verschränkte trotzig die Arme. »Sag uns erst, was los ist.«

Ah-Puch musste sich sichtlich beherrschen. »Nicht hier. Nicht jetzt.« Er baute sich vor Marco auf und deutete mit dem Kinn auf Ren. »Oder ist es dir egal, was aus *ihr* wird?«

Das war anscheinend das Zauberwort, denn Marco nickte (wenn auch widerwillig) und stand auf.

Der Gehweg vor dem Lokal war voller Leute, Musik und Lichter. Ah-Puch trat an den Bordstein und stieß einen schrillen Pfiff aus.

»Was soll das?«, fragte Ren erschrocken. »Was geht hier eigentlich vor?«

Doch bevor der Gott antworten konnte, kam ein schwarzer Oldtimer angefahren und hielt vor ihnen. »Einsteigen«, befahl Ah-Puch und nahm selbst auf dem Beifahrersitz Platz.

»Die Karre sieht ja wie ein Leichenwagen aus«, sagte Marco. Doch kaum war er eingestiegen, gab er Würgelaute von sich. Okay, der Wagen roch schlimmer als ein verwesender Dämon, der sich mit billigem Parfüm übergossen hatte. Was daran liegen mochte, dass am Steuer eine Dämonin in einem goldfarbenen Adidas-Trainingsanzug saß. Im Schein der Neonlichter von draußen schimmerte ihre Haut silbrigblau, und blau waren auch ihre Augen.

Marco schnitt eine Grimasse. »Puh, stinkt das hier!« Er machte Anstalten, sein Fenster herunterzulassen.

»Lass das sein!«, sagte Ah-Puch prompt. »Und das hier ist kein Leichenwagen. Es ist ein 1955er Rolls-Royce Silver Dawn. Er hat schon prominentere Fahrgäste als dich befördert, Gottgeborener.«

Ren reichte es. »Sag uns endlich, was los ist, A. P.! Warum bist du hergekommen? Und seit wann hast du einen Chauffeur?«

»Ich wusste gar nicht, dass Dämonen Auto fahren können«, brummte Marco mürrisch.

»Wir sind sehr vielseitig«, erwiderte die Dämonin in so sinnlichem Tonfall, als spräche sie für die Rolle des nächsten Bond-Girls vor. Dann musterte sie Marco im Innenspiegel. »Coole Frisur.«

OMG! Sie flirtet mit ihm!

Marco grinste geschmeichelt.

Widerlich!

Ah-Puch wandte sich in einer fremden Sprache an die Dämonin. Sollten Marco und Ren nichts verstehen?

Ren beugte sich vor. »Was hast du zu ihr gesagt?«

Die Dämonin gab Gas und schlängelte sich durch den Verkehr, als wären sie auf einer Rennstrecke. Der Oldtimer legte ein erstaunliches Tempo vor.

»Was ist los, A. P.?«, versuchte Ren es noch einmal.

»Wir fahren zu einer Pforte, das ist los«, antwortete der Gott. »Zu einer uralten Pforte, die so verborgen ist, dass niemand sie aufspüren wird.«

»Und wo kommt die Pforte heraus? Und warum soll niemand sie aufspüren? Wirst du verfolgt, oder was?«

»Hör mal, Alter«, meldete sich Marco wieder zu Wort. »Ich hab morgen ein wichtiges Spiel. Vorher muss ich noch 'ne Runde pennen und –«

»Schlafen kannst du, wenn du tot bist«, konterte der Gott. Zu Ren sagte er: »Zur SCHAFOMA. Und nein, nicht *ich* werde verfolgt, sondern du.«

»Von dem Gespenstermädchen?«, fragte Ren erschrocken.

»Welches Gespenstermädchen?«, fragten Marco und Ah-Puch wie aus einem Mund zurück.

»Das im Diner.«

Marco fuhr sich mit beiden Händen übers Gesicht. »Du bist echt ein Magnet für alles, was schräg und gruselig ist!«

»Fürchtest du dich vor Geisterwesen?«

»Quatsch! Sehe ich vielleicht so aus, als ob ich mich vor irgendwas fürchte?«

»Allerdings. Nämlich vor Geisterwesen. Jedes Mal, wenn es um so etwas geht, machst du ein ängstliches Gesicht.«

»Aber bloß, weil ich eine Dämonen-Allergie habe.«

»Schluss jetzt!« Ah-Puch drehte sich wieder um. Die Augen in seinem schmalen Teenagergesicht waren fast schwarz.

Marco ließ die Finger knacken. »Von unfähigen Göttern wie dir lasse ich mir überhaupt nichts sagen.«

Autsch.

Das war sogar für Marcos Verhältnisse eine krasse Beleidigung. Beleidigungen fand Ren schrecklich, vor allem solche, die unter die Gürtellinie gingen. Sie musste dann immer an die Hater auf ihrem Blog denken. Auch wenn an ihren Beschimpfungen nichts dran war, weh tat es trotzdem.

»Marco!« Sie verpasste ihm einen Knuff. »Das ist unfair. A. P. kann nichts dafür, dass er seine Götterkräfte eingebüßt hat.«

Den Todesblick, mit dem Ah-Puch Marco bedachte, kannte Ren nur zu gut. »Stimmt«, erwiderte der Gott. »Und wenn du wüsstest, wie viele Comebacks ich schon durchgezogen habe, würdest du das Maul halten, Kleiner. Ich vergesse nichts und es ist mir scheißegal, wer dein Dad ist. Krieg ist etwas Mächtiges, aber der Tod ist endgültig. Merk dir das.«

»Hey, Jungs!«, ging Ren dazwischen. »Wenn ihr euch nicht beruhigt, sperre ich euch beide in eine Schattenkiste. Das ist mein Ernst.«

»Ist ja gut, ist ja gut«, lenkte Marco rasch ein. »Eigentlich ist der Wagen ganz cool. Wie schnell fliegt er denn? Hundertfünfzig km/h?«

»Eher zweihundert«, erwiderte Ah-Puch.

»Echt jetzt? Irre!«

Sie vertragen sich, indem sie über das Auto fachsimpeln. Sehr gut.

»Du, A. P.,« unterbrach Ren die beiden, »ich wüsste gern, *wer* mich verfolgt.«

»Darüber können wir später reden.«

»Warum nicht jetzt?«

»Vertraust du mir?«

Ren nickte ohne Zögern. Sie hätte Ah-Puch bedenkenlos ihr Leben anvertraut.

»Ich nicht«, sagte Marco lachend.

»Tja, ich traue dir auch nicht, Kleiner.«

»Weil mein Vater der Kriegsgott ist?« Marco drückte selbstbewusst die Brust heraus.

»Nein. Weil deine blauen Strähnen total ungleichmäßig sind.«

»Nichts gegen meine Haare, Alter!«

»Können wir Marco nicht nach Hause bringen?«, mischte sich Ren wieder ein. »Das Spiel morgen ist ihm sehr wichtig und er muss dafür ausgeschlafen sein.«

Doch Ah-Puch schüttelte schon den Kopf. »Sobald wir an der SCHAFOMA sind und die Verfolger abgehängt haben, kann er gehen, wohin er will.«

»Du nervst«, sagte Marco mürrisch, als die Dämonin nun in die Wüste abbog. Hier gab es keine Straße mehr. Keine Lichter. Keine Zivilisation. In der Ferne ragten schwarze, ungewöhnlich geformte Felsen auf. Das Auto flog förmlich über den Sand, als würden ihn die Reifen gar nicht berühren.

Marco lehnte sich zu Ren hinüber. »Das ist ja wie im Film, wenn die Gangster die Gefangenen in die Wüste bringen und sie ihre eigenen Gräber ausheben müssen.«

»Wir sind aber nicht im Film«, entgegnete Ren gedämpft.

»Wo ist der Unterschied? Wir sind mit dem Todesgott unterwegs. Aber dass du's weißt, ich grabe *nicht* mein eigenes Grab!«

»Noch fünf Kilometer geradeaus, dann müssten wir da sein«, wandte sich Ah-Puch an die Dämonin. Ren fiel plötzlich auf, wie fest der Gott den Türgriff umklammerte. Ah-Puch war nervös, aber warum? Warum war er überhaupt nach Vegas gekommen und hatte Ren in die Wüste entführt? Und wer war hinter ihr her?

Ren grübelte noch, als sie es hörte.

Ein Geräusch wie weißes Rauschen.

Erst dachte sie sich nichts dabei, doch dann ertönte ein schauriges Pfeifen, als würde ein Sturm durch einen Tunnel fegen. Es kam Ren irgendwie bekannt vor.

Aber warum reagierten die anderen nicht? »Hört ihr das nicht?«

Marco wandte sich vom Fenster ab. »Was denn?«

»Dieses komische Geräusch! Wie auf der Tonaufnahme von den Ringen des Saturn, die ich mal auf YouTube gehört habe. So ein unheimliches Pfeifen und –«

Ah-Puch redete wieder in der fremden Sprache auf die Dämonen ein. Die gab daraufhin Gas und die schwarze Wüste sauste an den Fenstern vorbei. Doch je schneller sie fuhren, desto lauter wurde das Pfeifen.

Ren hielt sich die Ohren zu.

»Was hast du?«, fragte Marco.

Lass das, sagte eine tiefe, barsche Stimme. Es war nicht dieselbe Stimme wie in Kansas, dafür klang sie aber noch bedrohlicher.

Ren zuckte zusammen und schaute sich um.

Du entdeckst mich erst, wenn ich entdeckt werden will, verkündete die Stimme.

»Aufhören!«, schrie Ren.

Dann überschlugen sich die Ereignisse. Die Dämonin bremste scharf vor einem baufälligen Schuppen, dessen Silhouette sich vor dem Nachthimmel abzeichnete. Marco zog Ren aus dem Wagen. Ah-Puch blaffte unverständliche Befehle. Und eine Dunkelheit, schwärzer als schwarz, quoll aus dem Boden, erhob sich höher und höher und verdichtete sich zu unförmigen Umrissen.

Als Ah-Puch wieder einen Befehl rief, erschien vor ihnen eine Wand aus flimmerndem rötlichem Licht. Die Pforte!

Alle vier stürmten los, doch die Stimme folgte ihnen. Sie war überall.

Du kannst nicht entkommen, meine Königin.

»Nenn mich nicht immer so!«

Bis zur Pforte waren es höchstens noch drei Meter.

Die schwarzen Umrisse waren jetzt voll ausgebildet.

Es waren drei riesige Panther, die Ren und die anderen haushoch überragten. Gelbe Reißzähne, rote Augen, geifernde Mäuler. Sie verstellten ihnen den Weg zur Pforte.

Die beiden Gottgeborenen, die Dämonin und der Gott blieben wie angewurzelt stehen. Dann wich Ah-Puch zu Rens Erstaunen einen Schritt zurück. »Aufs Kämpfen bin ich nicht vorbereitet. Und ich gedenke nicht, in diesem Körper zu sterben.« Er zog die Jacke aus und stellte sich breitbeinig hin. »Aber ein Gott muss tun, was ein Gott tun muss.«

Die Dämonin knurrte und fuhr die Klauen aus. Eine zähe, durchsichtige Flüssigkeit tropfte davon herab.

»Glaubt ihr im Ernst, ein paar Miezekätzchen halten uns auf?«, rief Marco in die Nacht hinaus.

Muss er ausgerechnet jetzt provozieren?

Ren erzeugte einen schützenden Schattenwall, der sich aber sofort wieder auflöste. Ren selbst wurde von Kraftwellen durchgeschüttelt.

»Wenn wir durch die Pforte türmen wollen, brauchen wir Deckung«, sagte Ah-Puch. »Das ist deine Aufgabe, Ren.«

»Ich versuch's ja!« Doch so angestrengt sie sich auch konzentrierte, sämtliche Schatten, die sie erzeugte, verflüchtigten sich sofort wieder.

Die Monster-Raubkatzen fauchten angriffslustig. Die unheimliche Stimme dagegen sprach jetzt im Flüsterton. *Wenn du dich ergibst, lasse ich deine Freunde am Leben.*

»Wer bist du?«, konterte Ren, denn das hatte man ihnen an der SCHAFOMA eingeschärft: Legt euch nie mit einem Feind an, den ihr nicht kennt.

Komm mit mir und ich offenbare mich.

Die Raubkatzen duckten sich sprungbereit.

Ren riss sich die Goldkette alias das Zeitseil vom Hals. Die Kette leuchtete magisch auf und wurde länger. Sie hielt zwar die Zeit nicht mehr an, konnte Gegnern aber schmerzhafte Brandwunden zufügen. »Zeig dich endlich!«

Du kennst mich. Schon immer.

Als Marco und die Dämonin auf die Panther losgingen, schnappte sich Ah-Puch Ren und zerrte sie in Richtung Pforte.

»Warte!« Sie machte sich los. Marco sprang einem Panther auf den Rücken. Die Dämonin schlüpfte zwischen den Pfoten eines zweiten hindurch und schlitzte ihm mit den Giftkrallen den Bauch auf.

Ein gellendes Aufjaulen hallte durch die Wüste und das Ungeheuer zerfiel zu Asche.

Der dritte Panther stürzte sich mit einem Riesensatz auf Marco. Ren nahm es wie in Zeitlupe wahr. Doch sie gab sich einen Ruck und fing das Untier mit ihrer Kette wie mit einem Lasso ein. Fell und Fleisch am Hals des Panthers verschmorten qualmend, doch Ren war nicht stark genug, um ihn von Marco wegzuzerren. Ihre Finger verkrampften sich, die Kette drohte ihr zu entgleiten.

Da packte Ah-Puch zu, aber das Zeitseil versengte ihm die Hände.

»Nicht!«, schrie Ren und wollte ihn wegstoßen.

Doch er ließ nicht los. Der Gestank von verbranntem Fleisch war unerträglich.

Trotzdem geriet die Raubkatze erst ins Taumeln und zerfiel dann zu Asche. Auch Ah-Puch taumelte, drückte die verletzten Hände an die Brust und schnitt Schmerzgrimassen.

Der erste Panther stellte sich auf die Hinterbeine und warf Marco ab. Doch als Ren mit der Kette ausholte, wich das Ungeheuer zurück. Seine Augen glühten, die Brust hob und senkte sich heftig.

Warum stand der Panther auf einmal nur noch da? Er hielt den Blick auf Ren geheftet und schien hämisch grinsend das Maul zu verziehen.

Dann löste er sich in Luft auf.

Ren hatte noch nie erlebt, dass sich ein Gegner so plötzlich zurückzog. Noch *nie.* Da war etwas faul.

Sie ließ die lange Kette wieder zur Halskette zusammenschnurren, legte Ah-Puch den Arm um die Schultern und stützte ihn. Die Pforte miefte nach Rost und Verwesung.

»Warum hast du das gemacht?«, schimpfte sie. »Du weißt doch, dass niemand außer mir das Zeitseil unbeschadet anfassen kann. Geht's denn wieder?«

»Ein Mensch zu sein, ist echt ätzend.« Ein Stöhnen entschlüpfte ihm.

Marco gab der Dämonin ein High Five. »Hast du das Vieh gesehen? Voll feige. Es hat kapiert, dass wir ihm überlegen sind.«

Vielleicht, meldete sich die unheimliche Stimme wieder, als sie durch die Pforte traten.

Vielleicht kenne ich jetzt aber auch deine Stärken, Königin. Und deine Schwächen.

11

Die Sonne kroch am Horizont empor und färbte den Himmel orange und rosa mit violetten Streifen. Der schwarze Asphalt glitzerte, als wäre er mit lauter Diamantsplittern gespickt.

Ren wunderte sich. Sie waren nicht an der SCHAFOMA herausgekommen. Hatten sie die falsche Pforte benutzt? Ah-Puch hatte ja gesagt, dass sie uralt war. Und Ren hatte gehört, dass sehr alte Pforten manchmal nicht einwandfrei funktionierten. Insofern war es gut möglich, dass …

Und wo waren ihre Freunde?

Sie sah sich um. Sie stand vor einem offenen Hangar, in dem ein schlankes Flugzeug parkte. Von dem Rollfeld hinter ihr hoben lauter kleinere Flieger ab. Mit dröhnenden Triebwerken verschwanden sie im dunstigen Himmel.

Ren sah aus dem Augenwinkel, dass sich an dem großen Flugzeug etwas rührte.

Ah-Puch stieg aus. Zum ersten Mal hatte Ren Gelegenheit, die verjüngte Erscheinung des Todesgottes richtig zu betrachten – schlaksig mit langen Armen und langen schwarzen Haaren, die von einem Lederband aus dem Gesicht gehalten wurden. Und obwohl er auf den ersten Blick wie ein lässiger Skatertyp wirkte, trug er einen seiner maßgeschneiderten schwarzen Anzüge.

Unwillkürlich musste Ren lachen, doch der Gott schien es nicht mitzubekommen. Er konzentrierte sich ganz darauf, einen eindrucksvollen Auftritt hinzulegen.

»So viel Aufwand ist eigentlich nicht mein Ding«, sagte er, als er bei Ren angekommen war, »aber ich musste irgendwo mit dir reden, wo uns niemand beobachten oder belauschen kann.«

»Aber Marco und …« Ren sah sich wieder um.

»Hier sind nur wir beide«, sagte der Gott. »Es ist ein Zwischenreich, das ich höchstpersönlich eingerichtet habe.« Er klang unverkennbar stolz.

Ren musste an Zanes Buch denken. Auch er hatte einst in einem Zwischenreich auf einer Klippe über dem Ozean gestanden. Dort hatte sich Hurakan mit ihm getroffen, damit die anderen Götter nichts mitkriegten. »Aber dann ist doch mein Körper gar nicht hier, auf diesem … Das ist ein Flugplatz, oder? Liege ich gerade schlafend ganz woanders?«

Ah-Puch hielt den Blick unverwandt auf die kleineren Flugzeuge geheftet, die eins nach dem anderen abhoben. »Ich habe das perfekte Trugbild einer Dämonen-Flugschule erschaffen. Und du bist tatsächlich hier. Auch körperlich.«

»Wie kann das sein?« Ren erinnerte ihn nur ungern an seine derzeitige Erscheinungsform, aber … »Wenn du uns beide hierhergebracht hast, heißt das dann, dass deine Götterkräfte zurückkehren?«

»Schön wär's! Aus den ganz alten Pforten, die nicht mehr benutzt werden, sickert uralte Magie. Diese Magie habe ich mir zunutze gemacht.«

»Uralte Magie.« Ren wiederholte es in ruhigem Ton, dabei war sie innerlich in Aufruhr. Genau genommen war sie kurz vorm Durchdrehen. Aber nicht, weil sie es eben noch ohne ihre Schattenmagie mit einem Monsterpanther aufgenommen hatte, sondern weil die sonderbare Stimme, die überall und nirgends zugleich war, sie einfach nicht in Ruhe lassen wollte. *Du kannst nicht entkommen …* Das schien leider zu stimmen.

»Und warum treffen wir uns hier? Ich denke, es gibt keinen Ort, der besser gesichert ist als die SCHAFOMA?«

»Auch die Sicherheitsvorkehrungen dort bieten keinen hundertprozentigen Schutz, Ren. Oder hast du das schon vergessen?«

Wie hätte sie vergessen können, dass ihre Feinde erst vor ein paar Monaten in die SCHAFOMA eingedrungen waren, indem sie die Unterwelt und den Weltenbaum als Zugänge benutzt hatten!

Ihr Blick fiel auf Ah-Puchs verbrannte Hände. »Tut's noch doll weh?«

Er schnaubte. »Meine Götterkräfte mögen gelitten haben, aber in meinen Adern fließt immer noch Götterblut. Und jetzt erzähl. Alles.«

Ren ließ den Blick über den dichten Dschungel auf beiden Seiten des Rollfelds gleiten. Die Flugzeuge, die vorhin gestartet waren, landeten jetzt nach und nach wieder.

»Sind wir hier wirklich sicher? Es ist so laut!«

»Das ist Absicht. Die Frequenz des Fluglärms hält Lauscher fern.«

»Woher willst du das wissen?« *Wenn man schon an der SCHAFOMA nicht hundertprozentig geschützt ist …*

»Können wir uns nachher darüber unterhalten?«

»Erklär es mir lieber gleich.«

Der Gott schnaufte genervt. »Na schön. Vor langer, langer Zeit, bevor die Geschichte der Menschheit begann, habe ich ein Spionagenetz aufgebaut. Meine Götterkollegen fanden es gut, weil wir den Spionen beibringen konnten, mittels Träumen geheime Botschaften zu versenden. Und in Träume kann niemand eindringen. Fast niemand.«

»*Fast* niemand« bezog sich auf den Gottgeborenen Adrik, der ein Traumwandler war und sich praktisch in jedermanns Träume Einlass verschaffen konnte.

»Ich kenne die Methoden, weil ich sie mir selber ausgedacht habe«, fuhr der Gott fort. »Doch irgendwann wollten uns die Spione austricksen und wir mussten die Sache abbrechen. Wir wollten aber auch nicht riskieren, dass sich andere auf diese Weise verständigen.«

Zane hatte Ren sogar von dem Spionagenetz erzählt, wie ihr jetzt wieder einfiel. Damals hatte sie das Ganze unfair gefunden, aber sie war ja auch kein unter Verfolgungswahn leidender Gott.

»Jetzt bist du dran.« Ah-Puch drehte sich zu ihr um. »Fang ganz von vorn an und lass nichts aus.«

Während die Sonne höher wanderte und die Flieger starteten und landeten, erzählte Ren ihrem Freund von dem sonderbaren Symbol, den abtrünnigen *cinco* und dem Gespenstermädchen. Und zum Schluss von den unheimlichen Stimmen.

Ah-Puch lief auf und ab und hörte konzentriert zu. Seine Miene wurde immer ernster.

»Undankbares Gottgeborenen-Pack!«, sagte er schließlich. »Ich freue mich schon darauf, dass sie mir irgendwann in Xi'balb'a dienen müssen. Vielleicht ist es ihnen ja eine Lehre, wenn sie bis in alle Ewigkeit Knochen zu Staub zerkauen müssen.«

Ren zuckte bei dieser Vorstellung zusammen. »Ist das nicht ein bisschen krass? Sollten wir nicht erst ihre Version der Geschichte hören?«

»Welche Geschichte? Keine Geschichte der Welt kann entschuldigen, dass sie uns Götter stürzen und die Macht an sich reißen wollen.«

Ren hatte schon immer gefunden, dass Ah-Puch die Dinge zu einseitig betrachtet. Für sie selbst war die Welt nicht nur schwarz oder weiß. Es gab eine Menge Grautöne und damit eine Menge Gelegenheiten für Missverständnisse. »Schon klar, dass du ihr Verhalten nicht gut findest, aber wir wissen doch gar nicht, wie sie jetzt leben. Ob sie es vielleicht bereuen, dass sie sich abgespalten haben, oder was sie in Kansas vorhatten. Vielleicht ist ihnen inzwischen klar, dass sie einen Fehler gemacht haben. Aber sie wollen es vor den Göttern nicht zugeben, weil die ihnen sowieso nicht verzeihen werden.«

»Sie hatten die Wahl!«

Sich mit Ah-Puch zu streiten, hatte keinen Zweck. Er war felsenfest von seiner Meinung überzeugt. Dabei fand Ren den Verrat der *cinco* ebenfalls kränkend. Wie konnte man derart skrupellos und berechnend sein? Aber Menschen (und Götter) konnten sich ändern. Dafür war Ah-Puch das beste Beispiel. Früher einmal war er ein mordlustiger Schurke gewesen, der nur darauf aus gewesen war, die Welt zu zerstören. Und wenn *er* sich ändern konnte, warum dann nicht auch Serena und die anderen? Ren hätte Ah-Puch gern darauf aufmerksam gemacht, doch der Todesgott war schon bei einem anderen Thema. »Kannst du mir mehr über das Gespenstermädchen erzählen?«

»Sie war ungefähr so alt wie wir.« Ren biss sich sofort auf die Zunge. »Ich meine, so alt wie ich«, berichtigte sie sich hastig. »Sie kam mir bekannt vor, aber weil sie so durchsichtig war … Und wie gesagt, sie wirkte verängstigt, was ich merkwürdig fand. Sonst sind doch Geister diejenigen, vor denen alle anderen Angst haben und –«

»Ich glaube nicht, dass du ein Gespenst gesehen hast.«

Ren traute ihren Ohren nicht. »Nichts für ungut, aber du warst nicht dabei. Sie sah eindeutig wie ein Gespenst aus.«

»Deine Beschreibung klingt eher nach einer Astralreisenden.«

»Einer Astral-*qué*?« Ren erinnerte sich verschwommen, in einem ihrer Außerirdischen-Bücher etwas über Seelenreisen gelesen zu haben.

»Bei einer Astralreise verlässt die Seele den Körper –«

»Und begibt sich woanders hin«, fiel Ren dem Gott ins Wort. »Dazu sollte es an der SCHAFOMA mal einen Kurs geben!«

»Nur wenige besitzen diese Fähigkeit. Wir Götter führen über so etwas Listen.«

»Warum? Ach so … weil ihr euch schützen wollt, richtig? Davor, dass sich andere heimlich untereinander austauschen.« Rens Ton war unbeabsichtigt scharf. Sie hatte diese Machtspielchen gründlich satt. Dieses ständige Ausspionieren und Aufspüren fremder Magie! Warum konnten es die Götter nicht einfach mal gut sein lassen?

»Das auch, aber es gibt noch andere Gründe, auf die ich jetzt nicht eingehen möchte.«

»Und warum hat das Mädchen ausgerechnet mich um Hilfe gebeten? Sie kennt mich doch gar nicht. Und was sollte das mit ›Hollywood‹?«

Ausnahmsweise war Ah-Puch um eine Antwort verlegen. Er zuckte die Achseln. »Vielleicht steckt sie ja mit den Fürsten der Nacht unter einer Decke.«

Bei Ren läuteten sofort die Alarmglocken. »Woher weißt du, dass sie die Fürsten erwähnt hat? Gehören ihnen die unheimlichen Stimmen? Kennst du sie?«

Wieder keine Antwort.

Ein Augenblick verstrich. Zwei Augenblicke. Drei.

»Was ist denn jetzt?«, fragte Ren ungeduldig.

»Das ist eine unschöne Geschichte und sie wird dir nicht gefallen.« Wegen der jungenhaften Stimme und den noch halb kindlichen Gesichtszügen fiel es Ren manchmal schwer, Ah-Puch ernst zu nehmen. Doch er war trotz allem der Gott des Todes, der Finsternis und der Zerstörung. Und Ren wollte die Geschichte, auf die er anspielte, unbedingt hören.

12

Sie liefen am Rollfeld entlang bis zum Rand des Dschungels. Die Luftströme aus den Düsen der Flugzeuge ließen die Baumwipfel heftig schwanken. Doch als Ah-Puch eine Handbewegung machte, ließ immerhin der Lärm nach. Sie konnten sich jetzt unterhalten, ohne brüllen zu müssen.

Der Gott holte so tief Luft, als wäre es sein letzter Atemzug. Dann begann er. »Insgesamt gab es neun dieser Aztekengottheiten. Eine jede herrschte über eine Nacht – die erste, die zweite und so weiter. Sie bestimmten auch darüber, ob es das Schicksal gut oder schlecht mit einem Menschen meinte. Und sie waren sehr mächtig.«

Waren.

Ren kannte die historischen Fakten. Das Volk der Azteken war von dem spanischen Entdecker und Eroberer Cortés und seinen Leuten überfallen und ausgerottet worden. Angeblich waren ihre Götter mit ausgelöscht worden, weil ihnen niemand mehr Opfer dargebracht hatte.

Ren musste an die Mexica-Erdgöttin Tlaltecuhtli denken, die Verschlingerin, die Leben schenken und nehmen konnte. Camazotz und Ixkik' hatten sie seinerzeit auferstehen lassen, weil sie die Mayagötter fressen sollte. Als die Verschlingerin die Götter wieder ausgewürgt hatte, waren einige von ihnen plötzlich Jugendliche gewesen. Ah-Puch zum Beispiel.

Ren wurde ganz kribbelig. »Heißt das, jemand hat diese Fürsten der Nacht geweckt, so wie damals die Verschlingerin? Stecken die *cinco* dahinter?«

Ah-Puch blieb stehen und drehte sich zu ihr um. »Wenn ich ein echter Mensch wäre, würde ich jetzt irgendwas Sinnloses antworten wie: ›Das nehme ich an.‹ Aber wir Götter halten uns nicht mit Vermutungen auf. Uns interessieren nur Gewissheiten.«

Doch Ren war keine Göttin. Sie konnte sich nur Gewissheit verschaffen, indem sie Hypothesen und Theorien aufstellte und sich von einer Schlussfolgerung zur nächsten hangelte, bis ihr schließlich etwas dämmerte. »Die *cinco* wollten die Mayagötter stürzen. Als das nicht geklappt hat, sind sie auf die Idee gekommen, die Fürsten der Nacht zu wecken. Aber wozu? Diese Fürsten, jedenfalls die beiden, die mit mir gesprochen haben, scheinen keine sehr netten Typen zu sein. Sie haben garantiert keine Lust, sich von ein paar Maya-Gottgeborenen für ihre Zwecke einspannen zu lassen.«

Die Sonne schien am Horizont innezuhalten, als würde sie der Unterhaltung gespannt lauschen.

»Also noch mal«, sagte Ren. »Kennst du die Fürsten? Ich meine, persönlich?«

»Sagen wir, wir hatten gelegentlich miteinander zu tun. Daher weiß ich, dass sie es gar nicht leiden können, wenn jemand sie weckt. Wenn sie sich zusammenschließen, besitzen sie große Macht. Ich gehe davon aus, dass heute Nacht der dritte Fürst aus dem Schlummer gerissen werden wird, morgen der vierte und dann immer so weiter, bis alle wach sind.«

Je mehr, desto besser? Bloß nicht! Einer oder zwei waren schon schlimm genug, aber *neun*? Ren konnte sich nicht vorstellen, die ganze nächste Woche über jede Nacht einen weiteren Fürsten kennenzulernen.

»Das bedeutet, wir müssen das Ganze stoppen, bevor der Letzte von ihnen die Augen aufschlägt.« Ren wurde von einer unerklärlichen Panik erfasst. »Uns bleiben nur noch sieben Nächte!«

»Richtig gerechnet.« Ah-Puch nannte ihr die Namen der ersten drei Fürsten. Der erste war Xiuhtecuhtli, der Fürst des Feuers, dann kam Tezcatlipoca, der Rauchende Spiegel, und schließlich Piltzintecuhtli, der sogenannte Götterprinz. Der Fürst des Feuers wurde auch der Alte Gott genannt und der Rauchende Spiegel war für seine Bösartigkeit berüchtigt.

»Der Rauchende Spiegel war – *ist* – für Streit und Krieg zuständig. Außerdem ist er der Gott des Nachthimmels, des Nordens, der Jaguare, des Obsidiangesteins, der Zauberei und noch ein paar anderer Kleinigkeiten. Und er soll außerordentlich abstoßend aussehen.«

»Und der Prinz?«

»Der ist die Gottheit der Sonne und der Heilung.« Ah-Puch sagte es achselzuckend, als wäre dieser Gott so nebensächlich, dass sich eine ausführliche Beschreibung nicht lohnte.

»Glaubst du, sie wachen in der Reihenfolge ihrer Tage auf?«

»Möglich, denn sie sind ziemlich fantasielos. Aber man weiß ja nie.«

Demnach handelte es sich bei dem Zähneklapperer höchstwahrscheinlich um den Fürsten des Feuers und bei Mr Wir-kennen-uns um den Rauchenden Spiegel.

Doch Ren hatte noch mehr Fragen. »Und warum haben die beiden Fürsten ausgerechnet mit mir gesprochen und mich Königin genannt? Sind sie vielleicht ein bisschen durcheinander, weil sie so plötzlich aus dem Schlaf gerissen wurden?«

Du kennst mich schon immer, hatte der Rauchende Spiegel behauptet.

»Tja«, antwortete Ah-Puch stirnrunzelnd, »das müssen wir herausfinden, und nicht nur das. Es hängt alles miteinander zusammen – die Fürsten der Nacht, die Astralreisende, die *cinco.*«

»Und das Symbol. Das spielt bestimmt auch eine wichtige Rolle.« Ren holte ihr Handy heraus und zeigte Ah-Puch die Fotos aus Kansas.

Der Todesgott machte große Augen. Ren schlug das Herz bis zum Hals. »Hast du so was schon mal gesehen?«

»Nein.«

»Was ist dann mit dir los?«

»Hä?«

»Da!« Ren zeigte auf sein Gesicht. »Unter deinem Auge zuckt es.« Er verschwieg ihr etwas.

»Quatsch.«

»Doch, dein Auge zuckt total. Gibt es irgendwas, das du mir nicht sagen willst?«

Der Gott verdeckte seine rechte Gesichtshälfte mit der Hand. Dann erwiderte er seufzend: »Diese Pubertät ist die reinste Folter. Ständig spielen die Hormone verrückt. Und hatte ich schon erwähnt, dass ich die ganze Zeit Hunger habe? Manchmal habe ich sogar Albträume …

Und neulich habe ich richtig Angst bekommen. ANGST! Wenn sich herumspricht, dass sich der furchterregendste aller Götter fürchtet, ist mein Ruf im Arsch. Und jetzt zuckt auch noch mein Auge! Ich halte das nicht mehr aus!«

Er machte den Eindruck, als würde er gleich in Tränen ausbrechen. Ren musste etwas unternehmen.

»Mach dir keine Sorgen um deinen Ruf. Dein Tod-Finsternis-und-Zerstörung-Status ist bald wiederhergestellt«, versicherte sie ihm, obwohl sie selbst keineswegs davon überzeugt war. Dann hatte sie eine Eingebung. »Moment mal! Vielleicht war es ja gar nicht die Zeitreise, die dich und die anderen verjüngt hat! Vielleicht hat es ja damit zu tun, dass ihr im Bauch der Verschlingenden festgesessen habt.«

»Daran hatten wir auch schon gedacht«, gab Ah-Puch grimmig zurück. »Aber eine auferstandene Mexicagöttin kann unmöglich so mächtig sein.«

Ren tätschelte ihm tröstend den Rücken. Sie konnte seine Argumentation nachvollziehen, hatte aber trotzdem ihre Zweifel. Und sie hatte das Gefühl, vor allem gerade eben, dass die Mexicagötter in dieser Angelegenheit eine größere Rolle spielten, als alle dachten.

Während Ah-Puch seinen pubertären Gefühlsaufruhr niederkämpfte, indem er zittrig durchatmete, den Kopf schüttelte und irgendwas vor sich hinbrabbelte, beschwor Ren ihre Magie und verdunkelte den Himmel mit einem gewaltigen Schatten. Man sah nur noch die Lichter am Flugzeughangar leuchten.

Ah-Puch blickte verwundert auf. »Was …?«

»Ich dachte, wenn Finsternis herrscht, beruhigst du dich leichter.«

Unter dem Auge des Gottes zuckte es nicht mehr. Er riss sich zusammen und nickte. »Das war voll peinlich. Ich verliere immer mal wieder plötzlich die Beherrschung und … Soll nicht wieder vorkommen.«

»Ich kann dir gern ein paar Atemübungen zeigen. Man kann auch mit den Fingern auf seine Meridianpunkte klopfen.« Um es ihm vorzumachen, beklopfte Ren erst ihre Augenbraue und dann die Stelle unter dem betreffenden Auge. »Das bringt eine ganze Menge und –«

»Nein danke. Aber du kannst etwas anderes für mich tun.«

»Was denn?«

»Niemandem erzählen, wie ich mich eben aufgeführt habe.«

Ren lachte und verpasste ihm einen spielerischen Knuff, um die Situation aufzulockern.

Er sah sie an. Seine dunklen Augen glühten gefährlich. »Ich lasse nicht zu, dass dir irgendwer etwas antut, Ren.«

Leider war ihr nur allzu bewusst, dass er ohne seine Götterkräfte nicht viel ausrichten konnte. Und als könnte er Gedanken lesen, setzte er hinzu: »Wobei ich zugegeben momentan nicht in Bestform bin. Soll heißen, du brauchst zusätzlichen Schutz.«

»Unsinn«, widersprach Ren. »Ich bin eine supermächtige Gottgeborene –«

»Eine Gottgeborene, deren Schattenmagie in Vegas versagt hat.«

Ren schoss das Blut in die Wangen. Ah-Puch hatte recht – ihre Magie hatte sie im Stich gelassen und das nicht zum ersten Mal. Aber warum? In ihrem Hinterkopf meldete sich eine Stimme und raunte: *Weil du eben doch eine Hochstaplerin bist.* Sie fasste nach ihrer Halskette. »Ich habe immer noch das Zeitseil. Du hast selbst zu spüren bekommen, dass die Kette so heiß glüht wie die Sonne. Vielleicht kriege ich es jetzt ja hin, dass sie wieder funktioniert und die Zeit anhält und so weiter.«

»Mit *Und so weiter* können wir nicht arbeiten, Ren. Wir müssen strategisch vorgehen und jede kleinste Einzelheit durchspielen. Und deswegen …«

Ah-Puch drehte sich zu einem der hohen schwarzen Berge um. »Deswegen möchte ich dir jemanden vorstellen.«

13

»Wen denn?«

»Das wirst du gleich sehen. Bitte lös den Schatten auf.«

»Aber …« Doch Ren tat wie geheißen, weil sie insgeheim vor Neugier platzte.

Der Gott legte ihr lächelnd den Arm um die Schultern. »Jetzt kommt eins meiner bestgehüteten Geheimnisse.«

Ein Junge erschien. Er war ungefähr so alt wie Ren, trug eine hellbraune Cargohose, ein graues T-Shirt und kleine schwarze Kreolen in den Ohren. Und anscheinend besaß er weder Kamm noch Bürste. Seine schwarzen Haare waren an den Seiten kurz und am Oberkopf so lang, dass sie ihm in die Augen fielen.

Ah-Puch lächelte immer noch hinterhältig.

»Ist das eine Traumgestalt oder ist er echt?«, fragte Ren ihn gedämpft.

»Er ist hundertprozentig echt.«

»Ist er ein Gottgeborener? Oder ein verjüngter Gott wie du? Ein Übernatürlicher?«

Der Junge blieb vor Ah-Puch und Ren stehen. Er war größer, als Ren erst gedacht hatte, und sein Selbstbewusstsein war noch größer. Es umgab ihn wie eine Wolke aus billigem Parfüm. Gleichzeitig wirkte es aufgesetzt, als spielte er eine Rolle wie ein Filmschauspieler.

Als er dem Gott die Hand schüttelte, senkte er respektvoll den Blick.

»Darf ich dir Edison vorstellen, Ren?«, sagte Ah-Puch. »Edison, das ist Ren.«

»Die Schattenhexe«, sagte der Junge ausdruckslos, aber seine Augen funkelten und seine Lippen kräuselten sich, als hätte er Ren am liebsten breit angestrahlt und um ein Autogramm gebeten. Was er aber nicht tat. Vielleicht hatte Ren es sich auch nur eingebildet.

Was sie sich aber garantiert nicht einbildete, war die Magie, die von ihm ausging. »Und was für Fähigkeiten hast du so?« *Hoppla!* Sie biss sich sofort auf die Zunge, aber falls er sich ärgerte, ließ er sich nichts anmerken.

Stattdessen schielte er kurz zur Ah-Puch hinüber, als wollte er ihn um Erlaubnis bitten.

»Ren kannst du alles anvertrauen«, sagte der Gott daraufhin. Ren war plötzlich ungeheuer stolz.

»Ich bin ein Dämon«, sagte der Junge.

»Und da heißt du Edison?« Schon wieder war es Ren einfach herausgerutscht.

»Stimmt, das ist echt tragisch.« Ah-Puch kratzte sich am Kopf. »Aber als er sich den Namen gegeben hat, war er erst fünf. Doch das ist eine längere Geschichte, für die wir jetzt keine Zeit haben.«

Hatten ihm seine Eltern denn keinen Namen gegeben? Wie hatten sie ihn die ersten fünf Jahre angesprochen? Ren konnte sich kaum beherrschen nachzuhaken. Doch wenn Ah-Puch sagte: »Das ist eine lange Geschichte«, meinte er in Wahrheit: »Ich habe keinen Bock, mehr zu erzählen.«

Ren nahm sich fest vor, später noch einmal nachzufragen. Jetzt erwiderte sie nur: »Aber du bist gar nicht blau.« *Und du stinkst nicht nach Verwesung.* »Bist du getarnt?« Dämonen konnten jederzeit in eine andere Haut schlüpfen. Buchstäblich. Allerdings waren die meisten gegen Menschenhaut allergisch und dieser hier kratzte sich nicht.

Edison legte den Kopf schief und kniff die Augen zusammen, als versuchte er, Ren einzuschätzen – oder als wollte er sie mit einem Laserblick durchbohren. »Nein, ich bin nicht getarnt«, erwiderte er dann. »Ich sehe wirklich so aus ... jedenfalls meistens.«

Meistens?

Ah-Puch mischte sich wieder ein. »Edisons Mutter war eine Dämonin. Die Herkunft seines Vaters ist ungeklärt.« Ren fand diese Formulierung kränkend. Sie redeten doch nicht über Ufos! Doch Edison schien es nichts auszumachen. Ren musste daran denken, dass Ixkik', die halb Göttin, halb Dämonin war, ihre Söhne (die grässlichen Heldenzwillinge) empfangen hatte, als ihr ein Totenschädel in die Hand gespuckt hatte. Vielleicht war Edisons Dad ja auch ein Totenschädel. In der Mayawelt war nichts unmöglich.

Und warum hatte Ah-Puch gesagt, dass Edisons Mom eine Dämonin *war*? Lebte sie denn nicht mehr?

»Als er vor vierzehn Jahren zur Welt kam«, fuhr Ah-Puch fort, »versteckte ihn seine Mutter aus Furcht vor Ixtabs Zorn im hintersten Winkel von Xi'balb'a. Die Göttin sollte nicht erfahren, dass ihr eine ihrer Elitekriegerinnen etwas Derartiges verheimlicht hatte.«

Ren wusste nur zu gut, wie ätzend es war, mit lauter Geheimnissen aufzuwachsen. Nicht zu wissen, wer die eigene Mutter war und was für Fähigkeiten sie besaß. Wobei sie selbst immerhin mit ihrem Großvater ein halbwegs normales Leben geführt hat. Sie hatte sich mit Freunden getroffen, war zur Schule gegangen, hatte sich mit ihrem Außerirdischen-Blog beschäftigt … Sie hatte sich nicht in einer finsteren Ecke der Unterwelt verstecken müssen.

»Äh …« Die nächste Frage war Ren peinlich, aber sie brannte ihr auf der Zunge. »Ich dachte immer, Dämonen können … sie können keine …« Sie wusste nicht, wie sie es ausdrücken sollte, und weder der Dämon noch der Gott kamen ihr zu Hilfe. *Schönen Dank auch, Jungs!* »Hat Ixtab nicht mal gesagt, dass ihre Dämonenkrieger keine Kinder bekommen können?«

»Tja, die Fakten sprechen offensichtlich dagegen«, konterte Ah-Puch. »Ixtab lebt in ihrer eigenen Welt mit ihren eigenen abwegigen Vorstellungen und Vorschriften. Man soll den Mund eben nicht zu voll nehmen.«

»Vor ein paar Monaten ist meine Mom verschwunden«, wechselte Edison das Thema.

Verschwunden? Dann ist sie vielleicht gar nicht tot?

»Das tut mir leid«, sagte Ren ehrlich betroffen. »Hoffentlich geht es ihr gut.«

Edison nickte kaum merklich.

Ah-Puch machte ein schuldbewusstes Gesicht. »Sieh mich nicht so streng an, Ren! Ich habe nichts damit zu tun!« Er warf Edison einen auffordernden Blick zu. »Los, erzähl ihr, wie ich dich befreit, ausgebildet und dir den richtigen Umgang mit deinen Fähigkeiten beigebracht habe. Außerdem habe ich dich in die besten Restaurants ausgeführt, und wenn wir ins Kino gegangen sind, durftest du immer den Film aussuchen.« Er drehte sich wieder zu Ren um. »Ich habe mir die größte Mühe gegeben, ihm beizubringen, wie Menschen so sind und wie sie sich verhalten. Schließlich kannte er bis dahin nur lauter uralte Geister. Und wie er geredet hat – ständig hat er ›Ach, du liebes bisschen!‹ und so was gesagt. Es war nicht zum Aushalten.«

Ren traute Ah-Puch nicht recht. Was hatte er dabei für Hintergedanken gehabt? Denn er hatte *immer* Hintergedanken. Er hätte niemals einen Dämon befreit und ausgebildet, wenn es nicht auch in seinem eigenen Interesse gewesen wäre.

»Bloß gestern Abend nicht«, warf Edison ein. »Da durfte ich den Film nicht aussuchen.«

Der junge Dämon, der sich selbst einen Namen gegeben und sein Wissen über Menschen von alten Geistern bezogen hatte, tat Ren leid. »Heißt das, seit deine Mutter weg ist, hast du mit dem Gott des Todes, der Finsternis und der Zerstörung zusammengelebt?«

Statt einer Antwort sah Edison Ren nur ausdruckslos an.

Sie sah ihn ihrerseits erwartungsvoll an.

»Ach so, das war eine Frage!«, kam es schließlich von ihm. »Nein. Ich war nur die letzten vierzehn Tage an der SCHAFOMA. Davor hat mich Ah-Puch im Hotel untergebracht. Das war echt schön da! Es gab viel mehr Shows als in der Unterwelt und der Zimmerservice war richtig krank.« Er stockte kurz. »Das ist doch der richtige Ausdruck, wenn man sagen will, dass etwas in Ordnung war, oder? Klingt irgendwie komisch, aber ich habe das Wort schon öfter gehört.«

Ren nickte nur und funkelte den Gott böse an. »Du hast ihn ins Hotel abgeschoben?«

»Es war ein Fünfsternehotel.«

»Außerdem ist Ah-Puch mehrmals am Tag vorbeigekommen«, ergänzte Edison. »Und es hört sich vielleicht seltsam an, dass jemand mit dem Todesgott zusammenlebt, aber er ist auch nicht älter als ich. Also ist das in Ordnung. Oder krank … Ihr wisst schon, was ich meine.«

Ah-Puch räusperte sich. »Bitte redet nicht über meinen Kopf hinweg, als wäre ich gar nicht da. Und ich bleibe ja auch nicht ewig so jung. Großes Götterehrenwort.«

»Und warum hast du ihn ausgebildet, A. P.?« Ren war immer noch misstrauisch.

Edison machte ein verständnisloses Gesicht. »Wer ist A. P.?«

Der Gott winkte hastig ab. »Das ist bloß mein Deckname. Spielt keine Rolle. Der Punkt ist, dass Edison offiziell den Auftrag hat, auf dich aufzupassen, Ren.«

»*Er* soll mein Beschützer sein?!« Erst kicherte Ren nur, dann bekam sie einen hysterischen Lachanfall. Ein weltfremder, jugendlicher Dämon sollte dafür sorgen, dass ihr nichts zustieß? »Nichts für ungut, Edison. Du bist bestimmt sehr fähig und cool und so, aber, äh, dafür sind schon A. P. und Marco zuständig – wo immer Marco gerade ist. Außerdem … Außerdem bin ich die Tochter der Zeitgöttin plus eine Schattenhexe.«

»Weiß ich alles. Ich habe Ah-Puchs Bericht über dich gelesen.«

Rens Hals kribbelte und wurde heiß, dann stieg ihr die Hitze ins Gesicht. Bestimmt hatte sie lauter große rote Flecken.

»Wir verplempern unsere Zeit«, mischte sich Ah-Puch wieder ein. »Du musst noch die Namen der übrigen Fürsten erfahren, Ren. Ihre Fähigkeiten. Du musst wissen, mit wem du es zu tun hast.«

»Ich bin nicht blöd, Ren«, warf Edison ein. »Du willst nicht von mir beschützt werden. Du kennst mich nicht und darum traust du mir nicht. Aber ich habe nicht mit dir eine Abmachung getroffen, sondern mit Ah-Puch. Und du hast keine Ahnung, was ich vermag.«

Sämtliche Dämonen, deren Bekanntschaft Ren bis jetzt gemacht hatte, besaßen übernatürliche Körperkräfte und konnten sich in Rauch auflösen, nur um im nächsten Augenblick woanders wieder aufzutauchen. Sie waren eine Art Unterwelt-Flaschengeister (ohne das Wünschen). Insofern hatte Ren vielleicht *doch* eine Vorstellung von Edisons Fähigkeiten.

Auf jeden Fall konnte sie sich lebhaft vorstellen, was es bedeutete, einen Beschützer zu haben. Man gab jegliche Selbstbestimmung auf und musste tun, was einem gesagt wurde. *Nein danke.* »Das hier ist *meine* Mission«, erwiderte sie bemüht freundlich. »Es geht nicht darum, was du für magische Kräfte oder sonst was besitzt. Ich kann allein auf mich aufpassen.«

Edisons breite Augenbrauen schoben sich skeptisch zusammen.

Ah-Puch hakte Ren unter und entfernte sich mit ihr ein Stück, sodass der Dämon sie nicht mehr hören konnte. »Du bist total unvernünftig.«

»Ich bin, wie ich bin«, konterte Ren. »Und ich brauche keinen Aufpasser.«

»Doch.«

»Nein.«

Ah-Puch schaute zu Boden. »Ich kann aber nicht … Ich bin nicht mehr so stark und mächtig wie früher. Wenn dir in meiner Begleitung etwas zustoßen würde …« Er atmete tief durch und blickte wieder auf.

»Ich kenne Edison doch gar nicht.« Auf einmal sehnte sich Ren nach ihren Gottgeborenen-Freunden. »War er überhaupt schon mal auf einer Mission?«

Der Gott ließ sich nicht beirren. »Für jeden kommt irgendwann ein erstes Mal, Ren. Gerade du müsstest das wissen.«

Widerstrebend gestand Ren sich ein, dass er recht hatte. Vielleicht war Edison ja doch ganz okay. Vielleicht würde er ihr nicht die ganze Zeit im Weg sein. Oder lauter falsche Wörter benutzen. Vielleicht wäre er sogar eine Hilfe. Oder auch nicht.

»Ich mache dir einen Vorschlag«, sagte Ah-Puch. »Wir nennen ihn nicht deinen Beschützer, sondern deinen Betreuer.«

»Meinen Klotz am Bein.«

»Deinen Leibwächter.«

»Meinen Untergebenen.«

»Du bist echt ein Dickkopf!«

»Du auch.«

»Nenn ihn, wie du willst, aber bist du jetzt einverstanden?«

»Und er wird mich nicht rumkommandieren?«

»Bestimmt nicht. Versprochen.«

Ren gab auf und nickte.

»Sehr gut. Dann willst du jetzt sicher sehen, was er alles kann. Komm morgen ganz früh in die Trainingsarena der SCHAFOMA.«

14

Ren erwachte so frisch und ausgeruht, als hätte sie nicht die ganze Nacht von irgendwelchen absurden Diskussionen mit dem Todesgott und einem halbwüchsigen Dämon geträumt.

Sie setzte sich auf und sah sich um. Sie war in ihrem Baumhaus an der SCHAFOMA. Durch die Ritzen der Fensterläden fielen ein paar Sonnenstrahlen. Ihr Zimmer sah noch genauso aus, wie sie es vor ein paar Wochen verlassen hatte. Die weiße Tagesdecke aus Leinen war mit silbernen Sternen bedruckt, es gab weiche, violette Kissen und am Fenster stand ein Teleskop.

Alles ist wie immer.

Nichts ist wie immer.

Ren musste das, was sie erfahren hatte, erst einmal sortieren. Die Astralreisende, das Symbol, die Fürsten der Nacht … Doch am meisten beschäftigte und belastete sie die Frage: *Warum hat meine Schattenmagie versagt?*

Als sie darüber nachdachte, fiel ihr auf, dass jedes Mal ein Fürst der Nacht in der Nähe gewesen war. Um ihre Theorie zu überprüfen, hob sie den Arm und ließ problemlos einen formlosen Schatten an der Zimmerdecke erscheinen. Darüber war sie einerseits erleichtert, andererseits machte ihr die Vorstellung Angst, dass die mysteriösen Fürsten ihre Magie deaktivieren konnten. Sie ließ den Schatten wie einen Ball durchs Zimmer hüpfen. Kinderleicht.

Dann löste sie den *sombra* auf und ging den gestrigen Abend noch einmal in allen Einzelheiten durch. Doch sie landete jedes Mal bei Edison – dem jugendlichen Dämon, den es eigentlich gar nicht geben dürfte und der jetzt ihr … Ja, was war er denn nun? Ihr Teamkamerad? Ihr Handlanger? Egal. Auf jeden Fall *nicht* ihr Aufpasser.

Dann willst du jetzt sicher sehen, was er alles kann.

Sie so zu ködern war typisch für Ah-Puch, dachte sie, als sie Katzenwäsche machte. Ihre SCHAFOMA-Uniformen lagen ordentlich gefaltet in der Kommode. Ren zog eine schwarze Leggings und ein graues T-Shirt an und überquerte das kunstvolle Gewirr aus Hängebrücken, das die Baumhäuser der Gottgeborenen miteinander verband. Als Erstes musste sie Marco alles erzählen.

»Marco!«, rief sie, als sie sein Baumhaus betrat.

Keine Antwort.

Sie lief durch den schmalen Flur zu seinem Zimmer. Dort fand sie ein ungemachtes Bett vor. Morgendliche Schatten krochen über die Wände. Und sie hörte gleichmäßige Atemzüge, als wäre jemand anwesend. Rasch schaute sie in den Schrank und unters Bett. Nichts.

Ren spürte ein sonderbares Brennen in der Brust, einen Druck, den sie so nicht kannte. Der Druck breitete sich von ihrer Herzgegend über den ganzen Brustkorb aus. Auf einmal konnte sie sich nicht mehr rühren.

Die Atemzüge waren überall – in der Luft, in den Wänden. Dann vernahm sie wieder das unheimliche *Klack, Klack, Klack.*

Der Zähneklapperer – der Fürst des Feuers!

Am liebsten wäre Ren weggerannt, ohne sich noch einmal umzudrehen. Doch wenn sie jetzt schon zuließ, dass ihre Panik die Oberhand gewann, wie sollte sie dann *irgendeinem* der Fürsten gegenübertreten?

Er kann nicht hier sein, redete sie sich gut zu. *Ich bilde mir die Geräusche bloß ein.*

Klack, Klack, Klack.

Ren entschloss sich zu einem Test. Wenn tatsächlich ein Fürst der Nacht anwesend war, wäre ihre Schattenmagie wieder lahmgelegt. Sie erzeugte einen lang gestreckten Schatten und ließ ihn den Umriss eines Baumes annehmen. Als ihr das gelungen war, ließ sie den Schatten erleichtert wieder verschwinden. Die Atemzüge waren verstummt.

Auf einmal musste sie an ihren Großvater denken.

Nachdem sie von der Rettungsaktion der Mayagötter zurückgekehrt war, hatte sie an Schlafstörungen gelitten. Sobald sie im Bett lag, hörte sie wieder die Monster, mit denen sie und ihre Freunde zu tun gehabt hatten, zum Beispiel die Riesenfledermäuse, vor denen sie ganz zu Anfang geflohen war. Damals hatte ihr *abuelo* gemeint, das, was sie hörte, seien einfach nur Echos ihrer vorigen Angst.

»Wenn etwas richtig Schlimmes passiert«, hatte er gesagt, »werden wir die Angst, die wir dabei empfunden haben, manchmal lange nicht mehr los. Sie meldet sich immer wieder und fühlt sich dann wirklicher an als die Realität.«

War auch das Zähneklappern nur ein Angstecho?

Dabei fiel ihr ein, dass sie sich heute noch nicht bei ihrem Großvater gemeldet hatte. Schnell schickte sie ihm eine Nachricht, damit er sich keine Sorgen machte. Zum Glück hatte sie ein Ladekabel im Baumhaus und ihr Handy war aufgeladen. Marco hatte wieder geschrieben. Sie wollte die Nachricht eben öffnen, da hörte sie hinter sich Schritte. Als sie herumfuhr, stand Ah-Puch im fahlen Tageslicht. »Du bist heute Morgen aber ziemlich blass um die Nase«, sagte er.

Ren riss sich zusammen. »Mir geht's gut.« Sie wollte den Gott nicht beunruhigen. Er sollte nicht glauben, dass die Angstechos sie von ihrer Mission abhalten würden. Wie hatte Sir Switchblade es ausgedrückt? *Hau deiner Angst jeden Tag eins aufs Maul und gib dein Bestes.* Sie war keine Spinnerin und auch keine Lügnerin oder Hochstaplerin. Das würde sie allen beweisen. »Ich habe bloß Marco gesucht.«

Der Gott ließ den Blick durchs Zimmer gleiten. Nahm er die Angstechos auch wahr?

»Hast du ihn zufällig gesehen?«, fragte Ren.

Doch Ah-Puch ging nicht darauf ein. »Wie hast du geschlafen?«, wollte er stattdessen wissen. »Hoffentlich gut. Wir haben heute viel vor.«

»Stimmt. Edison soll mir vorführen, was er draufhat. Aber du hast meine Frage nicht beantwortet.«

»Du meine auch nicht.«

»Ich habe gut geschlafen. Und jetzt du. Hast du Marco gesehen?«

»Ich bin nicht sein Kindermädchen. Sein Bote auch nicht, aber sieh mal auf deinem Handy nach.«

Ren öffnete die Nachricht.

Musste weg. Können uns aber gern nach dem Spiel treffen.
Mission kommt nicht infrage. Muss meinen Wurfarm schonen.
Dir Hals- und Beinbruch (natürlich nicht in echt!)

Ren schrieb zurück.

Alles klar. Viel Erfolg.

Sie war enttäuscht. Obwohl sie gewusst hatte, dass er nicht bleiben konnte, hatte sie gehofft, ihn noch kurz sprechen zu können. Sie hätte ihm gern von ihrer Unterhaltung mit Ah-Puch berichtet. Marco war ein genialer Stratege. Wie hätte er die neueste Entwicklung eingeschätzt?

»Erzähl ihm bitte nicht von Edison«, sagte Ah-Puch prompt.

»Warum denn nicht?«

»Wenn herauskommt, dass Edison ein Dämon ist, schwebt er in Lebensgefahr.«

»Warum hast du ihn dann mitgebracht?«, gab Ren zurück. »Vielleicht war er in der Unterwelt besser aufgehoben.«

»Weil *du* in Lebensgefahr schwebst und das ist wichtiger. Und warum schaust du dich eigentlich andauernd um? Suchst du was?«

»Du kannst nicht andere Leute den Wölfen zum Fraß vorwerfen, bloß weil du dir um mich Sorgen machst!«

»Wölfe? Was für Wölfe? Geht's dir wirklich gut?«

Ren hätte ihm gern von dem Brennen in ihrer Brust und den unheimlichen Atemzügen erzählt, doch ihre innere Stimme riet ihr, daraus keine große Sache zu machen.

Wir müssen uns schon mit genug Rätseln herumschlagen.

Kurz darauf hatten sich die beiden ein paar Burritos zum Frühstück geholt und waren auf dem Weg zur Arena. Alle Sportgeräte, die den Sommer über dort aufgebaut waren, waren weggeräumt worden. Sogar die Taue an der Kletterwand. Edison war schon da. Er wanderte um den Platz herum und redete dabei mit sich selbst. Leider konnte Ren nichts verstehen.

Sie knüllte das Einwickelpapier ihres Burritos zusammen und warf es in einen Mülleimer. »Was macht er da?«

Ah-Puch legte den Kopf in den Nacken, weil die Eierfüllung aus seinem fünften Burrito quoll. »Er checkt die Eingrenzung«, antwortete er mit vollem Mund.

»Wozu das denn?«

»Damit seine Kräfte nicht drüberschwappen. Das könnte zwar lustig werden, wäre aber ansonsten gar nicht gut.«

»Heißt das, er hat seine Fähigkeiten nicht im Griff?«

NA TOLL!

»Das habe ich nicht gesagt.«

»Geht es um Feuer oder so? Hast du Schiss, dass er den Dschungel abfackelt?«

»Meinetwegen kann er die ganze Welt abfackeln«, erwiderte Ah-Puch lachend. »Aber nein, Feuer ist nicht im Spiel.«

Der Dämon kam angejoggt. Er trug noch die gleiche Cargohose und das graue T-Shirt, aber hier in der realen Welt wirkte er irgendwie … größer? Schlanker? Waren seine Augen dunkler? Die Nase markanter? Doch Ren fiel immer nur das Gleiche ein: *echt süß.*

Zum Glück würdigte Edison sie keines Blickes, sondern konzentrierte sich ganz auf Ah-Puch. Hoffentlich bestand seine magische Fähigkeit nicht im Gedankenlesen.

»Bist du so weit?« Ah-Puch sprach auf einmal mit ganz tiefer Stimme. Wollte er gebieterisch klingen, oder was?

Edison nickte. »Die Eingrenzung ist sicher.«

Ren kam sich vor wie bei der CIA.

»Dann nimm bitte Aufstellung, Ren.« Ah-Puch deutete auf die Mitte der Arena.

Eigentlich schätzte Ren sich selbst so ein, dass sie gute Nerven hatte, aber dieses dramatische Getue machte sie nervös. Vor allem, weil zwei Fürsten der Nacht schon frei herumliefen und ein dritter heute noch erwachen würde. Sie war nicht scharf drauf, wieder Zähneklappern oder schaurig geraunte Warnungen zu hören.

»Wollen wir nicht lieber die Mission planen und uns überlegen, wie wir vorgehen?«

»Du musst die Stärken und Schwächen deiner Mitstreiter kennen«, gab Ah-Puch zurück. »Genauso wie die deiner Gegner.«

»Sollte dann nicht eher Edison Aufstellung nehmen? Ich denke, er soll mir etwas vorführen!«

»Du musst mitmachen.«

»Wieso?«

»Weil ihr beide jetzt kämpfen werdet.«

WIE BITTE?!

»Keine Angst, ich halte mich zurück.« Edison lächelte sie leicht verlegen an. »Versprochen.«

»*Du* willst Rücksicht auf *mich* nehmen?!« Am liebsten hätte Ren laut losgelacht oder ihm eine Schattenkugel in den Mund gestopft. Zwei Schattenkugeln. Sie wollte ja nicht unhöflich gegenüber diesem Typen … Dämon … was auch immer sein, aber war ihm denn nicht klar, dass sie ihn mit einem Schattendolch oder dem Zeitseil mühelos zweiteilen konnte? Nicht dass sie das vorhatte – sie verabscheute unnötige Gewalt –, aber wenn er so weitermachte …

Edison nickte eifrig. »Das wird super! Du bist meine erste Kampferfahrung in der realen Welt. Abgesehen von Ah-Puch und ein paar Trugbildern, die sich allerdings ziemlich real angefühlt haben.« Er klatschte in die Hände und joggte in die Mitte der Arena. Ren folgte ihm widerstrebend. Im Stillen nahm sie das »echt süß« zurück und ersetzte es durch »ätzend gut gelaunt«.

Sie stellten sich mit zehn Metern Abstand voneinander auf. Ren kochte innerlich, Edison wippte auf den Zehen.

Dann deutete er eine Verbeugung an und sagte: »Los – zeig's mir. Aber richtig!«

»Keine Sorge, *Eddie*«, sagte Ren halblaut, ballte die Fäuste und beschwor ihre Schattenmagie. Die Magie kribbelte sengend heiß in ihren Fingerspitzen und drängte heraus.

»Du machst den ersten Zug, Ren«, rief Ah-Puch vom Rand.

»Wir spielen doch nicht Schach!«

»Ach nein?«

Als Ren sich ärgerlich umdrehte, war Ah-Puch auf einmal von lauter Luft-, Erd-, und Berggeistern umringt. Die kleinen Wesen futterten Popcorn und tuschelten miteinander. Waren das Münzen, die von Hand zu Hand gingen? Schlossen die Geister etwa Wetten ab? Ren packte die Wut. Sie wollte nicht zur Schau gestellt werden, wollte nicht kämpfen, damit andere sich amüsierten! Plötzlich fielen ihr wieder sämtliche beleidigenden Kommentare aus ihrem Blog ein und eine Welle aus Scham schlug über ihr zusammen.

Spinnerin!

Hochstaplerin!

Versagerin!

Rasch atmete sie tief durch und flüsterte ein beruhigendes Mantra.

Dann musterte sie Edison prüfend und überlegte, was sie als Erstes beschwören sollte. *Einen Schattendrachen, der dich auf einen Happs verschlingt? Oder soll ich es langsam angehen lassen und dir erst mal nur mit einer Schattenschlange einen Schreck einjagen?*

Edison machte sich nicht mal die Mühe, Verteidigungshaltung einzunehmen. Er stand so gelassen da, als hätte er von Ren und ihren Fähigkeiten nicht das Geringste zu befürchten.

Dann eben doch der Schattendrache.

Weil Ren aber von Natur aus gutmütig war, brachte sie es nicht übers Herz, ein Riesenmonster zu erzeugen (Wetten hin oder her). Sie beschränkte sich auf einen löwengroßen Drachen und beobachtete gespannt, wie er sich erst in die Luft schwang und dann auf ihren gedanklichen Befehl auf den Dämon stürzte.

»Mehr bringst du nicht zustande?«, johlten die Geister. »Los, gib dir Mühe!«

Edison blickte Ren an. Lächelte er etwa wieder? Er hob beide Hände, als wollte er einen Ball fangen. Doch dann verzerrte sich die Luft um ihn herum und schillerte auf einmal rosa, gelb und blau wie eine gigantische Seifenblase.

War Eddie ein Seifenblasenkünstler?

Irrtum. Denn als Rens Schattendrache gegen die schillernde Blase flog, verpuffte er. Unwillkürlich überlief es Ren kalt.

Die Geister applaudierten … und lachten.

»Ich wollte bloß nett sein!«, rief Ren.

Der Dämon lachte ebenfalls. »Ich habe doch gesagt, dass du keine Hemmungen haben sollst.«

Du hast es so gewollt. Ren schleuderte einen Hagel Schattendolche in seine Richtung. Doch als die Dolche gegen die schillernde Schutzblase prallten, verpufften sie ebenfalls.

»Wo bleibt deine Magie?«, rief einer der Geister.

Rasch nahm Ren das Zeitseil vom Hals und holte damit aus wie mit einer Peitsche.

Als das Seil die Blase traf, gab es einen grellen Blitz. Die Elektrizität knisterte hörbar. Edison hob wieder die Hände, doch er wirkte jetzt angespannt.

Vom Publikum kamen sowohl Jubel- als auch Buhrufe.

»Jetzt strengt euch mal an, Kinder!«, rief Ah-Puch. Ren hätte ihn gern böse angefunkelt und den Geistern mit lauter Schattenhänden den Mund zugehalten, aber sie musste sich konzentrieren.

Ein Wirbelsturm fegte durch die Arena. Ren konnte die Magie fast schmecken.

»Du hast es echt drauf«, rief Edison ihr zu, aber er lachte dabei wieder. Wollte er sie provozieren?

Ren zog das Seil wieder zu sich heran, damit es vom Sturm nicht hin- und hergeworfen wurde. Je länger sie das Zeitseil besaß, desto besser gehorchte es ihr. Inzwischen war sie fast eins damit, auch wenn sie die Zeit selbst noch nicht beeinflussen konnte.

Mit noch mehr Schwung als beim ersten Mal holte sie wieder nach Edison aus. Die goldene Kette wurde länger und wand sich wie eine Schlange, ohne dass ihr der Sturm etwas anhaben konnte. *Wenn ich die Blase nicht durchbrechen kann, fange ich sie eben ein.*

Die Kette peitschte durch die Luft. Doch mit jedem Zentimeter, den sie sich der Blase näherte, ließ der Dämon diese um zwei Zentimeter anschwellen.

Als das Zeitseil diesmal auftraf, zuckten gleich mehrere blendende Blitze an der Blase herab. Aber das war auch schon alles. Ren musste zur Kenntnis nehmen, dass sie – die stärkste Gottgeborene von allen – dem Dämon und seinen magischen Fähigkeiten unterlegen war.

Doch da flog plötzlich ein leuchtend blau gefiederter Pfeil quer durch die Arena und bohrte sich in Edisons Blase.

Die Geister stoben auseinander und verflüchtigten sich.

Der Pfeil sauste durch die Blase hindurch und direkt auf Ah-Puch zu.

»A. P.!«, rief Ren erschrocken und rannte los. Im Laufen schleuderte sie Schatten, die den Pfeil einfangen sollten, doch sie konnten das Geschoss nicht einholen.

Alles ging so schnell, dass Ren sich nichts anderes einfallen lassen konnte. Warum sprang der Gott nicht beiseite?

»A. P.!«, schrie sie wieder. Auch Edison kam jetzt angerannt und rief etwas. Als er die Arme ausbreitete, wogte eine schimmernde Kraftwelle in Ah-Puchs Richtung.

Doch Ren begriff zu ihrem Entsetzen, dass sie beide den Gott nicht mehr retten konnten.

15

Es war zu spät.

Aber dann … hob Ah-Puch lässig die Hand und fing den Pfeil im Flug. Anscheinend hatte ihn seine Göttlichkeit doch nicht ganz und gar verlassen. Edisons Kraftwelle brandete gegen den Rand der Arena, doch die Eingrenzung hielt.

Ren ließ ihre Schatten verschwinden und blieb schwer atmend stehen. Bei der Vorstellung, was hätte passieren können, schnürte es ihr die Kehle zu.

Der Gott stand gelassen da und lächelte. Er lächelte!

Am liebsten hätte sie ihm eine runtergehauen. Aber erst nachdem sie ihn umarmt hatte.

Jetzt kam Ah-Puch auf sie zu und winkte dabei jemandem hinter ihr. Als Ren sich umdrehte, erblickte sie auf der gegenüberliegenden Seite der Arena ein Mädchen. Der lockige schwarze Pony fiel ihr in die Augen, das übrige Haar war zum Zopf geflochten. Sie trug eine violette Daunenweste, Leggings mit Sternchenmuster und knöchelhohe weiße Sneaker, die mit rosa Einhörnern bedruckt waren. Sie war jünger als Ren und Edison – vielleicht zehn, elf Jahre alt – und hatte einen Bogen in der Hand.

Hatte *sie* den Pfeil abgeschossen?

Die Naturgeister kamen zurück. Sie gaben lautstarke Kommentare ab wie: »Alles Verarsche!«, »Noch nie so 'nen miesen Kampf gesehen!« und: »Totale Zeitverschwendung!« Dann verflüchtigten sie sich wieder.

»Was ist hier los, A. P.? Wer ist das?« Ren verstand gar nichts mehr. »Sie hat auf dich geschossen!«

»Habt ihr gesehen, wie ich den Pfeil gefangen habe? Das war Weltklasse!«

»A. P.!«

»Ich fand's auch eindrucksvoll«, wandte sich Edison an Ren. Sie ging nicht darauf ein, weil sie immer noch so aufgewühlt war, dass sie sich kaum beherrschen konnte. Am liebsten hätte sie irgendetwas kurz und klein geschlagen.

Der Gott verdrehte die Augen. »Sie hat nicht auf mich geschossen. Sonst wäre sie jetzt ja wohl nicht mehr am Leben.«

Na ja … Ah-Puch vergaß gern, dass er seine göttliche Unverwundbarkeit ebenfalls eingebüßt hatte.

»Sie hat auf Edisons Magie gezielt«, fuhr Ah-Puch fort. »Sie wollte euch demonstrieren, dass ganz gleich, für wie stark man sich hält, irgendwer immer noch stärker ist und einen fertigmachen kann.«

Ren merkte Edison an, dass auch er das Mädchen noch nie gesehen hatte. Genauso wenig begriff er, wie ihr Pfeil durch seinen magischen Schutzwall hatte dringen können, während das Rens Schatten und ihrer Zeitmagie nicht gelungen war.

»Montero!« Ah-Puch bedeutete dem Mädchen, zu ihnen herüberzukommen. Ren sah jetzt, dass sie den Bogen an einem Lederband quer über der Schulter trug. Auf ihrem Rücken hing ein Köcher mit noch mehr blau gefiederten Pfeilen.

Edison und Ren wechselten einen verständnislosen Blick.

»Hi, Ren, hi, Edison!«, sprudelte das Mädchen namens Montero los. »Ah-Puch hat mir schon alles über euch erzählt. Wahnsinn, dass ich hier bin! Ich hätte nie gedacht, dass mich mal ein Mayagott beschwört. Nicht dass ich mich beschweren will oder so. Ich find's einfach nur irre.«

»Wer bist du?« Edison ließ die Pfeile nicht aus den Augen. Es waren neun Stück.

»Ihr könnt mich gern Monty nennen. Ich bin eine Nachfahrin des großen Aztekenkönigs Itzcoatl. Ich soll euch unterstützen. Und mir die Ernennung zur Jaguarkriegerin verdienen. Die Jaguare sind die absoluten Elitekrieger. Obwohl, die Adler auch, aber ...« Sie beugte sich vor und raunte verschwörerisch: »Die Jaguare sind hundertmal cooler.« Sie nickte nachdrücklich, als Ah-Puch ihr den Pfeil zurückgab, und steckte ihn wieder in den Köcher.

Edison war unübersehbar von Montero fasziniert. Seine breiten schwarzen Brauen wanderten in die Höhe und sein Gesicht drückte entweder Staunen oder Bewunderung oder beides aus.

Ren dagegen beschäftigte eher, was das Mädchen gesagt hatte. Vor allem: »Ich soll euch unterstützen.«

Ich habe nicht um Unterstützung gebeten!, hätte sie am liebsten gerufen, wollte Montero aber nicht kränken. Darum rang sie sich ein Lächeln ab. »Schön, dich kennenzulernen.«

»Schön ist gar kein Ausdruck!«, erwiderte Montero mit leuchtenden Augen. »Meine ganze Zukunft hängt davon ab! Und der große

Ah-Puch hat mich schon über alles informiert. Übrigens, keine Sorge – ich werde zu Hause unterrichtet und kann mir meine Zeit frei einteilen. Und ich bin superverschwiegen. Bei mir sind eure Geheimnisse gut aufgehoben.« Dabei sah sie Edison an.

»Wie alt bist du denn?«, fragte Ren.

Montero reckte das Kinn, sodass sie zwei, drei Zentimeter größer wirkte als ihre schätzungsweise eins fünfzig. »Nächsten Monat werde ich zwölf. Aber ich trainiere schon mein Leben lang für einen Einsatz wie diesen, deswegen bin ich nicht zu jung. Ich schwöre.«

»Montero …«, wiederholte Edison. »Der Nachname kommt von *monte*, also ›Berg‹ auf Spanisch. Aber ist Montero nicht auch eine Berufsbezeichnung? Jagdgehilfe oder so ähnlich?«

Monty nickte zustimmend, aber Ren starrte den Dämon so ungläubig an, als hätte er plötzlich zwei Köpfe. »Woher weißt du so was?«

»Ich lese viel.«

Eigentlich logisch. Wer sich in der Unterwelt versteckt halten musste, konnte nicht viel anderes tun als lesen.

»Äh … wie heißt du denn mit Vornamen, Monty?«, wollte Edison wissen

»Das darf ich nicht sagen.«

»Warum nicht?«, fragte Ren. Wollte Monty sie verarschen, oder was?

Ah-Puch kam dem Mädchen zu Hilfe. »Das ist ein streng gehütetes Geheimnis. Eine Macht, die sie von ihren Eltern geerbt hat und die der Ursprung ihrer Magie ist. Würde sie euch den Namen verraten, hättet ihr Zugriff auf diese Macht. Nur ihre Familie kennt ihren richtigen Namen.«

Wider Willen war Ren beeindruckt. Offenbar entstammte Monty einer Familie mit sagenhaften magischen Fähigkeiten.

»Und dann bist du auch noch ausgebildete Kriegerin!« Edison klang, als könnte er es kaum glauben. Ren ging es ähnlich. Immerhin war Monty erst elf und ziemlich klein für ihr Alter. Dafür war ihr Selbstbewusstsein umso größer.

»Sie ist Jägerin«, berichtigte Ah-Puch den Dämon.

Als Monty grinste, sah man die kleine Lücke zwischen ihren Schneidezähnen. »Alle in meiner Familie sind – oder waren – ausgebildete Krieger. Aber einige von uns beherrschen auch die Kunst des Jagens. Wir jagen aber keine Tiere. Klar könnte ich meine magischen Fähigkeiten auch dafür einsetzen, aber was hätte ich davon? Ich bin überzeugte Vegetarierin. Habt ihr schon mal einer Kuh in die großen braunen Augen geschaut oder –«

Ah-Puch räusperte sich.

»Schon gut«, sagte Monty verschmitzt. »Auf jeden Fall kann ich für euch jeden und alles aufspüren. Toll, oder? Und wenn ich mich auf dieser Mission bewähre, ist das eine große Ehre für meine Familie und ich darf die magischen Pfeile behalten.«

»Und wenn nicht?«, fragte Ren.

Monty wurde plötzlich ernst. »Dann muss ich meine magischen Fähigkeiten und meinen Namen wieder hergeben und die hier –« Sie deutete auf ihren Rücken. »– dem nächsten Krieger oder Jäger oder sonst wem überlassen.«

»Wie gemein!«, rutschte es Ren heraus, aber sie riss sich sofort zusammen. Als Anführerin dieser Mission musste sie entsprechend auftreten. Sie musste sich besser beherrschen, musste ein Pokerface wahren. Zane sagte immer, sie wäre viel zu leicht zu durchschauen. Bis jetzt hatte Ren immer erwidert: »So bin ich nun mal und das ist gut so.« Jetzt wurde ihr klar, dass sie sich nicht mehr darauf ausruhen konnte, dass sie so war, wie sie eben war.

»Ich find's auch gemein«, stimmte Edison ihr zu. »Aber du kannst doch noch an anderen Missionen teilnehmen, oder?«

»Nein, ich bekomme nur die eine Chance. So will es die Tradition. Seit fünf Generationen hat niemand aus meiner Familie eine Mission erfolgreich bestanden. Manche durften es nicht mal versuchen. Darum bin ich Mr Ah-Puch total dankbar.«

Der Gott war sichtlich verlegen.

Monty pustete sich die Locken aus den Augen. »Ich muss es schaffen und ich verspreche euch, dass ich euch nicht im Weg bin oder so.«

Ren ging endlich auf, warum Ah-Puch Montero dazugerufen hatte. Sie sollte den nächsten Fürsten der Nacht aufspüren. Und die *cinco.*

»Woher kennst du Monty denn, A. P.?«

»Ich habe es mir zur Aufgabe gemacht, Infos über Leute mit besonderen Fähigkeiten zu sammeln. Vor allem jetzt.«

Er brauchte nicht zu erklären, was er damit meinte, und Ren fragte nicht nach. Seine Schwächen einzugestehen, war dem Gott peinlich.

Sie drehte sich wieder zu Monty um. »Du hast gesagt, dass deine Pfeile magisch sind. Inwiefern?«

Monty zählte an den Fingern ab: »Erstens verfehlen sie nie – *niemals!* – ihr Ziel. Zweitens kehren sie von allein in den Köcher zurück. Drittens leuchten sie auf, wenn mir große Gefahr droht, und viertens können sie entweder töten oder lähmen. Ich brauche mir nur vorzustellen, was von beidem ich möchte, und *zack*!«

»Nicht schlecht.« Ren überlegte bereits, wie sie diese Magie auf ihrer Mission einsetzen konnten.

»Und welche Reichweite haben deine Pfeile?«, fragte Edison, als wäre er ein Waffenexperte.

»Anderthalb Kilometer, aber wenn ich ein bisschen übe, fliegen sie bestimmt noch weiter.«

Ah-Puch mischte sich wieder ein. »Monty kann euch bestimmt sehr nützlich sein«, sagte er, als müsste Ren noch überzeugt werden.

Monty selbst sah Ren mit großen braunen Augen erwartungsvoll an, als würde sie auf die positive Antwort auf eine Frage warten, die niemand gestellt hatte. Ren konnte nachvollziehen, wie ihr zumute war. Als sie damals die Neue gewesen war, die sich Zane und seinen Freunden anschließen wollte, war es ihr genauso gegangen. Aber Zane und die anderen waren supernett gewesen und sie würde zu Monty genauso nett sein. Abgelehnt zu werden, war kein schönes Gefühl.

»Ich freue mich, dass du uns begleiten willst«, sagte sie lächelnd, »aber hast du dir das auch gut überlegt? So eine Mission hört sich vielleicht superspannend und aufregend an, aber sie kann auch Furcht einflößend und gefährlich sein und –«

»Gefahren zu überwinden, liegt mir im Blut!« Monty nahm Haltung an und schlug wie ein Soldat die Hacken zusammen. »Ich werde dich nicht enttäuschen. Ich schwöre.«

»Du brauchst nicht vor mir zu salutieren.«

»Aber du bist unsere Generalin.«

Ren kam sich gleich ein Stück größer vor. Am liebsten hätte sie erwidert: »Erklär das bitte mal Eddie.«

Edison runzelte immer noch grübelnd die Stirn. »Wie konnte dein Pfeil meine Magie überwinden?«, wollte er von Monty wissen. »Eigentlich ist sie undurchdringlich.«

Ah-Puch übernahm die Antwort. »Du hast dich so auf Ren konzentriert, dass du nicht auf den Pfeil geachtet hast. Deine Magie ist stark. Aber nur, solange du auch auf andere Gefahren um dich herum achtest.«

Edisons Blick huschte über den Boden, als würde er überlegen, was er anders hätte machen können. Als würde er sich fest vornehmen, dass ihm so etwas nicht noch mal passierte. Aber wie sollte man auf sämtliche möglichen Gefahren vorbereitet sein?

»Worin besteht denn nun deine Magie?«, wandte sich Ren an den Dämon.

»Äh ... das habe ich dir doch eben vorgeführt.«

»Du kannst Schutzwälle erzeugen, die fremde Magie abwehren.« Doch Ren ahnte, dass das noch nicht alles war. Ah-Puch hätte den Dämon nicht aufgefordert, sich ihnen anzuschließen, wenn er nicht noch andere zerstörerische Fähigkeiten besitzen würde.

»Ja und nein«, erwiderte Edison. »Meine Kraft speist sich aus unterschiedlichen Quellen. Aus Licht und Hitze zum Beispiel oder auch aus superintensiven Gefühlen wie Angst. Ich kann aber nicht nur fremde Magie abwehren. Seht ihr den Baum da drüben?« Er schlackerte mit der rechten Hand. Eine schillernde Blase quoll aus seiner Handfläche, dehnte sich zu einer Kraftwelle aus und traf den Baum wie eine Sturmbö, sodass er sich im Fünfundvierzig-Grad-Winkel bog.

»Cool!« Monty drehte an einem ihrer goldenen Sternchen-Ohrringe. »Du bist voll die menschliche ... ich meine, dämonische Waffe. Kannst du den Baum auch ausreißen?«

»Nicht nur den Baum«, sagte Ah-Puch. »Den ganzen Dschungel, wenn es sein muss. Aber können wir uns jetzt, wo wir uns miteinander bekannt gemacht haben, bitte wieder auf Wichtigeres konzentrieren?«

Ren überhörte ihn absichtlich. »Und was ist mit Göttern?«, wollte sie von Edison wissen. »Kann deine Magie auch Götter abwehren oder außer Gefecht setzen? Vielleicht ist das auf unserer Mission ja mal nötig.« Als Generalin wollte sie sich nicht anmerken lassen, dass sie seine Fähigkeiten insgeheim bewunderte.

»Lenk nicht ab.« Ah-Puch grinste anzüglich.

»*Dich* habe ich schon mal außer Gefecht gesetzt«, rief ihm Edison in Erinnerung.

»Aber bloß, weil ich es zugelassen habe!«

Ren verkniff sich das Lachen. »Und warum konnten meine Schatten und das Zeitseil deiner Schutzblase nichts anhaben?«

»Weil ich mit den Attacken gerechnet habe«, gab Edison zurück. »Ah-Puch hatte mich vorgewarnt und ich habe meine Magie entsprechend verstärkt.«

Ach ja, der Bericht. Den musste Ren unbedingt mal lesen.

»Wie verstärkt man denn Magie?« Monty rückte ihren Bogen zurecht.

»In meinem Fall, indem ich dafür sorge, dass ich mindestens zu achtzig Prozent hydriert bin«, lautete Edisons Antwort.

Ren glaubte, sich verhört zu haben. »Hydriert?«

»Das heißt, dass ich genug trinken muss.« Edisons freundlicher Ton verhinderte, dass er arrogant rüberkam.

»Dann müssen wir wohl aufpassen, dass du nie Durst bekommst«, schlussfolgerte Ren. »Und was machst du, wenn du kein Licht oder eine andere Kraftquelle zur Verfügung hast?«

»Das ist doch jetzt egal.« Ah-Puch war hörbar genervt.

»Du hast selber gesagt, dass wir die Stärken und Schwächen unserer Mitstreiter kennen müssen«, konterte Ren. Hatte der unheimliche

Fürst in Vegas nicht etwas Ähnliches gesagt? *Ich kenne jetzt deine Stärken. Und deine Schwächen.* Sie erschauerte unwillkürlich.

»Ich bin nicht davon ausgegangen, dass das den ganzen Vormittag dauert«, gab Ah-Puch unwirsch zurück. »Also haltet euch ran. Wir müssen einer Horde wild gewordener Götter und einer Bande Aufständischer das Handwerk legen.«

Edison kratzte sich die Wange und beantwortete Rens Frage. »Das hat mit Wellenlängen und Frequenzen und so zu tun und normalerweise finde ich irgendwas. Wenn nicht – dann kein Bezwinger.« Er grinste verlegen. »So nenne ich meine Fähigkeit. Erst wollte ich sie Ausscheider nennen, aber ich fand, das klingt nach Klo.«

»Und ohne deinen Bezwinger bist du eine leichte Beute«, schlussfolgerte Ren. Wenn er seine Fähigkeiten nicht durchgängig einsetzen konnte und ihre eigene Magie nur begrenzt funktionierte, wie sollten sie es dann mit einer Schar auferstandener Aztekengötter aufnehmen?

»Wieso leicht?«, fragte Edison verständnislos. »Ich bin nicht besonders leicht.«

»Das bedeutet, wenn du angegriffen wirst, kriegst du große Probleme.«

»Ach so … Nö. Dann kann ich mich immer noch unsichtbar machen und verschwinden.«

»Vormachen!«, rief Monty.

»Schluss jetzt mit dem Verhör!«, knurrte Ah-Puch.

»Nur noch eine Frage, A. P.«, sagte Ren. »Wie hast du von Montero und ihrer Familie erfahren?« Sie verkniff sich hinzuzufügen: ›Es geht schließlich nicht um Mayamagie‹, denn das hätte Monty womöglich gekränkt.

Der Gott richtete sich hoch auf. »Du hast wohl vergessen, dass ich die größten Geheimnisse des Universums kenne! Aber jetzt müssen wir uns endlich auf die Suche nach dem Schlafplatz des nächsten Fürsten der Nacht machen, bevor ich mich zu Tode gelangweilt habe und er aufwacht.«

»Wie willst du es anstellen, den dritten Fürsten aufzuspüren?« wandte sich Edison an Monty.

Ren fiel wieder ein, was das Gespenstermädchen gesagt hatte: *Erwachen … die Fürsten … Hollywood … Hilfe.*

»Du, A. P.«, platzte sie heraus, »vielleicht wollte mir das Astralmädchen ja mitteilen, dass der Götterprinz in Hollywood erwachen wird.«

Edison horchte auf. »In Hollywood?«

»Oder die Astralreisende hält sich selber dort auf«, konterte Ah-Puch. *Warum muss er immer so ein Spielverderber sein?* »Und wie ich dir schon erklärt habe«, fuhr der Gott fort, »ich befasse mich ausschließlich mit Gewissheiten. Wir müssen also sichergehen.«

»Dann lass uns als Erstes die *cinco* aufspüren. Danach heften wir uns an ihre Fersen«, schlug Ren vor. Kaum hatte sie es ausgesprochen, erkannte sie an Ah-Puchs Grinsen, dass er den gleichen Gedanken gehabt hatte.

»Habt ihr irgendeinen Gegenstand, der einem der *cinco* gehört hat?«, erkundigte sich Monty. »Damit ich ihre Spur aufnehmen kann.«

Ren nickte. »Die Abtrünnigen haben alle ihre Sachen in ihren Baumhäusern zurückgelassen.«

Monty marschierte sofort los, als würde sie den Weg kennen. Edison schloss sich ihr an. »Wir werden das beste Team der Weltgeschichte!«, jubelte Monty im Laufen und machte einen kleinen Luftsprung.

Ren und Ah-Puch setzten sich ebenfalls in Bewegung. »Und was machen wir, wenn wir den dritten Fürsten aufgestöbert haben?«, fragte Ren.

»Wir sorgen dafür, dass er nicht aufwacht. Nie mehr.«

»Aber wie? Hast du eine magische Schlaftablette dabei oder –

»Ich wäge noch diverse Möglichkeiten gegeneinander ab.«

»Lass mich raten«, sagte Ren. »Viele sind es nicht, oder?«

Der Gott blieb stehen und blickte sie an. Als sie die Furcht in seinen Augen sah, bekam sie einen Schreck. »Ist ja gut«, sagte sie beschwichtigend. »Wir haben schon ganz andere Situationen durchgestanden.«

»Aber da war ich noch ein Gott. Und auch wenn uns ein Dämon und die Jägerin begleiten, ist diese Mission anders als alle vorigen. Diesmal verlassen wir unsere Mayawelt.« Er schaute weg. »Bitte mach dir das klar.«

Ren ahnte, was er nicht aussprach. *Diesmal kann es schiefgehen.*

16

Serenas Baumhaus war abgeschlossen.

»Typisch«, sagte Ah-Puch. »Sie ist genauso misstrauisch wie ihre launische Mutter Ixchel.«

»Das ist die Mondgöttin der Mayas, oder?«, fragte Monty.

»Ja, das ist einer ihrer Namen«, bestätigte der Gott und drückte die Hände gegen die Tür. Mürrisch setzte er hinzu: »Wenn ich noch meine Götterkräfte hätte, könnte ich dieses lächerliche Stück Holz mit einem Atemzug wegpusten.«

»Ist ja gut.« Ren erzeugte einen Schattenschlüssel und der *sombra* glitt von allein ins Schloss. Doch im nächsten Augenblick löste er sich in einen Rauchfaden auf. Leicht verlegen unternahm Ren einen zweiten Versuch. Das Ergebnis war das Gleiche. Auf einmal überkam sie Verzweiflung. Wenn sie sich nicht mehr auf ihre Magie verlassen konnte, wer war sie dann noch? Sie schielte zu Ah-Puch hinüber. Er war nicht der Einzige hier, der mit Selbstwertproblemen zu kämpfen hatte! Im Stillen gelobte sie, ihm wieder zu seinem Götterstatus zu verhelfen, sobald die Mission zu Ende war.

»Lasst mich mal.« Edison breitete die Hände aus und erzeugte eine schillernde Magiewelle, die Ren an Nordlichter erinnerte. Doch sogar dem Bezwinger gelang es nicht, die Tür zu öffnen.

»Du bist voll die wandelnde Lightshow!«, raunte Monty Edison zu.

»Ein lächerlicher Gottgeborenen-Schließzauber wird uns ja wohl nicht von unserer Mission abhalten!«, knurrte Ah-Puch.

Ren hatte eine Eingebung. Sie drehte sich zu Monty um. »Deine Pfeile sind doch mit alter Aztekenmagie aufgeladen. Und Serena hat Mayamagie eingesetzt. Da könnte es doch sein, dass …«

Edison nickte grinsend. »Stimmt, Ren. Gegen fremde Magie richtet Serenas Zauber nichts aus. Geniale Idee.«

»Woher weißt du, was ich eben sagen wollte?« Insgeheim ärgerte sich Ren, dass ihr sein wacher Verstand gefiel. Und sein dämliches Lächeln, das sein ganzes Gesicht aufleuchten ließ.

Monty zog einen Pfeil aus dem Köcher. »Ah-Puch hatte recht. Ihr beide seid zwei richtige Klugscheißer!«

»Ich habe gesagt, dass die beiden *intelligent* sind«, berichtigte der Gott sie und machte ihr Platz. »Das Wort ›Scheiße‹ ist in diesem Zusammenhang wirklich nicht angebracht.«

Monty trat fünf Meter zurück und legte den Pfeil auf die Sehne. Dabei streckte sie vor Konzentration die Zungenspitze heraus. Dann zog sie die Bogensehne millimeterweise zurück und ließ den Pfeil los. Das Geschoss sauste so schnell auf die Tür zu, dass der Blick kaum folgen konnte. Man spürte nur den Luftzug.

Als sich die Pfeilspitze ins Holz bohrte, schwang die Tür mit müdem Ächzen auf.

»Spitzenmäßig!«, kommentierte Edison. Beinahe hätte Ren gelacht, aber er konnte ja nichts dafür, dass er so viele altmodische Fernsehshows geguckt hatte.

»Das war toll«, wandte sie sich an Monty. Die Jägerin strahlte. Dann betraten alle vier das superaufgeräumte Baumhaus.

Das weiße Sofa sah aus, als hätte noch nie jemand darauf gesessen. Kein Stäubchen beschmutzte den Fußboden. Die Leinenvorhänge waren gebügelt und die Tischplatten blitzblank poliert. Dass Serena ein Kontrollfreak war, hatte Ren gewusst, aber dass sie auch ein Putzfreak war, war ihr neu.

Monty ging sofort auf die Jagd nach persönlichen Gegenständen und wählte ein perfekt gebügeltes T-Shirt.

»Schnupperst du jetzt daran?«, wollte Edison wissen.

»Ich bin doch kein Wolf! Ich folge Energiespuren. Die hinterlässt man, wenn man sich fortbewegt oder etwas anfasst. Sie sind unsichtbar, aber ich nehme sie wahr.«

»Und wie machst du das?«, fragte Ren neugierig.

Monty ging einmal langsam durch das Zimmer und ließ den Blick über die Einrichtung gleiten. »Zum Beispiel nehme ich wahr, dass eure Serena vor einer Weile hier war.« Sie näherte sich auf Zehenspitzen dem Sofa und verharrte mit erhobenem Sneaker davor. »Hier hat sie gelacht. Und hatte Albträume.« Pause. »Sie hat sich hier nicht wohlgefühlt.«

»Verwöhntes Gör«, brummte Ah-Puch.

Monty kniete sich hin und zog einen Pfeil aus dem Köcher. Damit berührte sie das T-Shirt so vorsichtig, als wäre der Pfeil eine Handgranate. Anschließend fuhr sie mit der Hand durch die Luft über den beiden Gegenständen. Dabei konzentrierte sie sich so angestrengt, dass ihr der Schweiß auf die Stirn trat.

Die blauen Federn am Pfeilschaft flatterten. Funken sprühten. Die Luft knisterte.

Monty schloss die Augen. Dann wurde sie so steif und starr wie ein Zombie.

Kurz darauf schwebte der Pfeil in die Höhe und das T-Shirt fing Feuer. Monty sprang auf und trat die Flammen aus. Ein weißes Aschehäufchen blieb zurück. Als der Pfeil von allein in den Köcher zurückkehrte, erfüllte wirres Geflüster das Zimmer. Die Asche stob erst auf und verpuffte dann.

»Danke«, raunte Monty niemand Bestimmtem zu. Dann wurde sie ohnmächtig.

Ren reagierte geistesgegenwärtig und fing sie auf. Monty fühlte sich ganz heiß an. »Sie hat Fieber!«

»Das ist eine Begleiterscheinung ihrer Magie«, entgegnete Ah-Puch gelassen.

Edison kniete sich neben Ren. »Irre! So was habe ich noch nie erlebt, und ich komme aus der *Unterwelt*!«

Als Ren Monty den Puls fühlte, spürte sie ein schwaches Pochen. »Das dürfen wir nicht noch mal riskieren«, sagte sie leise. »Sie ist doch noch ein Kind. Es ist nicht in Ordnung, dass es ihr unseretwegen so schlecht geht.«

Monty schlug die Augen auf. Plötzlich war ihre Temperatur wieder ganz normal. Sie setzte sich auf. »Es hat geklappt!«, jubelte sie. »Das Fieber gehört zu meiner Magie. Auf diese Weise verständige ich mich mit meinen Vorfahren. Sie leiten mich. Und ich weiß jetzt auch, wo Serena hinwill.«

»Nämlich?«, fragte Ah-Puch gespannt.

»Nach Hollywood.«

Hab ich's nicht gleich gesagt? Insgeheim ärgerte sich Ren, aber sie war auch stolz auf sich.

Ah-Puch warf ihr einen strengen Blick zu und sagte: »Sehr gut. Damit hätten wir Gewissheit.«

»Aber Hollywood ist groß«, entgegnete Ren. »Wo sollen wir Serena dort suchen?«

»Hallooo?! Ihr habt eine geborene Jägerin dabei!« Monty reckte den Daumen. »Bringt mich hin und ich spüre sie auf. Ich schwöre.«

Edison versuchte, cool zu wirken, aber man sah ihm die Aufregung an. »Das heißt, wir begeben uns nach Hollywood und ... wie sagt man? Schalten die Gegner ab?«

»Du meinst, wir schalten sie aus«, berichtigte Monty ihn. Dann klatschte sie in die Hände. »Hey – meine erste richtige Jagd!«

»Bitte keine dramatischen Gefühlsausbrüche. So was kann ich nicht ausstehen«, sagte Ah-Puch.

»Aber bevor wir losziehen ...« Ren sah ihn durchbohrend an. »... müssen wir mehr über diese Fürsten der Nacht wissen.« Weil sie bereits an zwei Missionen teilgenommen hatte, kannte sie die eiserne Regel. Sie lautete: Sei immer auf alles vorbereitet. »Solange wir nicht wissen, wie wir den Gott am Aufwachen hindern können, ist es witzlos, Serena zu seinem Schlafplatz zu folgen.«

»Aber wenn wir zu lange warten, verlieren wir die Spur«, hielt Monty dagegen.

Ah-Puch schnaufte genervt. »Ihr drei macht euch auf die Suche nach Serena und findet heraus, was sie im Schilde führt. Ich stoße später dazu.« Ehe die Freunde nachfragen konnten, ergänzte er: »*Bevor* der nächste Fürst erwacht.«

»Aber das kann jederzeit sein!« Ren hoffte (vermutlich vergebens), dass sie sich nicht zu dramatisch anhörte.

»Höchstwahrscheinlich wird er kurz vor Mitternacht erwachen«, entgegnete Ah-Puch betont ruhig. »In dieser Dazwischenzeit erreichen göttliche Fähigkeiten ihren Höhepunkt. Uns bleiben also noch zehn Stunden.«

Ren wollte eben nachhaken, wie er da so sicher sein konnte, als Edison fragte: »Und du kommst nicht mit?!«

Ein hinterhältiges Lächeln huschte über das Gesicht des Gottes. »Ich muss noch woanders hin. Und versucht nicht, mich zu erreichen. Ich melde mich.«

Ren war klar, was er vorhatte. Der Todesgott wollte in Erfahrung bringen, wie man die übrigen Aztekenfürsten in ewigen Schlaf versetzen konnte.

17

»Drei Stunden Zwischenstopp?«, wiederholte Edison un- gläubig. Sie liefen durch den dichten Dschungel zu der Pforte, die Rens Uhr angezeigt hatte. Die Brüll- und Klammeraffen in den Bäumen beobachteten das Trio mit blanken Knopfaugen. Wahrscheinlich hielten sie nach etwas Ausschau, das sie stibitzen konnten.

»Pforten funktionieren nicht immer so reibungslos, wie die meisten Leute glauben«, klärte Ren den Dämon auf.

»Aber ist das nicht ihr Zweck?«

»Und wo müssen wir den Zwischenstopp einlegen?« Monty holte zu ihnen auf. »In New York? In Washington? Oder in Paris? Habe ich euch schon erzählt, dass ich Reisebloggerin werden will? Die Welt sehen und dafür bezahlt werden – was gibt es Besseres? Du hast doch einen Blog über Außerirdische, Ren. Da kannst du mir bestimmt erklären, wie man so was aufzieht.«

»Mache ich.« Der Gedanke an *Himmelsbeobachterin* gab Ren einen Stich.

»Das stand aber nicht in deinem Bericht, Ren.« Edison verzog den

Mund zu einem Lächeln. Oder grinste er spöttisch? Egal. Ren wollte nicht über ihren Blog reden. Sie wollte nicht wieder an die Typen denken, die ihren Posteingang mit Beleidigungen bombardierten.

»Und wo verbringen wir nun die Wartezeit?«, fragte Monty noch einmal.

»Die nächste Pforte liegt in Boring in Oregon.«

Monty lachte, runzelte die Stirn und lachte wieder. Vorsichtshalber blickte Ren noch einmal auf ihre Uhr. »Es gibt einen Ort, der ›Langweilig‹ heißt?«, vergewisserte Monty sich. »Oder ist das ein Tarnname?«

»Nein, das ist der richtige Name«, sagte Edison. »Wenn ich mich richtig erinnere, ist es ein Nachname. William Boring war Soldat und hat im amerikanischen Bürgerkrieg gekämpft.«

»Woher weißt du solches unwichtiges Zeug?«, fragte Monty verwundert.

»Er liest viel«, sagte Ren gleichzeitig mit Edisons: »Ich lese viel.«

»Du könntest bei *Wer wird Millionär* mitmachen, Edison«, setzte Ren hinzu. »Du würdest bestimmt gewinnen.«

»Danke, aber ich bin kamerascheu.«

»Hey, Leute«, sagte Monty über die Schulter, »glaubt ihr, es wird *langweilig* in Boring?« Sie brach über ihren eigenen Witz in Gelächter aus.

Sie lachte noch, als über ihr ein Affenschwanz auftauchte und nach ihrem Köcher peitschte. Blitzschnell erzeugte Edison eine gewaltige Kraftwelle, die den Affen durch die Luft beförderte und anschließend auf der Erde absetzte.

»Danke!« Monty rückte ihren Köcher zurecht. »Das war erstklassige Magie!«

Ren fand das auch. Ah-Puch hatte wirklich ein Superteam zusammengestellt.

Eine Stunde darauf saßen sie in einer Pizzeria in Boring, Oregon, und verputzten Chicken Wings und eine extra große Peperoni-Pizza. Die Chicken Wings hatte sich Edison gewünscht. Die einzigen anderen Gäste waren ein paar Radfahrer, die noch die Helme aufhatten. Eine Jukebox spielte einen melancholischen Countrysong.

Es war siebzehn Uhr. Wenn alles glattging, würden sie pünktlich um zwanzig Uhr in Hollywood eintreffen.

Ren knabberte lustlos an ihrem Pizzastück. Ihr war flau im Magen. Keine ihrer beruhigenden Atem-/Klopf-/Positiv-Denken-Übungen hatte geholfen. Sie musste die ganze Zeit daran denken, was passieren würde, wenn sie scheiterten. Dann würden die Fürsten immer mächtiger werden und … Ren mochte es sich gar nicht vorstellen.

Die Ungewissheit raubte ihr den letzten Nerv. Würde der nächste Aztekengott noch bedrohlicher sein als der Zähneklapperer, der sie aufgefordert hatte einzuschlafen? Oder als der Gruseltyp in Vegas, der ihre Stärken und Schwächen mithilfe von Riesenjaguaren ausgetestet hatte? Doch im Grunde waren es nicht die Begegnungen mit diesen beiden, die Ren so zu schaffen machten. Das Schlimmste war, nicht zu wissen, was geschehen würde, wenn alle neun von ihnen erwacht waren.

Und dann war da noch Serena.

Ren dachte an den Abend in Montana, als Serena und ein paar andere Gottgeborene zum Aufstand aufgerufen hatten.

Die Götter haben sich nie um uns gekümmert. Sie wollten uns sogar tot sehen! Warum sollten wir jetzt etwas für sie tun?

Es stimmte schon, dass die Mayagötter nie Nachkommen gewollt und auch nicht mit welchen gerechnet hatten. Trotzdem wünschten nicht alle den Gottgeborenen den Tod.

Serena war damals auf Rache aus gewesen und daran hatte sich anscheinend nichts geändert. Und um ihren Rachedurst zu stillen, bediente sie sich irgendwie der Fürsten der Nacht.

Rens Plan war ganz einfach. Erst mussten sie Serena aufspüren. Dann konnten sie ihr hoffentlich zum Götterprinzen folgen. Und wenn alles gut ging, würde Ah-Puch rechtzeitig eintreffen und den Typen in Dauerschlaf versetzen. Sollte heißen, der Gott würde nie wieder erwachen. Ende, aus, Amen.

»Ich habe eine Frage, Monty«, sagte Ren.

»Und ich habe die Antwort.«

»Wenn wir in Hollywood sind, wie lange wird es dann voraussichtlich dauern, bis du Serena geortet hast?«

Monty kaute auf einem Eiswürfel und blickte an die Decke, als würde sie im Kopf eine Berechnung durchführen. »Circa zweiundzwanzigeinhalb Minuten.«

»Ganz schön präzise, sagte Edison.

»Das ist bis jetzt mein Rekord«, gab Monty zurück. »Aber ich möchte ihn brechen.« Sie biss von ihrer Pizza ab. »Ich kenne Serenas Bericht, aber könnt ihr mir noch etwas über sie erzählen, was vielleicht nicht drinsteht?«

Hatte Ah-Puch eigentlich über *jeden* einen Bericht angefertigt? »Ihre Spezialität sind Trugbilder«, antwortete Ren. »Sie kann aus dem Nichts eine Riesenschlange erschaffen. Ich selber habe das Vieh noch nie gesehen, aber ein Gottgeborenen-Freund von mir meinte, dass es echt Furcht einflößend ist.«

Monty verzog das Gesicht. »Ich hasse Schlangen. Beißt sie?«

»Wahrscheinlich«, gab Ren zurück und wünschte sich insgeheim, dass sie unrecht hatte.

Edison klopfte im Takt des Countrysongs auf den Tisch. »Aha. Und wie funktionieren ihre Trugbilder?«

An der SCHAFOMA hatte Ren jeden Morgen zusammen mit Serena trainiert. »Je aufwendiger das Trugbild ist, desto mehr strengt es sie an. Einmal hat sie unsere Trainingsarena in einen Strand auf Hawaii verwandelt. Sofort sind alle ans Wasser gelaufen. Es hat total realistisch ausgesehen und gerochen. Dann hat Serenas Magie nachgelassen und alle sind aufs Gesicht gefallen. Voll peinlich. Ach ja, und sie kann Mondstrahlen steuern.«

»Wozu soll das denn gut sein?«, fragte Edison.

»Stell dir vor, du hockst in einer stockfinsteren Grube und überall spinnen Schwarze Witwen giftige Netze. Dann wärst du auch froh über einen Mondstrahl«, entgegnete Monty.

»Klar. Wenn man die Spinnen sieht, geht es einem bestimmt gleich besser.«

Ren musste lachen, aber Monty hatte auch irgendwie recht. Ren hatte sich zwar noch nie im Dunkeln gefürchtet, aber sie mochte Dunkelheit trotzdem nicht. Wo kein Licht war, gab es auch keine Schatten.

Monty kratzte sich die Nasenspitze. »Ist das alles, Ren? Fällt dir nichts Persönliches ein, worüber sonst keiner Bescheid weiß?« Sie warf Edison einen Seitenblick zu. »Unser Freund hier zum Beispiel mag uuuuralte Filme aus den Achtzigern und Neunzigern, liest zu viel und ist besessen von Technik und Erfindungen. *Das* meine ich mit ›persönlich‹.«

»Stand das alles in meinem Bericht?« So, wie Edison die Augenbrauen hochzog, war er entweder belustigt oder beunruhigt. »Und nur um das klarzustellen, ich mag auch Filme aus den frühen Zweitausendern. Alles, was danach kommt, interessiert mich nur peripher.«

»Peri-*qué?*«, fragte Monty.

»Ich find's uninteressant.«

Warum hatte eigentlich niemand Ren die Berichte über Edison und Monty zu lesen gegeben? Doch sie konzentrierte sich wieder auf Montys Frage. »Du meinst *noch* persönlichere Dinge, als dass sie ein Kontroll-Schrägstrich-Putzfreak ist und sich in ihrem Baumhaus nicht wohlgefühlt hat?« Sie strich sich den Pony aus dem Gesicht. »Da kann ich dir leider nicht weiterhelfen. Serena war nicht besonders offen oder gesprächig. Sie war eher eine Einzelgängerin.«

»Bloß nicht, als sie geplant hat, die Götter zu stürzen«, konterte Monty. Sie klang auf einmal ganz erwachsen, gar nicht mehr wie eine Elfjährige. Vielleicht war das bei Kriegern/Jägern ja normal.

Edison schob sich den letzten Pizzahappen in den Mund und sprach kauend weiter. »Ich habe mal einen Film gesehen, in dem es den Bankräubern nicht ums Geld ging. Sie wollten nur nicht, dass die Reichen noch reicher wurden. Die Bankräuber wollten beweisen, dass sie ihnen überlegen waren. Sie wollten allen zeigen, dass die Reichen nicht so toll waren, wie sie immer taten.« Mit einem Seitenblick auf Monty fügte er an: »Und nein, dieser Film war weder aus den Achtzigern *noch* aus den Neunzigern.«

Ren begriff, was Edison meinte. Vielleicht wollte Serena gar nicht selbst an die Macht gelangen, sondern den Mayagöttern die Macht nur entreißen, um sie an ihrer empfindlichsten Stelle zu treffen. In diesem Fall ließ sie vielleicht mit sich reden. »Das ist ein guter Vergleich«, wandte sie sich an den Dämon. »Serena will sich rächen, das schon, aber vielleicht hat sie noch andere Gründe.« Ren wurde innerlich ganz aufgeregt, als sie daran dachte, was das für ihre Mission bedeuten konnte.

Monty klaubte eine gegrillte Peperoni von ihrem Pizzastück, als wäre es eine tote Fliege. »Ja, vielleicht geht es ihr um mehr als um Rache und Macht.«

»Zum Beispiel?« Ren gefiel an Monty, dass sie ähnlich strategisch dachte wie Marco.

»*Das* stand nicht in ihrem Bericht.«

Pünktlich um zwanzig Uhr traten sie durch die magische Pforte in einen engen Raum, in dem es nur einen bodentiefen Spiegel und einen Stuhl gab, auf dem sich achtlos hingeworfene Klamotten türmten.

Zum Glück war die Umkleidekabine leer. Die Vorstellung, bei jemandem hereinzuplatzen, der gerade halb nackt war, ließ Ren schaudern.

Draußen vor der Tür hörte man zwei Frauen miteinander reden.

»Dieses Kleid ist die allerbeste Rache.«

»Schon, aber es ist eine *teure* Rache.«

Edison drückte die Handflächen gegen den Spiegel und die Wände. »Puh ... wo sind wir hier?«, fragte er flüsternd.

»In einem Laden oder Kaufhaus«, gab Monty ebenfalls im Flüsterton zurück. »Hier probieren Leute neue Sachen an und entscheiden, ob sie sie kaufen wollen.«

»Und wie kommen wir hier raus, ohne dass uns jemand sieht?« Edison sah sich hektisch um.

Ren öffnete die Tür vorsichtig einen Spalt. Die beiden Frauen standen vor einem großen dreiteiligen Spiegel. Sie zog die Tür wieder zu und drehte den Riegel herum.

»Tja, Ren und ich sitzen hier fest, aber *du* bist doch der Bezwinger!«, erwiderte Monty grinsend.

»So heißt meine *Magie*.«

»Ist doch egal. Auf jeden Fall kannst du dich unsichtbar machen und hier abhauen, du Glückspilz.«

Edison machte ein verwirrtes Gesicht. »Ich bin ein Pilz?«

»Vergiss es«, sagte Ren. »Monty hat recht. Du lässt dich hier lieber nicht blicken.«

»Ist gut. Aber könnt ihr euch bitte umdrehen?«

»Im Ernst?«, sagte Monty. »Früher oder später kriegen wir sowieso mit, wie du dich unsichtbar machst.«

»Lieber später als früher, und jetzt guckt bitte weg«, erwiderte der Dämon.

»Warte«, sagte Ren gedämpft. »Wo willst du denn hin?«

»Irgendwohin, wo es mehr Luft und Platz gibt.« Er bedeutete ihnen, sich umzudrehen. »Keine Sorge, ich finde euch wieder.«

Monty und Ren taten wie geheißen. Dann spürte Ren einen kribbelnden Kraftstoß bis in die Zehen und blaues Licht flammte auf. Sie drehte sich um. Edison war weg.

Monty grinste von einem Ohr zum anderen. »Supercool, oder?«

»Mhm.« Ren öffnete die Tür wieder einen Spalt. Die beiden Frauen waren weg, die Luft war rein.

»Und er sieht irgendwie süß aus.«

Ren drehte sich um. »Bleib bitte bei der Sache, Monty. Außerdem … außerdem gibt es gewisse Regeln.« Sie überlegte rasch. »Zum Beispiel, dass man sich nicht in ein Teammitglied verlieben darf.«

Das war natürlich Unsinn. Nach ihrem letzten Abenteuer waren Rens Freunde Zane und Brooks ein Paar geworden, von Hondo und Quinn ganz zu schweigen. Trotzdem klang es einleuchtend und schließlich war das hier Rens Mission. *Sie* gab die Regeln vor.

Montys Lächeln geriet ein bisschen schief. »Ich habe nur gesagt, dass er süß aussieht, *nicht*, dass ich in ihn verliebt bin.«

Sie verließen die Umkleidekabine, kamen aber gerade mal einen Meter weit. Dann vertrat ihnen jemand den Weg: ein sehr großes, sehr dünnes Mädchen, das unglaublich hohe Wedges, eine knallenge rote Hose und einen bauchfreien Pulli trug. BECCA stand auf ihrem goldenen Namensschild.

»Was hattet ihr beide da drin zu suchen?«, fragte sie nicht nur neugierig, sondern geradezu anklagend.

Ren wand sich vor Verlegenheit. »Äh … Wir …« Ihr Hirn war wie leer gefegt und lieferte ihr null Ausreden.

Monty dagegen antwortete schlagfertig: »Meine Unterhose hatte sich verklemmt und meine Freundin hat mir geholfen, sie hochzuziehen. Ich wollte nicht vor allen Leuten den Reißverschluss von meinem Jumpsuit aufmachen.«

Gleich sieht Becca Montys Pfeile, schoss es Ren durch den Kopf. *Dann glaubt sie, dass wir den Laden ausrauben wollen, und ruft die Security.*

Doch Becca zuckte nicht mit der Wimper und rief auch nicht um Hilfe. Sie erwiderte nur von oben herab: »Kinder haben hier keinen Zutritt.«

Ren kämpfte mit einem Lachanfall, als Monty und sie den Bereich mit den Umkleidekabinen verließen. Als sie draußen waren, konnte sie sich nicht mehr beherrschen und prustete los.

Auch Monty lachte. »Was ist denn so komisch?«

»Wie Becca reagiert hat!«

»Ich fand sie nicht lustig.« Monty wurde wieder ernst.

Ren wischte sich die Lachtränen ab. »Sie konnte deine Pfeile nicht sehen, oder?«

»Das kann kein Magieloser.« Monty strich mit der Hand über jede Bluse, jeden Pulli und jede Jacke, an denen sie vorbeikamen. »So nenne ich Leute, die keine übernatürlichen Fähigkeiten besitzen. Gut, oder?«

»Total originell.«

»So sind wir Monteros.«

Die Kaufhausetage hatte verschiedene Abteilungen, aber überall reihten sich Kleiderständer aneinander. Es wimmelte von Kundinnen. Manche tippten auf ihren Handys herum, andere waren zu zweit unterwegs und unterhielten sich darüber, was sie anprobieren sollten, was zu teuer war und dass das Kaufhaus unbedingt für bessere Beleuchtung sorgen sollte.

Nachdem Ren und Monty vergeblich nach Edison Ausschau gehalten hatten, begaben sie sich durch die Abteilung mit der Freizeitkleidung zur Rolltreppe. Anscheinend wartete Edison unten auf sie.

Monty wollte die Stufen hinunterlaufen. »Ich gebe euch Bescheid, wenn ich Serena gefunden habe.«

»Nicht so schnell.« Ren hielt sie am Ärmel fest. »Wir sind noch nicht in Hollywood.«

»Wo sind wir denn dann?«

»In Century City. Das ist zwölf Kilometer weit weg. Es gab keine Pforte, die näher dran ist.«

»Diese Pforten sind echt ein Reinfall.«

Monty hatte kaum ausgesprochen, als sich die Luft auf einmal anfühlte wie mit Starkstrom aufgeladen. Ganz ähnlich wie in dem Diner in Vegas. Rens Halskette vibrierte.

Poch.

Poch.

Poch.

»Ren?«

Die Rolltreppe, Monty, die Musik … Alles fror ein.

Als Ren Monty rüttelte, reagierte sie nicht. Ren sah sich hektisch um.

Dann leuchteten die magischen Pfeile bläulich auf.

18

Wenn Montys Pfeile aufleuchteten, konnte das nur eines bedeuten. Gefahr.

Oder wie hatte Monty selbst es ausgedrückt? »Große Gefahr.«

Na toll.

Ren ließ den Blick über die Etage unter sich gleiten. Auch dort waren alle wie eingefroren, mitten im Schauen, Gehen und Reden.

Aber wo war die Gefahr?

Dann entdeckte Ren sie.

Die Astralreisende stand neben einer in Pink und Gold gehaltenen Parfümauslage. Wie beim ersten Mal flimmerte ihr Umriss. Kastanienbraunes Haar umrahmte ihr Gesicht und sie trug ein dunkelgrünes Sweatshirt. Sie schaute sich mit aufgerissenen Augen um. Diesmal zögerte Ren nicht. Sie drängte sich an der eingefrorenen Monty vorbei und schlich lautlos wie ein Jaguar die Rolltreppe hinunter.

Doch je näher sie dem Mädchen kam, desto durchscheinender wurde die Fremde. Darum blieb Ren wieder drei Meter vor ihr stehen.

»Du hast gesagt, dass du Hilfe brauchst.« Ren dämpfte die Stimme und bemühte sich um einen freundlichen Ton. »Gehörst du zu den *cinco*? Ich meine, zu Serena?«

Das Mädchen sah sich wieder um. Dann schob sie sich ein Stückchen näher an Ren heran und sagte im Flüsterton: »Verschwinde hier!«

Ren bekam Herzklopfen. Zwischen den Herzschlägen spürte sie Enttäuschung, Ärger und Hilflosigkeit. »Aber du wolltest doch, dass ich herkomme! Okay, nach Hollywood, nicht nach Century City, aber trotzdem. Und wie soll ich gleichzeitig hier verschwinden und dir helfen?«

»Der Prinz …«, brachte das Mädchen heraus. Ihre Stimme klang fern, wie ein Sturm, der heraufzog. Und obwohl sie weiter die Lippen bewegte, verstand Ren nur noch zwei Wörter. »Falle …« Das Mädchen sah jetzt zu Tode verängstigt aus. »Nicht …«

»Was soll ich nicht tun?«, drängte Ren. »Und was für eine Falle meinst du?«

Die Astralreisende ging langsam rückwärts. Sie zitterte.

»Stimmt etwas nicht?« Ren sprach immer noch in sanftem Ton, um das Mädchen nicht zu verscheuchen.

Die Astralreisende riss wieder die Augen auf.

Dann war sie weg.

Ren brauchte drei, vier Sekunden, um zu sich zu kommen.

Prinz. Falle.

Saß der Götterprinz etwa in einer Falle? In Ah-Puchs Aufzählung war er der Letzte gewesen. Offenbar stand die Astralreisende tatsächlich mit den Fürsten der Nacht in Verbindung und höchstwahrscheinlich auch mit den *cinco*. Aber warum kannte Ren sie dann nicht? Und warum wandte sich das Mädchen ausgerechnet an *sie*?

Und wieso waren alle und alles noch eingefroren? Ren drehte sich nach der Rolltreppe um. Montys Pfeile waren wieder erloschen. Dafür gab es nur zwei Erklärungen. Entweder hatte das fremde Mädchen die Jägerin mit einem Bann belegt, oder aber die Zeit stand still. Als Ren auf ihre Uhr blickte, ruckten die Zeiger auf der Stelle, als wüssten sie nicht, ob sie vorwärts oder rückwärts gehen sollten.

Tick. Tick. Tick.

Ich bleibe auf keinen Fall in einer Zeitschleife, in der lauter Schaufensterpuppen um mich rumstehen! Ren drückte ein paarmal auf den Knopf an der Uhr. Halb erwartete sie, halb hoffte sie, dass die Zeit dadurch wieder in Gang gesetzt würde. Doch insgeheim war ihr klar, dass es sinnlos war. Sie hatte ja schon alle Zeitstränge verbraucht und konnte die Zeit nicht mehr beeinflussen.

Ren musste Ruhe bewahren. Sie atmete tief durch. Wobei auch das natürlich Unsinn war. Keine Atemübung der Welt konnte sie jetzt beruhigen. Marco hatte mal gemeint, dass Adrenalin für einen Krieger das Gleiche war wie Schokolade für die Mayagötter. *Immer her damit, chica.*

Du hast gut reden, Marco. Du hast es ja gerade nur mit einem blöden Football zu tun!

Dann kam ihr eine Idee. Das Herz schlug ihr bis zum Hals.

Es war riskant, aber sie musste es versuchen.

Sie nahm die magische Halskette ab und wickelte sie so um ihr Handgelenk, dass sie die Uhr berührte. Ein Funke sprühte auf.

Die Deckenbeleuchtung flackerte.

Einmal.

Zweimal.

Und erlosch.

Ren stand im Dunkeln.

Eine Stimme hallte durch das Kaufhaus. *Willst du Spielchen spielen?*

Es war der Rauchende Spiegel. Schon wieder.

Was sollte sie antworten? Sie fürchtete, dass er alles, was sie sagte, wieder als Stärke oder Schwäche auslegen könnte. Aber weil auch sie strategisch denken konnte und zufällig mit dem Todesgott befreundet war, der sie auf alle möglichen Tricks und Kniffe eventueller Gegner vorbereitet hatte, stellte sie eine Gegenfrage. »Und du?« Okay, das war nicht besonders geistreich.

Der Rauchende Spiegel lachte heiser. *Spiele haben Regeln.*

Obwohl Ren weiche Knie und ein flaues Gefühl im Magen hatte, wich sie nicht von der Stelle. »Ich spiele nicht nach deinen Regeln.«

Ach nein?

Sie tastete nach dem Zeitseil um ihr Handgelenk. Die Sandpapierstimme des Gottes war überall, füllte den Abstand zwischen seiner Dunkelheit und ihrer Angst aus.

Ich wusste, dass du kommen würdest, sagte er.

Rens Blick fiel auf die Buchstaben, die ihr Marco aufs Handgelenk gekritzelt hatte: *WWMM – Was Würde Marco Machen?* Sein erster Gedanke wäre bestimmt gewesen, dem Gott eins reinzuhauen. Aber weil das nun mal nicht ging, würde er … Ja, was? Uff! Immer lieb und nett zu sein, zahlte sich nicht aus.

Mehr über den Gegner zu erfahren, dagegen schon.

»Wie bist du darauf gekommen, dass ich hier bin?« *Hat das etwas mit der Astralreisenden zu tun?*, hätte Ren gern ergänzt, ahnte aber, dass sie das Mädchen damit womöglich in Gefahr brachte.

Das habe ich dir schon erklärt, Königin. Ich kenne dich.

Stimmt nicht. Er weiß überhaupt nichts über mich. Der Aztekengott versuchte einfach nur, sich ihrer zu bemächtigen, sie sich durch Furcht gefügig zu machen. *Tja, Pech gehabt.* Und doch …

Und doch … spürte Ren, wie sich in ihr etwas regte.

»Warum kommst du heute allein?«, fragte sie weiter. »Wo hast du den Zähneklapperer gelassen?«

Keine Antwort. Musste der Gott »Zähneklapperer« erst googeln?

»Übrigens weiß ich über den Prinzen Bescheid«, fuhr Ren fort.

Und?

Na los, gib's ihm!, hörte sie Marco in Gedanken so deutlich sagen, als würde er direkt neben ihr stehen. Warum eigentlich nicht? »Wo ist er?«

Wenn ich es dir verraten würde, würde das Ganze ja keinen Spaß mehr machen.

»Ich mache deine blöden Spielchen nicht mit!« Ren biss sich sofort auf die Zunge. Sie hatte Ärger gezeigt, ein Gefühl, das zu viel über sie verriet, aber davon abgesehen jetzt nichts brachte. Rasch dachte sie wieder an Marco, als könnte seine Unerschrockenheit so auf sie abfärben.

Ich nehme alles zurück, erwiderte der Rauchende Spiegel. *Du hast nicht das Zeug zur Königin. Dir fehlen Selbstbeherrschung und Haltung.*

Unverschämtheit!

»Weißt du was?«, konterte Ren. »Ich glaube, *du* bist ein Feigling, der sich nicht offenbaren will.«

Es dauerte einen Augenblick, bis eine Entgegnung kam. *Ich dachte, wir reden gerade über* dich.

Ren wechselte das Thema. »Was hat Serena mit der Sache zu tun?«

Gar nichts.

Da war er. Sein wunder Punkt. Er hatte viel zu schnell geantwortet, als wollte er Ren unbedingt davon überzeugen, dass Serena unwichtig war. Weil sie aber noch nicht mehr über ihn wusste, war sie unsicher, wie viel sie selbst preisgeben sollte. Auf jeden Fall bediente er sich der Gottgeborenen – oder war es andersherum? Aber warum spielte er dann mit Ren? Welche Karte hatte *sie* in ihrem Blatt, auf die er aus war?

Denk nach!

Hatten Serena und die anderen den ersten Fürsten der Nacht geweckt? Und das Symbol … was spielte es für eine Rolle? Und wie hatte der Rauchende Spiegel sie hier im Kaufhaus entdeckt? Und in Las Vegas?

Dann wollen wir mal, sagte er. *Decken wir die Karten auf.*

Ren hielt den Atem an und wickelte unauffällig die Goldkette vom Handgelenk.

Können wir anfangen?, fragte er.

Drei … zwei … eins …

Sie ließ die Kette durch die Luft peitschen. Der goldene Lichtstrom offenbarte ihr, dass der Rauchende Spiegel nirgends zu sehen war. Wozu hüllte er sich dann in Dunkelheit? Sie dachte an ihre Ausbildung an der SCHAFOMA. Die Dunkelheit war ein Psychotrick. Er wollte ihr Angst einjagen, denn wer Angst hatte, machte Fehler. Und wer zu viele Fehler machte, war der Verlierer.

Der Rauchende Spiegel lachte. Es klang wie ein genüssliches Schnurren. *Achtung …*

»Du hältst dich für den Größten, traust dich aber nicht, dein Gesicht zu zeigen!«

Fertig …

Helles Licht durchflutete das Kaufhaus.

Der Junge, der vor Ren stand, war etwas älter als sie und ungefähr eins achtzig groß. Er hatte schwarze Haare, bronzebraune Haut und Augen, so glänzend und schwarz wie Obsidian. In seinem schwarzen Hemd und der schwarzen Hose sah er aus wie jemand, der sich um die Hauptrolle in einem Vampirfilm bewerben wollte. Mit gedämpfter Stimme sagte er lächelnd: »Los!«

Im nächsten Augenblick war er wieder verschwunden.

Ren schluckte. Sie hatte ihn sich ganz anders vorgestellt.

Doch das war Nebensache. Sie würde auf sein Spiel eingehen. Und gewinnen.

19

Das eingefrorene Kaufhaus um Ren herum taute so quälend langsam wieder auf, als würde ein unsichtbarer Puppenspieler die Weltenuhr Millimeter für Millimeter aufziehen. Und dann war auf einmal alles wieder wie vorher. Ren fiel ein Stein vom Herzen.

Achtung – fertig – los.

Der Rauchende Spiegel hatte so selbstbewusst ausgesehen wie manche Jungen in der Schule, die alles erreichten, was sie sich vornahmen. Sie waren Schulsprecher, Mannschaftskapitän und in der Theater-AG die Hauptdarsteller.

Puh! Ren fand ihn jetzt schon unsympathisch. Monty kam die Rolltreppe herunter. Sie wirkte völlig verwirrt. »Was war das denn?«, fragte sie. »Warum bist du …?« Sie stockte und schaute sich misstrauisch um. »Eben warst du doch noch oben und jetzt … Kannst du dich etwa auch unsichtbar machen?«

»Nein. Die Zeit hat stillgestanden. Für alle außer für mich.«

Monty verzog keine Miene. »Krass. Wie lange denn?«

»Ein paar Minuten.«

»Hast *du* sie angehalten?«

Ren verzog den Mund. »Nein.«

Im selben Augenblick stand Edison so plötzlich neben ihr, dass sie zusammenzuckte. Hatte er sich aus dem Nichts materialisiert oder sich wie ein Superninja angeschlichen? Egal, es war auf jeden Fall *bizarro.*

»Ich habe in der Schuhabteilung auf euch gewartet«, verkündete er. »Den Verkäuferinnen habe ich gesagt, dass ich mich bloß mal umschauen will. Das macht man doch so, oder? Aber es war stressig. Sie sind dauernd angekommen: ›Kann ich Ihnen helfen? Kann ich Ihnen jetzt helfen? *Jetzt* vielleicht?‹«

Er war gestresst?!

»Würdest du mich nächstes Mal bitte warnen, bevor du plötzlich auftauchst?«, sagte Ren. Zu ihrem eigenen Erstaunen klang sie ärgerlich und sie war es auch, aber warum? Edison hatte ihr nichts getan. Trotzdem brodelte es ihr.

»Du meinst, ich soll dir ein Zeichen geben?«, fragte Edison gutmütig wie immer.

»Hey, vorhin hat die Zeit stillgestanden!«, rief Monty dazwischen. »Aber es war nicht Ren.«

»Hä?« Edison und Monty sahen Ren fragend an. Aber Ren hatte keine Erklärung und kam sich wieder vor wie die Hochstaplerin, als die sie die Hater beschimpften.

Sie wollte eben schildern, was passiert war, da hob Monty die Hand. »Lass gut sein. Wir müssen endlich nach Hollywood, wenn ich diese Sara aufspüren soll.«

»*Serena.*« Ren legte die Halskette wieder um und sah auf die Uhr. »Es ist schon halb neun. Kommt. Ich erkläre euch alles, wenn wir im Uber sitzen.«

»Was ist ein Uber?«, raunte Edison Monty zu. Ren scheuchte ihre Freunde auf den Platz vor dem Kaufhaus. Der Himmel war mitternachtsschwarz.

Sie stellten sich an den Straßenrand und Ren bestellte per Handy einen Wagen. Während sie warteten und die Autos den Santa Monica Boulevard hinauf- und hinunterbrausten, schilderte Ren den beiden anderen, was sie erlebt hatte. Sie ließ nur aus, dass der Rauchende Spiegel sich ihr kurz gezeigt hatte. Darüber musste sie erst in Ruhe nachdenken.

»Seltsames Timing, finde ich.« Edison verschränkte die Arme.

»Wieso?«, fragte Ren.

»Na ja, die Astralreisende ist ganz plötzlich aufgetaucht, wie die Geister in der Weihnachtsgeschichte von Charles Dickens, oder? Und im selben Augenblick hat sich die Zeit verlangsamt. Da muss es einen Zusammenhang geben.«

Wenn es doch nur so einfach gewesen wäre! Ren konnte sich inzwischen auf nichts mehr einen Reim machen. Weder auf das Symbol noch auf die Fürsten der Nacht noch auf die Astralreisende.

War das überhaupt die wahre Erscheinung des Rauchenden Spiegels gewesen? *Bestimmt nicht. Bestimmt war es nur ein neues Spiel. Wahrscheinlich hat er sein Aussehen aus einer Zeitschrift geklaut.*

»Der Rauchende Spiegel hat dich echt zum Zweikampf herausgefordert?« Monty klang ein bisschen beunruhigt.

»Mehr oder weniger.« Doch da hielt ein weißer Toyota vor ihnen. »Das Uber ist da.«

»Und meine Pfeile haben geleuchtet?«, fragte Monty weiter, als sie vor Ren und Edison hinten einstieg.

»Ja.« Rens Gedanken überschlugen sich. »Und jetzt weiß er, dass ich hier bin. Vielleicht wollte mich die Astralreisende ja warnen, dass das Ganze eine Falle ist. Dass ich *nicht* herkommen soll.«

»Der Rauchende Spiegel …«, wiederholte Edison halblaut und schaute aus dem Fenster. Sie fuhren durch Beverly Hills mit seinen hohen Palmen und eleganten Villen. »Aber wie hat er erfahren, dass du herkommen würdest?«

Ich kenne dich, Königin.

Die Fahrerin des Uber, die um die vierzig sein musste, warf Ren im Spiegel einen Blick zu. Doch sie machte keine Bemerkung über die sonderbare Unterhaltung, sondern schüttelte nur den Kopf und stellte das Radio an.

»Vielleicht verfügt er ja über irgendein Ortungssystem oder so was«, sagte Ren. »Immerhin ist er ein Gott.« Ihr kam ein anderer, noch erschreckenderer Gedanke. *Kann er etwa auch voraussehen, was ich als Nächstes vorhabe?*

»Haben meine Pfeile vielleicht geleuchtet, weil er im Kaufhaus gelauert hat?«, fragte Monty.

»Weiß nicht«, gab Ren zurück. »Ich glaube nicht, dass er dich bemerkt hat. Außerdem sind die Pfeile schon erloschen, als sich die Astralreisende verflüchtigt hat. Vielleicht waren sie einfach ein bisschen neben der Spur?«

»Niemals!« Monty schüttelte energisch den Kopf. »Die Pfeile lügen nicht.«

»Also ich find's super!«, sagte Edison unvermittelt.

»Dass wir in Gefahr waren?«, fragte Monty verständnislos.

»Das meine ich nicht. Wenn der Rauchende Spiegel oder der zähneklappernde Typ nicht mitgekriegt haben, dass du und ich Ren begleiten, ist das ein Vorteil für uns. Oder?«

»Stimmt!«, erwiderte Monty. »Wir beide sind das Sahnehäubchen.«

»Sahnehäubchen?«, wiederholte Edison fragend.

»Ihr habt recht«, sagte Ren. »Und jetzt müssen wir unseren Vorteil klug einsetzen.«

»Reden wir immer noch über Sahne?«

»Wir reden über einen Überraschungsangriff!« Monty fuchtelte mit dem Arm, als würde sie Pfeile schleudern. »Peng! Peng! Peng!«

»Ich dachte, nur Schusswaffen machen ›Peng‹«, sagte Edison.

»›Peng‹ bedeutet Volltreffer!«, konterte Monty. »Und keiner sieht meine Pfeile kommen, weil ich sie so schnell abfeuere.«

»Wir schießen auf niemanden!«, sagte Ren mit Nachdruck. »Jedenfalls jetzt noch nicht. Unser Auftrag lautet: aufspüren und verfolgen. Wir lassen uns *nicht* in Gefechte verwickeln. Ist das klar?«

Jetzt mischte sich die Uber-Fahrerin doch ein. »Spielt ihr Pokémon oder so was?«

»So was Ähnliches. Das spielen jetzt alle«, antwortete Ren.

Damit gab sich die Frau zufrieden.

»Vielleicht ist die Astralreisende ja nur ein Ablenkungsmanöver«, sagte Edison halblaut, als würde er Rens Schilderung noch einmal Szene für Szene durchgehen.

Ren, die in der Mitte zwischen den beiden anderen eingequetscht war, versuchte sich bequemer hinzusetzen. »Du meinst, sie soll mich von unserem Ziel ablenken, die Fürsten der Nacht in ewigen Schlummermodus zu versetzen?«

Wenn ich doch nur wüsste, wie das gehen soll! Wo bleibst du, A. P.?

»Könnte doch sein«, erwiderte Monty.

»Wenn das so wäre, dann …« Ren wurde ganz aufgeregt. »Das wäre großartig!«

»Wieso das denn?«, wollte Edison wissen.

»Weil mir die Fürsten dann offenbar zutrauen, dass ich ihnen gefährlich werden kann!« *Sie glauben, dass ich irgendeinen Trumpf im Ärmel habe.*

Alle drei schauten jetzt geradeaus, als würde vor ihnen ein Horizont aufdämmern. Doch es waren nur Neonlichter. Der Hollywood Boulevard wimmelte von Passanten. Sie schoben sich über den Gehweg und an den Straßenhändlern vorbei. Und über dem ganzen Gewühl prangten Werbetafeln, von denen überirdisch schöne Gesichter herabschauten. Doch Ren spürte, dass es hinter dem schönen Schein auch viel Kälte und Leere gab.

Ah-Puch hatte sie irgendwann davor gewarnt, dass Schönheit trügerisch sein konnte. »Hässlichkeit lügt nicht«, hatte er gesagt. »Aber Schönheit? Man weiß nie, was sich dahinter verbirgt.«

Edison drehte den Kopf hin und her und konnte sich an alldem offenbar nicht sattsehen. Wie mochte es sein, wenn man diese Pracht zum ersten Mal erblickte? Die Unterwelt war auf ihre Art staunenswert, aber dort drehte sich alles um den Tod. Und die Glitzerwelt hier? Die wollte die Lebenden mit Haut und Haar verschlingen.

»Können Sie nicht schneller fahren?« Monty packte den Türgriff.

»Seht ihr den Stau?«, gab die Fahrerin gelassen zurück. »Mein Wagen kann leider nicht fliegen.«

»Ich *laufe* schneller, als dieses Auto fährt««, raunte Monty ihren Begleitern zu und ließ sich in den Sitz zurücksinken.

»Was hat die Astralreisende genau über die Falle gesagt?«, erkundigte sich Edison.

»Nur, dass es sie gibt.«

Zu Rens Verblüffung lachte der Dämon in sich hinein.

»Was ist daran lustig?«

»Nur etwas, womit man vorher nicht rechnet, kann eine Falle sein.«

20

Der Hollywood Boulevard glich einem Gestöber aus bun-tem Konfetti: helle Lichter, Straßenkünstler, Tanzmusik und die Scharen von Passanten.

Als sie ausgestiegen waren, drehte sich Edison mit großen Augen um sich selbst. Er sah so überwältigt aus wie jemand, der zum allerersten Mal Disneyland besuchte. Nur war das hier nicht »der glücklichste Ort der Welt«. Es war die Traumfabrik, das La La Land, El Lay.

»Die Suche wird schwierig.« Monty ließ den Blick über das Gewühl wandern.

Das war nicht das, was Ren hören wollte. »Definiere schwierig.«

»Ich muss Serenas Energieabdruck orten.« Bevor die anderen nachfragen konnten, setzte Monty hinzu: »Der Energieabdruck einer Person ist so unverwechselbar wie ihr Fingerabdruck.« Sie spielte mit dem Reißverschluss ihres Jumpsuits. »Es ist ein bisschen kompliziert und ich kann es schwer erklären. Auf jeden Fall brauche ich dafür Freiraum. Ich muss mich allein auf die Suche machen. Ohne dass mich jemand ablenkt.«

»Ich kann dich nicht allein losziehen lassen!«, entgegnete Ren in ihrem besten Generalinnenton. Und nein, sie würde sich nicht umstimmen lassen, ganz gleich, was für Argumente Monty vorbrachte.

Monty sah sie an. In ihren braunen Augen war zu lesen: *Ich bin keine gewöhnliche Elfjährige aus der Bronx. Ich bin eine hundertprozentig reinblütige Aztekenjägerin.* »Ich muss dabei allein sein«, beharrte sie. »Und egal, wie schwierig es ist, ich werde euch nicht enttäuschen. Ich schwöre.« Sie salutierte.

Rens *Kommt nicht infrage!* zerbröselte. »Meinetwegen. Aber wenn du Serena gefunden hast, darfst du ihr nur folgen. Du darfst sie nicht –«

»In ein Gefecht verwickeln. Schon klar.«

»Und sobald du sie gesichtet hast, rufst du mich an.«

»Zu Befehl.«

Monty marschierte los. Ren sah ihr nach, bis die Menge sie verschluckt hatte. Dabei ging ihr zweierlei durch den Kopf. Erstens: *Hoffentlich weiß A. P., was er tut.* Und zweitens: *Auf einer Mission diejenige zu sein, die für die anderen verantwortlich ist, ist kacke.*

Dann zog eine rosa blinkende Leuchtreklame auf der anderen Straßenseite ihren Blick an.

»Und was nun?«, fragte Edison.

»Komm mit.« Sie betraten den Souvenirladen, der auch alle möglichen Requisiten im Angebot hatte: Monstermasken, Dolche und Schwerter aus Plastik, sogar Filmklappen. Doch es waren die Hüte und Perücken, für die sich Ren interessierte.

»Bis jetzt hatte ich nicht daran gedacht, aber ich muss mich verkleiden«, sagte sie zu Edison. »Serena und die anderen dürfen mich nicht erkennen.«

»Soll ich mich auch verkleiden?«, gab Edison zurück.

Ren wollte schon abwinken, doch dann dachte sie wieder an Marco. Er hätte gesagt, dass sie keine Vermutungen über ihre Gegner anstellen sollte. Auch nicht darüber, worüber diese Bescheid wussten und worüber nicht. Wenn die *cinco* tatsächlich mit den Fürsten der Nacht unter einer Decke steckten, waren sie vermutlich über Rens Ankunft informiert. Aber wussten sie deswegen auch über die Jägerin und den Dämon Bescheid? Wobei es ja nichts schaden konnte, wenn Edison sich ebenfalls verkleidete.

Sie hielt ihm einen Schnurrbart zum Ankleben hin, doch er hatte ein Sturmtruppler-Kostüm entdeckt, das in der Ecke ausgestellt war. »Bist du nicht zu klein für einen Sturmtruppler?«, zitierte er aus dem Film.

Ren hatte die alten *Star Wars*-Filme schon tausendmal gesehen. Jedes Mal fand sie, dass darin zu wenig Außerirdische und zu viele Droiden vorkamen, aber egal. »Schnurrbart oder Perücke«, sagte sie. »Such's dir aus.«

»Welchen magst du am liebsten?«

»Von den Schnurrbärten?«

»Nein, von den *Star Wars*-Filmen.«

Ren grinste. »Woher weißt du, dass ich die kenne? Bitte sag jetzt nicht, dass das in meinem Bericht stand.« *Das wäre voll peinlich.*

»Du hast gesagt, dass du Außerirdische magst. Da musst du die Filme gesehen haben. Du bist eins von diesen Mädchen, äh, von diesen Leuten, die …«

»Wie viele Mädchen kennst du denn?« Ren bemühte sich um einen neutralen Ton, damit er die Frage nicht in den falschen Hals bekam.

Der Dämon schien im Kopf nachzurechnen, dann antwortete er: »Schätzungsweise hundertdrei.«

»Im Ernst?«

»Aber alle waren Geister. Zählt das auch?«

»Ja, das zählt auch«, bestätigte Ren lachend.

Edison sah erfreut aus. Oder erleichtert? Auf jeden Fall entgegnete er verschmitzt: »Ich entscheide mich für eine Kopfbedeckung. Die kann ich zwischendurch abnehmen. Einen Schnurrbart nicht.«

Nach zehn Minuten verließen Ren und Edison den Laden wieder. Edison hatte sich eine *Jurassic Park*-Baseballkappe ausgesucht (obwohl er als Dämon der Meinung war, dass die Filme unrealistisch und die Spezialeffekte nicht überzeugend waren). Ren hatte sich eine blonde Kurzhaarperücke gekauft. Sie hatte auch mit einer Harry-Potter-Brille geliebäugelt, aber damit sah sie wie eine große Stubenfliege aus. Außerdem machte sie sich nichts aus Harry Potter.

»Du siehst …« Edison lächelte flüchtig. »… anders aus.«

Ren merkte, dass sie rot wurde. Hoffentlich merkte er es nicht.

»Und keine Sorge«, setzte Edison hinzu. »Ich kann mich jederzeit unsichtbar machen oder meine Erscheinung ändern, wenn …« Er unterbrach sich und schaute sich um. »Ich meine …«

Die unausgesprochenen Worte hingen in der Luft.

Ren dachte an das, was er bei ihrer ersten Begegnung gesagt hatte: »Ich sehe wirklich so aus … jedenfalls meistens.«

Edison hielt den Blick auf die gegenüberliegende Straßenseite gerichtet, als würde sich dort etwas unglaublich Spannendes abspielen. Und so gern Ren auch gewusst hätte, was sich hinter seinem menschlichen Aussehen verbarg, wollte sie ihn doch nicht in Verlegenheit bringen.

»Promi-Stadtpläne!« Ein Straßenhändler hielt Edison einen Flyer unter die Nase. »Wo die Stars wohnen, wie sie leben, was sie zu verbergen haben.«

»Nein danke.« Edison wich dem Mann aus. Zu Ren sagte er: »Weißt du, was im Film nie vorkommt?«

»Was denn?«

»Wie etwas riecht, schmeckt und sich anfühlt. Die Straße hier zum Beispiel. Sie riecht süß und gleichzeitig würzig. Und die Luft ist gleichzeitig schwül und frisch, warm und kühl. Und erst die vielen Leute … Echt krass! Ganz anders als die Geister in der Unterwelt.«

»Die hundertzwei Mädchen?«

»Hundertdrei, und nein, die meine ich nicht.«

»Warst du denn noch nie unter so vielen Leuten?«

»Unter lebendigen Menschen? Nö. Aber es gefällt mir. Ich finde …«

Ren lachte. »Manchmal macht es Spaß, wenn es so voll ist, und manchmal nicht.«

»Ihr Menschen habt echt ein schönes Leben.«

»Von wegen! Hast du das aus deinen Filmen gelernt?«

»Ich wollte bloß sagen, dass euer Leben so unkompliziert ist.« Ren ahnte, was Edison eigentlich meinte: unkomplizierter als das Leben von Dämonen. In der Hierarchie der Übernatürlichen standen Dämonen ganz unten, jedenfalls was Vertrauenswürdigkeit und Freundlichkeit anging. Aber Edison besaß beide Eigenschaften. Man fühlte sich in seiner Gesellschaft einfach wohl.

»Darf ich dich mal was fragen?«, sagte Ren.

»Äh … okay?«

»Warum hast du dir ausgerechnet den Namen Edison gegeben?«

Er atmete tief durch. War er erleichtert oder …?

»Ist der Name mal in einem Film vorgekommen oder so?«

»In einem Buch – in vielen Büchern. Über Erfindungen.«

»Ach so! Du hast dich nach dem Erfinder Thomas Edison benannt.«

»Ja und nein«, gab Edison zurück. »Er ist für mich eine Art Vorbild, aber nicht nur wegen seiner Erfindungen. Der Name soll mich daran erinnern, dass ich etwas Großes erreichen möchte, etwas Sinnvolles.«

Das war also sein Traum. Er wurde Ren dadurch noch sympathischer. Nicht nur, weil er einen Traum hatte, sondern auch, weil er sich traute, darüber zu reden.

»Also ich würde gern irgendwann ins Weltall fliegen!«, platzte sie heraus und wurde sofort verlegen. Das hatte sie noch nie jemandem anvertraut. Klar fand sie die Vorstellung, dass es Außerirdische gab, toll, aber sie hätte gern gewusst, wie es im Universum wirklich aussah, jenseits der Erdatmosphäre.

Edison blieb stehen und blickte zum Nachthimmel hoch. »Das stelle ich mir wunderschön vor«, sagte er versonnen.

Ren wurde von Gefühlen überwältigt: Freude, Dankbarkeit und Stolz. Sie nickte.

Sie wichen einer Touristengruppe mit HOLLYWOOD-T-Shirts und UNIVERSAL STUDIOS-Kappen aus. »Weil ich noch nie unter so vielen Leuten war, würde ich gern kurz etwas ausprobieren«, sagte Edison.

»Muss ich jetzt Angst haben?«, neckte ihn Ren. »Nicht dass wir in der Klatschpresse landen!«

»Was ist die Klatschpresse?« Er blickte starr geradeaus, hob die Hand auf Höhe seiner Brust und malte mit dem Zeigefinger einen Kreis in der Luft. Einer Frau flog der Strohhut davon, beschrieb drei enge Kreise und landete wieder auf ihrem Kopf. Sie fasste verwundert nach der Krempe und beschleunigte ihren Schritt, als hätte sie Angst, ihr könnte ein Geist auf den Fersen sein.

»Was sollte das denn?«, fragte Ren belustigt.

»Ich wollte mich nur vergewissern, dass der Bezwinger auch in Menschenmengen funktioniert. Man weiß ja nie. Magie hat ihre eigenen Gesetze und verhält sich bei jedem anders. Ich habe meine noch nie unter solchen Bedingungen getestet.«

Ren setzte »vorausschauend« auf ihre geheime Liste von Edisons Eigenschaften.

»Okay, dann ist dein Bezwinger jetzt einsatzbereit, aber ...« Sie stockte, doch sie musste die Frage stellen. »Hast du ihn denn schon mal in einer Situation eingesetzt, in der es um Leben oder Tod ging?« Oder waren es immer nur Scheinkämpfe gewesen? Dann war der Bezwinger vielleicht gar nicht so schlagkräftig.

»Ja, als mich in Xi'balb'a ein paar Geister in den Eiterfluss geworfen haben.«

»O nein! Hast du sie auch weggepustet?«

»Sie wollten mich doch bloß ärgern. Aber ich habe noch tagelang gestunken. Der Eiter ist mir aus den Ohren und sonst wo rausgelaufen. Und erst dieser Geschmack!« Ren war offenbar ein bisschen grün um die Nase geworden, denn er setzte schnell hinzu: »Aber als ich flussabwärts getrieben bin, ist mir klar geworden, dass mein Bezwinger nicht nur zerstören oder Sachen durch die Gegend fliegen lassen kann. Ich habe am Ufer ein Boot entdeckt und es mithilfe meiner Magie zu mir herangeholt.«

»Cool«, erwiderte Ren, war aber in Gedanken noch mit den Geistern beschäftigt, die Edison in den Eiterfluss geschubst hatten. Fiese Typen gab es anscheinend nicht nur in der Menschenwelt.

Wie konnte Edison bloß so gelassen bleiben? So verständnisvoll? Früher war Ren auch so gewesen, aber die Hasskommentare auf ihrem Blog hatten sie tief getroffen. Die Schreiber hielten ihr den Spiegel vor und wollten sie kleinmachen. Ren musste sich immer noch gut zureden, dass die Anschuldigungen nichts mit ihr zu tun hatten. Dass sie keine Lügnerin oder Hochstaplerin war. Wenn sie diese Mission erfolgreich bestand, wäre das der Beweis dafür – zumindest in ihren eigenen Augen.

Plötzlich vibrierte ihr Handy. Monty rief an.

»Zielperson gesichtet«, meldete sie. »Ich wiederhole: Zielperson gesichtet.«

»Wo?«, fragte Ren mit angehaltenem Atem.

»Vor Madame Tussauds Wachsfigurenkabinett, 6933 Hollywood Boulevard. Serena steht am Eingang und schaut sich um, als würde sie auf jemanden warten.«

Ren ließ ihre Uhr den Standort anzeigen. »Wir sind schon unterwegs. Das ist nur anderthalb Kilometer von hier.«

»Verstanden.«

»Und bleib, wo du bist!«

»Mache ich. Außer sie geht weg. Dann folge ich ihr.«

Ren und Edison fielen in Laufschritt und waren nach sieben Minuten vor Ort. Monty duckte sich gegenüber von Madame Tussauds hinter ein Auto.

»Ihr habt ganz schön lange gebraucht«, sagte sie und zog Ren zu sich in Deckung.

Ren hatte vom schnellen Laufen Seitenstechen. Sie spähte über die Motorhaube des Autos. Inzwischen hatten sich zwei weitere Abtrünnige zu Serena gesellt. Kenji, der Sohn von Ah-Muzen-Cab, dem Maya-Bienengott, und Diamante, die Tochter von Akan, dem Gott des Weines und der Kunst. Allerdings war Letzterer vor ein paar Monaten in der Schlacht mit Ixkik' gefallen.

»Worauf wartet sie?« Ren flüsterte, als könnte Serena sie sonst hören.

Die Warnung der Astralreisenden ging ihr wieder durch den Kopf: *Falle.*

»Oh-oh«, machte Edison.

Ren erschrak. »Was ist oh-oh?«

»Seht ihr drüben den kahlköpfigen Mann im schlabberigen gelben T-Shirt? Er ist ein getarnter Dämon und wird mich in circa zehn Sekunden wittern.« Edison stieß einen Laut aus, der sich wie kehliges Knurren anhörte.

Monty lehnte sich zu ihm hinüber und beschnupperte ihn. »Ich rieche nichts.«

»*Er* schon.« Edison zog die Kappe in die Stirn. »Und eure Magie nimmt er auf zehn Meter Entfernung wahr. Ihr kommt nicht unbemerkt an ihm vorbei.«

»Wir haben meine Pfeile, schon vergessen?«, erwiderte Monty. »Soll ich ihn lähmen?«

»Oder ich lenke ihn ab«, gab Edison zurück.

Ren überlegte. Ablenkung oder Lähmung? Normalerweise war sie für dasjenige, das mit weniger Gewaltanwendung verbunden war.

»Wie lange würde er denn gelähmt bleiben, Monty?«

»Wie lange hättest du's denn gern?«

»Kannst du ihn gleichzeitig bewusstlos machen?« Ren wollte nicht riskieren, dass der fremde Dämon ihre kleine Gruppe überhaupt sah.

»Logisch. Das ist Kombi Nummer drei.«

Aber egal, wie Ren sich entschied, der Feind würde entweder Edison oder die Jägerin entdecken.

»Wenn herauskommt, dass Edison ein Dämon ist, schwebt er in Lebensgefahr«, hörte sie Ah-Puch in Gedanken wieder sagen.

Bewusstlos oder nicht, Ren wollte nicht riskieren, dass der fremde Dämon etwas witterte. »Dann los, Monty!«, sagte sie und drehte sich zu Edison um. »Du bleibst sicherheitshalber trotzdem auf Abstand. Aber geh nicht so weit weg, dass du das Wachsfigurenkabinett nicht mehr siehst.«

Monty holte ihr Handy heraus und überreichte es Edison. »Kannst du mit so was umgehen?«

»Da tippt man den Code ein, der den Atomschlag auslöst, oder?«

Monty machte ein ärgerliches Gesicht.

»Damit können wir dich im Notfall erreichen«, sagte Ren.

Edison sah ein bisschen enttäuscht aus, nickte aber. Dann mischte er sich unter die Passanten.

Ren ließ Serena und ihre Begleiter nicht aus den Augen. Die drei musterten jetzt die Schlange vor dem Eingang zum Wachsfigurenkabinett. Was hatten sie vor? Da fing der Eingang plötzlich an zu flimmern und zischend Funken zu sprühen. Das Madame-Tussauds-Schild knisterte von einer Energie, die ganz Los Angeles mit Strom hätte versorgen können.

»Was ist da los?«, fragte Monty verwundert.

Ren begriff, dass Serena für die Schlange Stehenden ein Trugbild erzeugte, damit sie im echten Wachsfigurenkabinett ungestört war. Ren hätte sich die Verkleidung sparen können. Kein Magieloser, wie Monty es nannte, würde Serenas Trugbild durchschauen.

Und was war mit den Besuchern, die schon drinnen waren?

Wahrscheinlich hatten die beiden anderen Gottgeborenen das echte Wachsfigurenkabinett irgendwie evakuiert.

»Wir müssen uns schnell reinschleichen, bevor sich das Trugbild wieder verflüchtigt«, sagte Ren, als Serena und die anderen durch die magische Mauer verschwanden. »Monty, du kannst den Dämon jetzt abschießen!«

Monty griff in ihren Köcher.

Der Pfeil traf das ahnungslose Opfer mitten in die Brust. Eine rosafarbene Wolke stob auf. Als der Pfeil von allein in den Köcher zurückkehrte, sackte der Dämon zusammen.

»Das hätten wir«, sagte Monty zufrieden. »Kommst du, Ren?«

Die beiden Mädchen flitzten quer über die Straße, begleitet von lautem Hupen und derben Beschimpfungen. Das Trugbild löste sich schon auf.

Ren rannte hinter Monty her. »Schneller!«

Im letzten Augenblick sprang sie mit einem großen Satz durch die magische Mauer und landete unsanft auf einem dünnen roten Teppich. Nachdem Ren sich hochgerappelt hatte (Monty war natürlich schon wieder auf den Beinen), schaute sie sich um. Sie standen in einem Nebenraum mit einer Wachsfigur von Will Smith. Es war geradezu unheimlich still.

»Und jetzt?«, fragte Monty flüsternd.

Wie zur Antwort vibrierte Rens Handy.

Zane Obispo rief an.

21

Es war das schlechteste Timing des Universums.

Des Universums hoch zehn.

Ren ging trotzdem ran. Sie musste die Chance nutzen, mit ihm zu sprechen. Vielleicht war das nachher nicht mehr möglich. »Zane?«, flüsterte sie.

»Pst!«, machte Monty warnend.

»Hallo, Ren!« Zanes Stimme drang laut aus dem Telefon, aber zum Glück dudelte die Hintergrundmusik im Wachsfigurenkabinett noch lauter. »Na endlich! Hast du die Fotos bekommen? O Mann, ich muss dir so viel erzählen, aber ich habe jetzt keine Zeit.«

»Ich auch nicht. Schreib mir mehr über das Symbol.«

»Was? Du musst lauter sprechen. Ich kann dich nicht verstehen.«

»Das SYM-BOL!«, wiederholte Ren überdeutlich.

»Das ist cool, oder?«

Wenn Ren Zane das nächste Mal sah, würde sie ihn mit einem Schattenkraken erwürgen.

»Ich glaube, deine Vermutung ist richtig, Ren. Das Symbol hat mit Außerirdischen zu tun! Aber eigentlich darf ich mich nicht dazu äußern. Also schreib mir bitte nicht deswegen. Und schreib auch sonst nirgendwo darüber.«

Ren hätte ihn am liebsten angebrüllt. Hätte er vierzig Sekunden früher angerufen, hätte sie sich nicht zurückgehalten. »Zane!«

»Tut mir leid, dass ich nicht mehr sagen darf«, gab er zurück und klang plötzlich ernst. »Aber Ah-Puch weiß Bescheid. Es ist wieder mal eins von diesen uralten göttlichen Geheimnissen. Frag ihn. *Dir* erzählt er noch am ehesten was.«

Dann brach die Verbindung ab und Ren brach zusammen. Zumindest fühlte es sich so an. Sie wurde so reglos wie die Wachsfigur von Lady Gaga und konnte sich nicht überwinden, das Handy einzustecken. Vielleicht kam ja doch noch etwas.

»Stehst du unter Schock?«, fragte Monty gedämpft. »Damit kenne ich mich nicht aus. Das kam in meiner Ausbildung nicht vor.«

Ren konnte nur stumm nicken. Sie hatte die Frage kaum gehört. *Außerirdische?* Das Symbol hatte mit Außerirdischen zu tun? Aber wie hing das wiederum mit den Fürsten der Nacht zusammen und mit Serena und –

»Kannst du deinen Schock bitte auf später verschieben?« Das war wieder Monty. »Ich würde gern vorher lebendig hier rauskommen.«

Frag Ah-Puch.

Hat er deswegen so heftig reagiert, als ich ihm das Foto von dem Symbol gezeigt habe? Insgeheim wünschte sich Ren, die Antwort würde Nein lauten, denn sonst hätte der Gott sie angelogen. Wenn es aber keinen Zusammenhang gab, war sie wieder ganz am Anfang. Sie riss sich zusammen und schrieb Ah-Puch eine Nachricht.

Sie ergänzte, wo Monty und sie gerade waren. Wobei es dem geschwächten Gott nicht gelingen würde, Serenas magischen Schutzwall zu überwinden. Monty und sie mussten allein herausfinden, was die drei Gottgeborenen im Schilde führten.

Ab jetzt galt Plan B. Er lautete: Lasst euch was Besseres einfallen als Plan A.

Auf Zehenspitzen huschten sie durch die dunklen Räume. Die Stille war gruselig. Nirgends regte sich etwas. Nur die in Wachs nachgebildeten Stars glotzten die beiden Mädchen mit ihren Glasaugen an. Wer hätte gedacht, dass Will Smith so Furcht einflößend aussehen konnte? Monty huschte geduckt voran wie eine Katze. »Hier lang.«

Anscheinend hatte sie Serenas Energieabdruck geortet.

Nachdem sie zwei weitere Räume durchquert hatten, hörten sie im nächsten Raum Stimmen.

»Die Luft ist rein.« Das war Diamante.

»Sehr gut«, erwiderte Serena. »Hier sind wir richtig.«

Ren und Monty ließen sich auf alle viere nieder und krabbelten geräuschlos über den schmuddeligen roten Teppichboden. Wollten die drei Abtrünnigen den nächsten Aztekengott wecken? Doch Ren ging immer noch durch den Kopf, was Zane gesagt hatte: »Ich glaube, es hat mit Außerirdischen zu tun.«

Wobei »glauben« nicht dasselbe war wie »wissen«. Vielleicht irrte sich Zane ja. Es wäre nicht das erste Mal gewesen. Und Ren durfte ihre Mission nicht nach irgendwelchen Vermutungen ausrichten.

Als sie um den Türrahmen herumspähte, erblickte sie die Gruppe. Weil die drei aber mehr oder weniger in ihre Richtung schauten, erzeugte sie rasch einen kleinen Schatten, der Monty und sie verbarg.

Sie hatte Herzklopfen. Diamante und Kenji standen einfach nur da, Serena breitete beide Hände aus.

»Ist das eine spirituelle Sitzung, oder was?«, fragte Monty flüsternd.

Ren überhörte die Frage. Sie versuchte selbst, aus dem, was sie sah, schlau zu werden.

In Serenas beiden Handflächen zeichnete sich das Symbol ab wie ein Brandzeichen. Jetzt leuchtete es auf, sodass der siebenzackige Stern in der Mitte zu erkennen war.

Im selben Augenblick fiel durch das Oberlicht über Serenas Kopf ein blendend heller, breiter Lichtstrahl und der Raum verwandelte sich in eine trostlose Sandwüste. Staub erfüllte die Luft.

Was hatte das nun wieder zu bedeuten?

Monty schniefte, als müsste sie gleich niesen. Rasch drehte Ren sich um und hielt ihr die Nase zu.

Ein leises Quieken entfuhr Monty. Ren zuckte zusammen, aber Serena und die beiden anderen hatten zum Glück nichts gehört.

Sie beobachteten gespannt eine Gestalt, die sich aus einer Staubwolke materialisierte.

Es war die Astralreisende – diesmal in Fleisch und Blut. Anscheinend hatte sie im Wachsfigurenkabinett auf die drei gewartet. Oder sie hatte zu der Vorhut gehört, die das Gebäude evakuiert hatte. Serena und ihre Komplizen begrüßten sie mit knappem Nicken.

Erst als Ren das Gespenstermädchen in Menschengestalt erblickte, fiel ihr ein, dass sie sie aus der SCHAFOMA kannte. Allerdings war sie ihr dort nie besonders aufgefallen.

Wie hieß sie doch gleich? Irgendwas mit E. Elisabeth? Erin? Ernestine?

Kenji und Diamante standen weiter abwartend da. So entspannt, wie sie aussahen, hatten sie das Ritual schon einmal durchgeführt. Ren wusste nicht, ob sie das gut oder schlecht finden sollte.

Ein dünner Lichtstrahl löste sich aus dem breiten und schlängelte sich durch die Luft, bis Serena ihn zu fassen bekam. Sie zog ihn in die Länge, sodass sie ihn wie ein Stück Schnur auf den Sandboden legen konnte. Dann bildete sie daraus einen Kreis, der nicht größer als ein Essteller war.

Die Luft war derart magisch aufgeladen, dass es Ren den Atem verschlug. Die Magie strich über ihre Haut wie unsichtbare Finger.

»Soll ich Serena abschießen?«, fragte Monty im Flüsterton. »Für alle vier brauche ich nur vier Sekunden.«

Ren warf ihr einen strengen Blick zu und schüttelte den Kopf. Serena ließ sich jetzt auf die Knie fallen und drückte die flachen Hände in den Kreis.

Ein heißer Wirbelwind kam auf, ließ den Sand umherfliegen und peitschte durch Serenas schwarze Haare.

Sie drückte weiter die Hände auf den Boden, der jetzt zu beben begann. Doch Serena rührte sich nicht vom Fleck, auch nicht, als die Erde immer stärker bebte und der Kreis immer größer wurde. Dann machte es *krack!*

Am Rand des Kreises klaffte der Sandboden auf. Rauch stieg aus dem Spalt.

Als auch noch der Gestank von verbranntem Fleisch die Luft erfüllte, musste Ren würgen.

Im nächsten Augenblick legte sich das Beben.

Und dann … Serena streckte ihren Freunden lächelnd den Arm hin. Dicht über ihrem Handgelenk war ein drittes Spiralsymbol erschienen.

Für den dritten Fürsten der Nacht, erriet Ren. Panik ergriff sie. Wie hatte Serena solche Macht erlangt?

Das rot glühende Symbol im Sand fing rhythmisch zu flackern an, als wäre es ein atmendes Lebewesen.

Serena trat aus dem Kreis. »Jetzt du, Ezra«, sagte sie.

So hieß die Astralreisende, fiel Ren ein.

Sie dachte an die Feier im Sommer, als die Götter erschienen waren und sich entweder zu ihren Sprösslingen bekannt hatten oder auch nicht. Die akzeptierten Gottgeborenen hatten alle ein Geschenk erhalten, das gewaltige magische Kräfte besaß. Daher hatte Ren auch ihre Uhr, die inzwischen leider über null Magie mehr verfügte.

Ezra trat ohne Zögern in den Kreis und drückte dabei etwas an sich. Etwas Kleines und …

Monty schnappte hörbar nach Luft. Ren schlug rechtzeitig die Hand vor den Mund, denn jetzt legte Ezra einen Augapfel mitten in den Kreis und rollte ihn darin herum.

Wobei … Ren sah noch einmal hin. Es war kein *echter* Augapfel. Eine Seite der kleinen Kugel war so bemalt, dass sie wie ein Augapfel aussah, die andere Seite stellte einen tiefblauen, mit winzigen goldenen Sternen getüpfelten Nachthimmel dar.

Eigentlich war die kleine Kugel wunderschön. Aber wozu diente sie? Welche Magie wohnte darin? Dummerweise konnte sich Ren nicht gleich erinnern, von welcher Gottheit Ezra abstammte.

Dann fiel es ihr wieder ein und es überlief sie kalt.

Ezras Mutter war die Göttin der Zaubersprüche und der Magie. Sie war eine neuere Gottheit und Ren wunderte sich, dass sie den Namen vergessen hatte. Er lautete Yohualli, was einfach nur »Nacht« bedeutete.

22

Piltzintecuhtli

Erst war es ganz still. Dann wurde es totenstill. Es folgte die Gier – eine grausame, hungrige Gier, aus der sich Hitze und Zorn speisten. Ein Blitz, greller und blendender als die Sonne selbst, schleuderte ihn mit unvorstellbarer Wucht in die Welt hinaus, auf dass er verschlinge und zerstöre.

Der dritte Fürst der Nacht, der Götterprinz, öffnete die Augen.

Er schüttelte den Staub aus seinen langen schwarzen Haaren.

Und dann wartete er.

23

»Fertig.«

Kaum hatte Ezra es gesagt, verpuffte die von Serena erzeugte Wüste.

Obwohl Ren niemanden sah, spürte sie ganz deutlich, dass der Götterprinz erwacht war. Aber wo war er? In dem halbdunklen Raum vor ihnen war niemand zu entdecken.

Immerhin schlafen die übrigen sechs noch, sprach sie sich Mut zu. *Das ist doch schon mal gut, oder?*

Wie spät war es eigentlich? Zweiundzwanzig Uhr. Hatte Ah-Puch nicht behauptet, die Fürsten würden immer erst um Mitternacht erwachen? Offenbar war er nicht richtig informiert. Und wo steckte er überhaupt? Hatte er inzwischen herausgefunden, wie man die restlichen Fürsten dauerhaft einschläfern konnte? Hatte er Ezras magischem Auge etwas entgegenzusetzen? Die Kugel musste das Geschenk ihrer Mutter Yohualli sein. Aber konnte das Artefakt tatsächlich tote Götter auferstehen lassen? Und wenn ja, ließ es sie dann auch wieder einschlummern?

Nicht unbedingt. Magie hatte ihre eigene Logik, so viel hatte Ren inzwischen begriffen. Hätte die Kugel die Macht besessen, die Fürsten wieder ins Traumland zu befördern, hätte Serena sie sich selbst unter den Nagel gerissen, um die auferstandenen Götter zu unterwerfen.

»Das Trugbild hält nicht mehr lange«, sagte Serena. »Wir müssen los.«

Was sollte Ren tun? Serena zur Rede zu stellen, hätte keinen Zweck. Sie würde nichts verraten. Und Ren würde bloß ihren Überraschungsvorteil verschenken.

Ein leises Summen ertönte. Kenji flüsterte Serena etwas zu. Ixchels Tochter schaute sich um und Ren und Monty zogen rasch die Köpfe zurück.

Dann wurde es schlagartig dunkel.

In Rens Ohren hämmerte es, ihr Hals schwoll zu. Sie krabbelte rückwärts und fasste nach Montys Hand. Dann hörte sie erst Schritte und dann jemanden atmen. Montys Hand wurde aus ihrem Griff gerissen und Ren hörte sie schreien.

»Ren!«

»Monty!« Ren sprang keuchend auf und drehte sich um. Wieder einmal verfluchte sie, dass ihre Schatten im Dunkeln nutzlos waren. Als sie gegen eine Wand prallte, sah sie, wie sich die leuchtenden magischen Pfeile entfernten.

Den Blick auf das blaue Licht geheftet, rannte sie los.

Nicht erlöschen! Nicht erlöschen!, beschwor sie die Pfeile stumm.

Doch es war schon passiert. Ren drehte sich verzweifelt um sich selbst, doch ringsum war alles stockfinster.

Das Zeitseil!

Mit fliegenden Fingern nahm sie die Halskette ab und ließ sie durch die Luft schnellen. Goldenes Licht flammte auf und wies ihr den Weg zum Ausgang des Wachsfigurenkabinetts.

Als sie im Freien stand, legte sie die Kette wieder um und sog die frische Luft ein. Die Straße war leer. *Wo sind sie hin?*

Da packte jemand sie am Arm und zog sie mit sich.

Es war Edison. »Hier entlang!«

»Wieso?« Rens Herz schlug zum Zerspringen. *Ba-bumm, ba-bumm, ba-bumm.*

»Weil ich sie wittere.«

Wie hatte Ren vergessen können, dass Dämonen die besten Spürnasen des Universums waren? Aber warum hatte Edison dann Serena nicht gewittert? Wobei er ja nur zur Hälfte ein Dämon war. Wahrscheinlich war sein Spürsinn nicht ansatzweise so ausgeprägt wie der von Monty.

Sie hetzten los, wichen Touristen aus, die Selfies machten, herumalberten und lachten, als wäre alles in bester Ordnung. Um Dampf abzulassen – oder einfach zum Spaß –, hätte Ren ihnen am liebsten zugerufen: »Achtung – frei laufende Dämonen, Gottgeborene und Fürsten der Nacht! Rette sich, wer kann!« Aber sie waren hier in Hollywood. Kein Mensch hätte auch nur mit der Wimper gezuckt.

Schließlich blieb Edison an der Ecke eines Gebäudes stehen.

Ren schnaufte, doch der Dämon schwitzte nicht einmal. Er zog Ren hinter sich und spähte um das Gebäude herum.

»Was ist los?«, fragte sie ungeduldig.

»Ich vergewissere mich, dass es keine Falle ist.«

Falle. Schon wieder dieses Wort – kurz, aber bedrohlich. Ren hätte sich am liebsten die Ohren zugehalten.

»Irgendwas stimmt hier nicht«, sagte Edison gedämpft.

»Das will ich jetzt echt nicht hören.«

»Ich wittere sie, sehe sie aber nicht.«

Ren reckte den Hals. Sie blickte in eine Sackgasse, in der tatsächlich nur ein paar Kisten und Mülleimer standen. Doch auf den zweiten Blick entdeckte sie etwas. Hinter einem Kistenstapel schimmerte es blau. Montys Pfeile!

Die Gefahr war immer noch da.

Ohne nachzudenken, folgte sie ihrem Flucht-oder-Kampf-Instinkt und rannte auf den blauen Schimmer zu.

»Ren!«, hörte sie Edison rufen. Dann kam er ihr nach.

Sie blieb stehen. Die Luft schien zu flimmern wie manchmal in der heißen Nachmittagssonne. Ren reagierte zu spät.

Das Netz erschien aus dem Nichts, fing sie und den Dämon ein und entführte alle beide in die Luft. Obwohl es nur ein Trugbild war, wehrte sich Ren vergeblich gegen die silbrig funkelnden Maschen.

Serena und Kenji lösten sich aus der flimmernden Luft. »Eine falsche Bewegung oder irgendwelche magischen Mätzchen, und eurer kleinen Freundin geht es schlecht«, sagte Serena.

Ren schaute nach unten und sah sich nach dem blauen Leuchten um. Ezra hielt Monty fest. Schlimmer noch, sie hatte Montys Bogen und Köcher umgehängt. Die Pfeile leuchteten jetzt nachtblau.

»Monty!« Doch die Jägerin schien zu schlafen.

Edison sagte nichts, hielt nur den Blick auf die Abtrünnigen gerichtet. Seine Arme und Beine waren mit denen von Ren verschlungen und seine warme Haut verströmte eine Energie, die sie noch nie wahrgenommen hatte. Sie spürte seinen Puls. Er ging so kräftig und gleichmäßig, als würde in seiner Brust das Herz eines Riesenlöwen schlagen.

Haben Dämonen größere Herzen als Menschen?, ging es ihr unwillkürlich durch den Kopf.

Edison nahm ihre Hand. »Bleib ganz ruhig.«

Sollte das ein Witz sein? Sie hingen in einem magischen Netz fünf Meter über dem Boden. Zwei Gottgeborene grinsten hämisch zu ihnen hoch und Ezra hatte Monty die Waffen abgenommen, sodass sie wehrlos war.

»Lasst uns sofort raus!«, rief Ren.

Kenji tat, als würde er mit einem Lachanfall kämpfen. »O Mann, hast du es uns leicht gemacht! Hast du an der SCHAFOMA denn gar nichts gelernt? Du bist geradewegs in unsere Falle getappt! Tja, anscheinend hast du dich dem falschen Team angeschlossen, Rennnnn.«

Ren wurde so heiß, als stünde sie in Flammen. Die Schatten in ihr schlugen um sich und wollten heraus, aber sie hatte Angst, versehentlich Monty zu verletzen. Darum bändigte sie die Schatten, auch wenn ihr davon die Brust wehtat. Sie spähte ans Ende der Sackgasse. Kenji versuchte, es so darzustellen, als wäre Ren in eine geplante Falle getappt, aber das stimmte nicht. Serena war falsch abgebogen und konnte jetzt nicht anders, als sich ihnen zu stellen.

Rens Hirn arbeitete auf Hochtouren. Fieberhaft ging sie jedes Szenario, sämtliche Möglichkeiten durch. Serena war aus Versehen in einer Sackgasse gelandet. Sie konnte das Trugbild nicht ewig aufrechthalten, und selbst wenn – die Pfeile konnte sie aus irgendeinem Grund nicht tarnen. Sie saß genauso in der Falle wie Ren und Edison. Wenn sie die Flucht ergriff, würden Ren und Edison sie verfolgen, sobald das Netz verpufft war.

Was sollen wir bloß machen?

Edisons Ton war energisch. »Wenn ihr unserer Freundin auch nur ein Haar krümmt, sorge ich dafür, dass ihr es bis an euer Lebensende büßen werdet.«

»Jetzt mach mal halblang.« Serena grinste derart boshaft, dass es eher zu einem Monster gepasst hätte. Ihre Stimme dagegen klang gelassen, wenn auch eine Oktave tiefer als sonst. »Ich habe etwas, worauf ihr scharf seid, und ihr –« Dabei blickte sie Ren an. »– ihr habt eine jämmerliche Versagerin dabei. Sie hat ihre Herrschaft über die Zeit für ein paar Mayagötter aufgegeben, denen sie und alle anderen total egal sind.«

Hatte Serena etwa recht? Hatte Ren ihre magische Gabe an einen Gott verschwendet, der immer noch nicht auf ihre Nachrichten reagiert hatte? An einen selbstsüchtigen Gott, der sie in dieser heiklen Situation sich selbst überließ?

»Hör mal, Serena …« Vielleicht konnte sie ja an Serenas Gewissen appellieren – falls davon noch etwas übrig war. »Bitte lasst Monty gehen. Wir kommen euch auch nicht nach.«

»Das glaubst du ja wohl selber nicht«, entgegnete Kenji verächtlich.

»*Du* hast hier überhaupt keine Forderungen zu stellen«, sagte Serena ärgerlich. »Ist das klar?«

»Aber *ich.*« Edisons Ton erinnerte Ren an einen Polizeibeamten … nein, an einen Schulleiter. An jemanden Offizielles, der Autorität besaß. Der Dämon lehnte sich gegen das Netz und befühlte es, als würde er nach einer Schwachstelle suchen. »Ich erkläre euch mal, wie es jetzt weitergeht: Ihr habt genau zwei Minuten, um uns Monty samt ihren Waffen auszuliefern.«

Zack! Kurz und knapp und ohne Wenn und Aber. Und ohne Gegenangebot. Als wäre er hier der Boss – was leider nicht der Fall war. Er war ein Dämon, der in einem Netz feststeckte.

»Anscheinend habt ihr nicht zugehört«, erwiderte Serena.

»Und ihr habt anscheinend keine Ahnung, wozu ich fähig bin«, konterte Edison.

Ren staunte. Wer war er? Und wo war der fast übertrieben gutmütige Typ geblieben?

»Aber wir haben die Kleine«, gab Kenji schroff zurück.

»Du kannst mir drohen, so viel du willst«, sagte Serena. »Sobald du irgendwelche faulen Tricks versuchst, muss sie es ausbaden.« Ihr kalter Blick wanderte zu Ren hinüber. »Und das würdest du niemals riskieren, *bruja*. Dafür kenne ich dich zu gut.«

Ren war immer stolz auf ihr Mexica-Erbe gewesen, ihre Brujamagie. Doch das Wort von Serena zu hören, erfüllte sie plötzlich mit Scham, die sofort in Wut umschlug.

»Du kennst mich überhaupt nicht!«, fauchte sie. Wieder spürte sie, wie sich die Schatten von innen gegen ihre Rippen drängten und herauswollten.

Serena und Kenji lachten.

Ren senkte die Stimme. »Tu nichts Unüberlegtes, Edison. Ich kenne Serena besser als du. Sie blufft nicht. Erst mal müssen wir tun, was sie sagt.«

Der Dämon fuhr die schimmernden Netzmaschen mit dem Finger nach. Dann lächelte er Ren verschmitzt an. »Es war noch nie mein Ding, mich von anderen Leuten rumkommandieren zu lassen.«

Ren kannte ihn noch nicht gut genug, um ihn richtig einzuschätzen. Waren seine Drohungen gegenüber Serena leer oder steckte tatsächlich etwas dahinter?

24

»Noch sechzig Sekunden«, sagte Edison ruhig.

Der Halbmond, der tief am Himmel stand, ließ Serenas Augen schimmern. Dann flammten sie unvermittelt rot wie ein Blutmond auf. »Droh mir gefälligst nicht!«

Kenji grinste immer noch, Serena machte immer noch ein böses Gesicht und auch Montys Pfeile leuchteten noch.

Konzentrier dich auf Monty, ermahnte sich Ren im Stillen. Wobei Ezra Monty jetzt auf die Arme genommen hatte und mit ihr davonschlich.

Ren geriet in Panik. »Was wollt ihr eigentlich?«

Serena strich sich eine Haarsträhne aus dem Gesicht. »Ich will die Jägerin und ihre Waffen. Ich spüre die Magie der Pfeile sogar von hier aus. Respekt, dass ihr die Kleine aufgetrieben habt.«

Ren war sprachlos, doch sie durfte sich nichts anmerken lassen.

Ezra war schon fast unter dem Netz angekommen.

»Dreißig Sekunden«, meldete sich Edison wieder zu Wort.

Serena holte einen Kaugummi aus der Hosentasche, wickelte ihn aus und steckte ihn in den Mund. Dann produzierte sie eine große rosa Blase. »Ui, hab ich eine Angst!«

Ezra meldete sich zum ersten Mal zu Wort. »Ich kann die Jägerin so verzaubern, dass sie Schuppen statt Haut hat oder noch Schlimmeres«, sagte sie warnend. »Also macht keine Dummheiten.«

»Hey, Leute.« Ren bemühte sich wieder um einen versöhnlichen Ton. »Das muss doch nicht sein, dass wir uns streiten.«

Serena verdrehte die Augen. »Du bist immer so unschuldig und unrealistisch, Ren. So …«

»Dumm?«, ergänzte Kenji fragend.

Ein Hitzeschwall ließ Rens Wangen brennen. Sie würde Ezra auf keinen Fall mit Monty entkommen lassen!

Die Schatten in ihr tobten. Sie wollten endlich heraus – wollten verletzen und zerstören.

In diesem Augenblick, in dieser Sekunde, schien alles auf Messers Schneide zu stehen. Ren konnte nicht sagen, wie die Sache ausgehen würde, aber ihre Wut wurde übermächtig.

»Ich riskier's!«, raunte sie Edison zu.

Er drückte ihre Hand. »Du schaffst das!«

Ren verband sich mit den zornigen Schatten in ihrem Inneren. Dann ließ sie alle gleichzeitig frei. Die *sombras* wickelten sich schützend um Monty und entwanden sie Ezras Griff. Doch Ezra hatte noch den Köcher mit den Pfeilen.

»NICHT!«, schrie Serena.

Da zerriss Edison das Netz, breitete die Arme aus und schleuderte seine Magie mit solcher Wucht auf die Gegner, dass sie stolpernd zurückwichen.

Ren und er landeten auf dem Boden und rollten sich weg.

Alles ging so schnell – *zu* schnell. Serena riss die Hände hoch und erzeugte eine Nebelwolke, aus der sich eine rot geschuppte, drei Meter lange Schlange materialisierte. Die Schlange wurde größer und größer und kostete mit der gespaltenen schwarzen Zunge die Nachtluft. Edison wich zurück und richtete seinen Bezwinger nun auf das Reptil, das sich mit warnendem Zischeln zusammenringelte.

Ren nutzte aus, dass sich Serena auf Edison konzentrierte. Sie lief an den beiden vorbei auf Ezra und die Pfeile zu.

Doch Kenji packte sie am Arm und zerrte sie mit der Kraft eines tonnenschweren Ochsen zurück. Ren wirbelte herum, trat ihm das Bein weg und rammte ihm gleichzeitig die Faust in die Rippen. Er sackte zusammen. Ren war im Adrenalinrausch. Sie handelte nur noch rein instinktiv.

Kenji sprang wieder auf. Fassungsloses Erstaunen lag in seinem Blick. Doch da entdeckte Ren das blaue Leuchten der Pfeile und lief weiter. Kenji folgte ihr. Über die Schulter schleuderte sie ein Schattennetz nach ihm.

Sie hatte nur einen kleinen Vorsprung. Gleich würde er sie einholen.

Eins …

»Monty!«, rief sie und hoffte wider besseres Wissen, dass sie Ezras Zauberbann brechen und die Jägerin wecken konnte.

Zwei …

Eine Kraftwelle beförderte Kenji in die Luft und hielt ihn dort fest. Strampelnd und zappelnd kämpfte er vergeblich gegen Edisons Magie an.

Serena stieß einen lauten Ruf aus. Die Schlange zischelte zornig.

Ren drehte sich nicht um. Sie wusste auch so, dass Edison ihr den

Rücken freihielt. Doch da tauchte ein zweiter Dämon auf – derjenige, den Monty vor dem Wachsfigurenkabinett ausgeknockt hatte. Er sah jetzt nicht mehr wie ein nachlässig gekleideter Tourist aus, sondern war unverstellt im Dämonenmodus: blaue Haut, spitze Zähne, gifttriefende Krallen. Und er baute sich zwischen Ren und Ezra auf.

Als der fremde Dämon Ren packen wollte, ließ sie sich fallen und rollte sich weg. Dann nahm sie rasch das Zeitseil ab und ließ es gegen sein Gesicht schnellen.

Ein schmerzerfülltes Aufheulen hallte durch die Sackgasse. Der Dämon fing das Zeitseil ein, verbrannte sich aber an der Magie die Hände und fiel auf die Knie. Dann schmolz er zischend zu einem unansehnlichen Häufchen zusammen.

Ezra war nicht stehen geblieben, aber Ren hatte sie schon fast eingeholt. Sie ließ ihre Schatten zu langen Armen wachsen und wollte der Astralreisenden Köcher und Bogen entreißen. Doch Ezra kam ihr zuvor. Sie legte einen Pfeil auf die Sehne und zielte auf Ren.

Das Geschoss sauste durch die Luft.

»Die Pfeile verfehlen niemals ihr Ziel«, hörte Ren Monty in Gedanken sagen. Rasch hüllte sie sich in einen schützenden Schatten und duckte sich.

Doch die Vorsichtsmaßnahme war überflüssig. Der Pfeil sauste mit großem Abstand an ihr vorbei. *Wieso das?*

Mit einem Knurrlaut zog Ezra den nächsten Pfeil aus dem Köcher. Sie schoss ihn aber nicht ab, sondern brach ihn durch. Funken sprühten auf, Schreie gellten durch die Nacht.

Ein ungeheurer Zorn packte Ren – ein überwältigender Hass, der sich rasend schnell in ihr ausbreitete und ihr zusätzliche Kräfte verlieh. Sie stieß einen Schlachtruf aus und aus ihrem Mund drang ein

Schatten. Er hatte keine feste Form, war pure Finsternis, hatte aber die Wucht von tausend Wellen. Ren ließ ihm freien Lauf.

Der Schatten schlug über Ezra zusammen. Sofort warf Ren das Zeitseil wie ein Lasso um ihre Knöchel. Ezra bekam Brandblasen und fiel zu Boden. Der *sombra* hielt sie dort fest. Ren zog das Seil zurück, schnappte sich Köcher und Bogen, rannte zu Monty und hob sie samt dem schützenden Schattenkokon auf.

Dann lief sie mit ihrer reglosen Freundin von der Schlacht weg, die hinter ihnen weitertobte.

Das sonderbare Summen ertönte wieder.

Edison! War mit ihm alles in Ordnung? Ren machte den Fehler, sich umzudrehen. Anscheinend hatte sich Kenji aus dem Bezwinger befreit, denn er war schon dicht hinter ihr. Es sah aus, als würde er den Mund zu einem stummen Schrei aufreißen. Doch stattdessen schwärmten Tausende Bienen aus seinem Rachen.

Rens Wadenmuskeln brannten höllisch, ihre Arme wurden allmählich lahm. Die bewusstlose Monty war schwer und gleich würden die Bienen über sie beide herfallen.

Das Summen erfüllte Rens Ohren, ihre Gedanken, ging ihr durch und durch. Sie konnte nicht gleichzeitig Monty tragen und kämpfen. Sie musste sich entscheiden.

Im selben Augenblick spürte sie Edisons Magie pulsieren und stärker werden. *Gemeinsam schaffen wir es*, dachte sie. *Gemeinsam –*

Edison erzeugte einen Schutzwall zwischen den beiden Mädchen und den Bienen, doch ein Teil des Schwarms hatte die beiden schon erreicht. Ren wurde in Arme und Beine gestochen, ins Gesicht und in den Hals. Sie klappte zusammen und ließ Monty fallen.

Jetzt stand nur noch Edison zwischen seinen Freunden und den

Gegnern. »Ich halte sie auf!«, rief er Ren zu. Seine Stimme schwankte, weil die Bienen auch ihm das Gesicht zerstachen. »Bring Monty hier weg!«

»Und was ist mit dir?«, Ren sah und spürte, dass er schwächer wurde.

»Lauf!«

Doch sie blieb wie angewurzelt stehen, denn plötzlich setzte bei Edison eine Verwandlung ein. Die Bienenstiche hatten seine Haut durchlöchert. Eine zweite, abstoßend hässliche, glitschige Haut blitzte darunter hervor.

»Ich sehe wirklich so aus ... jedenfalls meistens«, hatte er gesagt.

Obwohl die Stiche unerträglich schmerzten, hob Ren Monty auf. Ihr war klar, dass die Bienen giftig waren und dass ihnen beiden nur wenig Zeit blieb.

Mit letzter Kraft stolperte sie weiter. Monty war kreidebleich, Schweiß stand ihr auf der Stirn. Sie verbrannte innerlich. »Du bist doch eine Jaguarkriegerin!«, beschwor Ren sie verzweifelt.

Ihr rechtes Knie gab nach. Sie taumelte, stürzte und ließ Monty wieder fallen.

Steh auf. Steh auf! STEH AUF!!!

Ren spürte, wie das Gift in sie hineinsickerte. Sie sah nur noch verschwommen.

»Hallo, Königin.«

Dann wurde ihr schwarz vor Augen.

25

***Bin ich tot oder lebendig?*, war ihr erster Gedanke.**

Ren lag in einem sonnendurchfluteten Park. Ringsum wuchsen Kletterpflanzen mit dichtem grünem Blattwerk und orchideenähnlichen weißen Blüten. Irgendwo plätscherte ein Bach. Benommen setzte sie sich auf und versuchte sich zu erinnern, was geschehen war.

Richtig – sie hatte versucht, Monty in Sicherheit zu bringen.

Schwerfällig stand sie auf. Ihr tat alles weh, als wäre sie gerade einen Marathon gelaufen. Während sie sich umschaute, konzentrierte sie sich auf ihren Atem. Ein … und aus. Ein … und aus. Die Luft duftete nach Vanille.

»Ich weiß, dass du da bist«, sagte sie laut und wartete darauf, dass sich der dritte Fürst der Nacht zeigte.

Eine Gestalt trat aus dem Pflanzendickicht. Der Junge konnte nicht älter als sechzehn sein. Er hatte schulterlange schwarze Haare und seine dunklen Augen funkelten wie die Sonne.

Warum waren die Fürsten der Nacht so jung? Oder hatten Aztekengötter einfach gute Gene?

»Du bist der Götterprinz«, sagte Ren. Würde er gleich aufleuchten oder so?

Er war barfuß und trug eine verwaschene Jeans und ein weißes T-Shirt.

Wo hast du denn dein Surfboard gelassen?, wäre es Ren beinahe herausgerutscht. Anders als der Rauchende Spiegel war der Götterprinz nur ein paar Zentimeter größer als sie.

»Magst du Vanille?«, fragte er, hob eine Blüte an die Nase und sog den Duft tief ein. »Wir nennen sie Schwarze Blume, wegen der Schoten. In der Dunkelheit liegt die Würze.«

»Gut zu wissen«, gab Ren zurück. Sie war immer noch so benebelt, dass sie nicht klar denken konnte. »Darf ich dann jetzt gehen?«

»Diese Bienenstiche sind lebensgefährlich.« Er kam näher.

Ren wich zurück. »Was willst du von mir?«

»Ich bin Piltzintecuhtli, der Aztekengott der aufgehenden Sonne und der Heilung.« Alias der Götterprinz.

Seine Stimme klang irgendwie hypnotisierend, wie die Apps, die einem Gutenachtgeschichten vorlasen. Beruhigend. Einschläfernd. Aber auch gelangweilt, als hätte er sich schon tausendmal so vorgestellt.

»Soll ich das alles verschwinden lassen?«, fragte er.

Was *alles*? Die Pflanzen? Die Bienenstiche? Rens Mission?

Sie schüttelte den Kopf und sah sich wieder um. Okay, hier war es eindeutig schöner als im Schattenverlies des Zähneklapperers. Trotzdem hatte sie immer noch das Gefühl, sich nicht auf ihre Augen verlassen zu können, sondern nur auf ihren Instinkt. Und der warnte sie soeben unüberhörbar: *Falle!*

Wo ist Monty? Liegt sie noch bewusstlos auf der Straße? Hat Kenji sie sich geschnappt?

Ren kam sich vor, als hätte jemand sie umgekrempelt wie ein Kleidungsstück. Vor einer halben Stunde war sie noch zusammen mit Monty im Wachsfigurenkabinett gewesen und jetzt stand sie plötzlich mit einem Surfergott in diesem sonnigen Garten Eden.

»Wenn du meine Hilfe nicht annimmst, musst du sterben.« Es klang bedauernd.

Alles Lüge! Bei ihren Begegnungen mit dem Rauchenden Spiegel hatte Ren begriffen, dass sie irgendeinen Trumpf besaß, hinter dem die Aztekengötter her waren. Man würde sie auf keinen Fall sterben lassen. Zumindest jetzt noch nicht.

»Ihr habt Ezra benutzt«, sagte sie. Das war zwar geraten, aber vielleicht kam der Gott ja dann ins Reden. »Die Tochter der Mayagöttin für Zaubersprüche und Magie. Sie hat euch aufgeweckt.«

»Stimmt.«

Ren traute ihren Ohren nicht. Sie war davon ausgegangen, dass er wie die meisten Götter lügen und seine Absichten verschleiern würde.

»Und wenn ihr erst alle wach seid«, fuhr sie fort, »wollt ihr die Mayagötter vernichten und die Weltherrschaft an euch reißen.« Das war der übliche Plan, wie Ren aus Büchern, aber auch aus eigener Erfahrung wusste. »Und Serena hat mit euch eine Abmachung getroffen, damit sie mitmischen kann, richtig?«

»Das wäre ziemlich einfallslos«, gab der Götterprinz zurück.

Ren wartete mit angehaltenem Atem, aber er sprach nicht weiter. Warum nicht? *Die Stillen sind die Schlimmsten!*

Die Sonne stand jetzt hoch am Himmel, ein weißer, sengend heißer Ball. Ren war warm, sie wurde schläfrig. Doch das kam jetzt nicht infrage. Sie musste wach und wachsam bleiben.

»Die Jägerin wird bald sterben«, sagte der Gott freundlich.

Ren kamen die Tränen, aber sie würde vor diesem Typen nicht heulen. Sie durchschaute ihn. Er wollte erreichen, dass sie sich auf einen Handel einließ. »Was willst du von mir?«, fragte sie noch einmal.

Der Prinz lächelte. Ja, er sah aus wie jemand, der irgendwann zum König gekrönt werden würde. Aber machte ihn das nun gefährlicher oder harmloser? Wahrscheinlich gefährlicher. Könige bekamen immer, was sie wollten, und waren nicht alle Prinzen zu Königen bestimmt? Na ja, irgendwann zumindest. William, Prinz von Wales, musste noch ein Weilchen warten … Sie fing ihre abschweifenden Gedanken wieder ein.

»Das ist doch ganz einfach«, antwortete der Gott. »Wir möchten, dass du nach Hause kommst.«

»Geht's noch? Ich bin in Texas geboren und aufgewachsen. Dort bin ich zu Hause und nirgendwo sonst.«

»Bist du sicher?«

Ja, tausendmal ja. Und doch regten sich in einem Winkel ihres Herzens leise Zweifel. »Aber wenn ich Königin sein soll oder …« Sie kniff die Lippen zusammen. »Dann lasst ihr mich jetzt nicht sterben, oder? Dann müsst ihr mich retten.«

»Gut erkannt. Und was ist mit deiner Freundin? Möchtest du *ihr* Leben aufs Spiel setzen?«

Spontan schüttelte Ren heftig den Kopf und ärgerte sich sofort, dass sie ihre Gefühle offenbart hatte.

»Dann brauchst du nur zu sagen: ›Ich bin eure Königin.‹«

»Soll das heißen, dass ich Monty und mich selbst mit vier Worten retten kann?!« *Mhm. Alles klar. VON WEGEN!*

Der Gott ließ sich nicht beirren. »Es geht nicht um den Wortlaut. Es geht um ein Versprechen, darum, dass du dein Schicksal annimmst. Ein Schicksal, das vor langer Zeit besiegelt wurde.«

Beinahe hätte Ren laut gelacht. Sie hätte Mr Sunshine gern erwidert, dass er an die Falsche geraten war. Doch das hätte ihr und Monty nicht geholfen. Wenn sie aber schon auf sein Angebot einging, wollte sie mehr herausholen. Mehr Informationen zum Beispiel. »Erst will ich wissen, warum du und deine Kollegen mich andauernd Königin nennen.«

»Weil du eine bist.«

Bzzz … Falsche Antwort. Beziehungsweise eine, die nichts Neues preisgab.

Ren machte trotzdem weiter. »Und was meinst du mit Schicksal?«

»Damit meine ich, dass du deine Berufung anerkennen musst«, antwortete der Gott mit seiner einschmeichelnden Stimme.

»Ich bin doch erst vierzehn! Ich will keine Königin sein!«

»Warum denn nicht?« Der Götterprinz lächelte so überheblich, dass sie ihm am liebsten eine runtergehauen hätte. »Die Königin hat Zugriff auf alles Wissen. Dich beschäftigen doch eine Menge Fragen, oder? Wer du eigentlich bist, was es mit deiner Magie auf sich hat, wie deine Familiengeschichte aussieht und was es im Universum zu entdecken gibt. Wüsstest du nicht gern, warum du eine Himmelsbeobachterin bist? Warum du glaubst, dass es mehr gibt, als man erklären kann? Warum du dir immer wie eine Außenseiterin vorgekommen bist?«

Hatte er etwa auch ihren Bericht gelesen? Unwillkürlich nickte Ren. Sie brannte tatsächlich darauf, Antworten auf diese Fragen zu bekommen. Dann fing ihr Hirn an zu rattern, in einem Takt, der sich richtig anfühlte. *Es sind doch bloß vier Worte. Außerdem können Köni-*

ginnen auch wieder abdanken. Niemand sagt, dass ich Königin BLEIBEN muss. Und ich trickse die Typen sowieso aus und versetze sie in ewigen Schlaf, bevor irgendeine Krone mein Haar berührt.

Herzschläge hallten durch den Park. Langsam. Schwach.

»Hörst du das?«, sagte der Prinz. »Die Jägerin liegt im Sterben.«

Bumm.

Bumm …

»Rette sie!«, rief Ren aus. Die Stille zwischen den einzelnen Schlägen war unerträglich.

»Dann sag es.«

War das *sein* Trumpf? Die vier Worte? Panik stieg in Ren auf. Auf einmal fand sie den Vanilleduft widerlich. »Und woher weiß ich, dass du nicht lügst?«

Bumm …

»Das kannst du nicht wissen, aber wenn's dir hilft: Ich hatte es noch nie nötig zu lügen.«

»Versprichst du mir, dass sie sich wieder erholt? Schwörst du es?«

»Ich schwöre es.«

Bumm …

»Und du lässt uns gehen?« Ren wollte auf keinen Fall in einen Tauschhandel einwilligen und im nächsten Augenblick mit einer bescheuerten Krone auf dem Kopf in einem Schattenverlies landen. (Falls du glaubst, Königinnen würden nie im Gefängnis landen, lies im Geschichtsbuch nach.)

»*Sie* lasse ich gehen. Und dich … dich auch erst einmal, aber du wirst bald zurückkehren.«

»Bestimmt nicht freiwillig! Wahrscheinlich willst du mich um Mitternacht entführen oder so.«

Der Prinz blinzelte in die Sonne. »Du wirst aus eigenem Antrieb zurückkommen.«

»Vergiss es.«

»Denk an meine Worte.«

Niemals. Niemals. Niemals. Mr Sunshine ist eindeutig nicht klar im Kopf. Darum spielt es eigentlich keine Rolle, was ich zum Thema Königin sage. Oder doch nicht? Egal. Sie konnte Monty nicht sterben lassen.

Ren trat einen Schritt vor. Abmachungen mit Mayagöttern waren stets bindend. Hoffentlich verhielt es sich mit Aztekengöttern genauso, denn dann musste der Götterprinz sein Versprechen halten, Monty zu retten. Sie streckte ihm die Hand hin. »Schlag ein!«

Bumm …

Der Prinz sah belustigt aus, als er ihre Hand ergriff. Seine braune Haut war warm und strahlte vor Licht und Kraft, als würde die Sonne selbst durch seine Adern strömen. Was vermutlich sogar der Fall war.

»Ich gelobe, das Leben deiner Freundin zu retten und deines auch«, sagte er.

Rens Blick fiel auf die Vanillepflanzen. Wie hatte er sie genannt? Schwarze Blume.

Sie zertrat mit der Schuhspitze eine Schote, holte Luft und sagte: »Ich bin eure Königin.«

26

Es gab kein Feuerwerk, keine Explosion, keine gruselige Krönung, kein dramatisches Irgendwas. Nur die verzweifelte innere Frage: *Was habe ich getan? Was habe ich getan?*

Als Ren die Augen öffnete, fiel ihr Blick auf den Kopf eines Bären. Er riss das Maul zum Gebrüll auf, sodass die scharfen Zähne funkelten. Seine Glasaugen starrten Ren an und er hing über einem gemauerten Kamin. Ihr erster Gedanke war: *der Arme!* Der zweite: *Wo bin ich hier?*

Dann sah sie Ah-Puchs Gesicht riesengroß über sich schweben. Vor Schreck schnappte sie nach Luft und griff sich ans Herz.

»Na endlich!«, rief er aus. »Ich bin die ganze Nacht auf und ab gelaufen, habe mir Sorgen gemacht und wusste nicht, wohin mit mir!« Zur Unterstreichung fuchtelte er mit den Armen, sah aber nur wie ein unfähiger Verkehrspolizist aus. »Und du hast die ganze Zeit dagelegen und gepennt. Also ehrlich! Wie kannst du mir so was antun? Acht Stunden lang! *Acht!*« Er zeigte auf die Uhr, die unter dem Bärenkopf auf dem Kaminsims stand. Es war abends um sieben.

»Wo ist Monty?« Übersetzung: Hat der Götterprinz sie gerettet?

»Ihr geht's gut. Echt erstaunlich, wie schnell eure Stiche abgeheilt sind.«

Demnach hatte der Aztekengott sein Versprechen gehalten. Rasch inspizierte Ren ihre Arme und Hände. Sie entdeckte keine Quaddeln oder Rötungen. Nichts erinnerte daran, wie zerstochen sie gewesen war.

Sie wusste nicht recht, womit oder wie sie anfangen sollte. *Hey, A. P., ich habe vorhin eingewilligt, Königin der Fürsten der Nacht zu sein. Ich als Königin – haha! Lustig, oder? Aber keine Sorge, in tausend Universen wird es ihnen nicht gelingen, mich auf ihre Seite zu ziehen.*

Wieder die innere Frage: *Was habe ich getan?*

»Echt jetzt, Ren?«, fragte eine vertraute Stimme. »Nur vierundzwanzig Stunden, und du steckst schon dermaßen in der Scheiße?«

Ren setzte sich auf und schwang die Beine über den Rand des mit Kuhfell bezogenen Sofas. »Marco! Was machst du denn hier?« Aus unerfindlichen Gründen platzte sie auf einmal vor Neugier. »Und? Habt ihr euer großes Spiel gewonnen?«

Er zeigte auf sein mit Grasflecken verziertes Trikot. »Riechst du den Sieg nicht?«

»Football ist was für Weicheier«, sagte Ah-Puch verächtlich. »Die Spieler tragen Schoner und Helme. Mayaball – *da* geht's richtig zur Sache!«

Marco sah den Gott so böse an, als würden seine Augen gleich zu qualmen anfangen. Doch er sagte nichts, zuckte nur die Achseln.

Ren wechselte eilig das Thema. »Warum bist du hier?«, wandte sie sich wieder an Marco. »Du hast doch gesagt, du willst an keiner Mission mehr teilnehmen.«

Marco zuckte wieder die Achseln. »Ich bin gerade in Siegerlaune, okay?«

»Es war Marco, der dich in L. A. gefunden hat«, warf Ah-Puch mit zusammengebissenen Zähnen ein, als kostete es ihn große Überwindung, das zuzugeben.

»Du bist nicht ans Telefon gegangen«, beantwortete Marco Rens Frage. »Das kann ich bekanntlich nicht ausstehen. Deswegen …«

»Aber woher hast du gewusst, wo du mich suchen sollst, und wie bist du so schnell nach Hollywood gekommen? Ich dachte, du hast deinen Pfortenplan geschrottet.«

»Handyortung, schon vergessen? Und ich hatte meinen Plan gar nicht geschrottet. Er steckte ganz unten in meinem Sportrucksack, in meinen Stollenschuhen. Jetzt mieft er nach Käse, aber hey, er tut's noch.«

Ren sprang auf und umarmte Marco stürmisch (was er ebenfalls nicht ausstehen konnte). Nur ihretwegen hatte er den weiten Weg gemacht! Der Sohn des Kriegsgottes hatte den Ruf, kalt wie Eis zu sein, aber Ren wusste, dass unter dem Eis ein Fleckchen Sonnenlicht war. Sie lehnte sich zurück und boxte ihn vor die Brust. »Glaub nicht, dass ich jetzt noch mehr Aufsätze für dich schreibe, bloß weil du mich gerettet hast.«

Marco grinste. »Das war ja auch Teamarbeit. Dieser Edison hat mitgemacht und ordentlich hingelangt.« Dann nickte er Ah-Puch flüchtig zu. »Er auch.«

Ren drehte sich zu Ah-Puch um. »Vielen Dank, aber …« Sie stockte. Wie bedankte man sich bei seinem Lebensretter und faltete ihn im gleichen Atemzug zusammen, weil er sein Versprechen nicht gehalten hatte? *Bleib ruhig.* Sie verkniff sich zu sagen: »Du wolltest doch am

Wachsfigurenkabinett zu uns stoßen!«, und begnügte sich mit: »Hast du meine Nachricht nicht bekommen?«

Der Gott verdrehte genervt die Augen. Er kostete seine Teenager-Rolle voll aus. »Was glaubst du, wie du hierhergekommen bist? Nachdem Marco dich geortet hatte, hat er mich angerufen. Ich war bereits in Hollywood und in zwei Sekunden bei dir.«

Marco hüstelte. »Zehn Sekunden.«

Ausnahmsweise überhörte der Gott die Stichelei. »Die anderen hatten schon die Flucht ergriffen. Edison und ich haben dich und Monty durch eine Pforte ins nächste sichere Haus gebracht.«

»Der Halbdämon wollte dich gar nicht mehr loslassen«, ergänzte Marco. »Er hat drauf bestanden hierzubleiben. Schräg, oder? Du kennst ihn doch gar nicht, Ren.«

Aber ich kenne seinen Traum.

Sie schaute sich in dem luxuriösen Zimmer um. Die großen Fenster gingen auf dichten Wald hinaus. »Hast du ›sicheres Haus‹ gesagt, A. P.?«

Der Gott lehnte sich an den Kamin. »Du hast mich sehr wohl verstanden.«

Warum war er auf einmal so anders? Plötzlich benahm er sich wie ein Vater, gar nicht mehr wie ein Freund. Vielleicht lockerte ein Scherz die Stimmung ja auf. »Bin ich jetzt in einem Zeugenschutzprogramm?«

Der Gott verzog keine Miene. »Ein Todesgott hat vorsichtshalber immer ein paar Zufluchtsorte in der Hinterhand.«

»Verständlich«, sagte Marco. »Hinter *dir* sind ja auch alle her.«

Ren sah ihn an und bewegte stumm die Lippen: *Hör auf!*

»Dieses Haus steht am Lake Tahoe«, fuhr Ah-Puch fort. »Es wird von zwei Berggeistern geführt. Sie sind Zwillinge und schon im Ruhestand, machen ihre Sache aber gut.« Er klopfte auf den geschnitzten Kaminsims. »Zusätzlich ist das Haus mit alter Magie gesichert, damit kein Unbefugter herein oder hinaus kann.«

Alte Magie. Das war einer von Rens Lieblingskursen an der SCHAFOMA. Aber sie hatten bis jetzt nur den Ursprung dieser Magie durchgenommen (nicht von dieser Welt), dann waren Sommerferien gewesen. Und Berggeister? Die mochte Ren von allen Naturgeistern am wenigsten. Sie waren viel launischer als Luftgeister (rechthaberisch) und Erdgeister (paranoid).

Ah-Puch sah sie durchbohrend an. Dann kam die Frage, vor der sich Ren gefürchtet hatte. »Wo bist du gewesen?«

Sie versuchte auszuweichen. »Ich hab geschlafen.«

»Lass den Quatsch, Renata Santiago!«

»Warum bist du so komisch? So streng, als wärst du mein Vater?«

»Weil du vom Thema ablenkst.«

»Gar nicht.«

»Irgendwie schon«, sagte Marco.

Ren funkelte ihn ärgerlich an.

»Hey Leute«, fuhr Marco fort, »ich geh dann mal duschen. Oder braucht ihr mich noch für den großen Showdown?«

»Hier gibt's keinen Showdown«, entgegnete Ren ungehalten.

»Schon klar.« Marco verließ das Zimmer.

Ah-Puch nahm in einem grünen Polstersessel Ren gegenüber Platz. Weil er jünger aussah, als sie selbst war, fiel es ihr schwer, ihn ernst zu nehmen. Doch hinter der harmlosen Fassade wohnte eine grausame Gottheit. Und wenn er herausbekäme, worauf sie sich eingelassen hatte, würde er an die Decke gehen. Selbst wenn es höchstwahrscheinlich nichts zu bedeuten hatte. Vielleicht hatte ihr der Götterprinz bloß

Angst einjagen wollen. *Du musst A. P. nichts erzählen*, raunte Rens innere Stimme.

Eine zweite, vernünftigere Stimme konterte: *Freunde sagen einander die Wahrheit, auch wenn es wehtut. Auch dann, wenn die Wahrheit eine Bombe ist, die jederzeit hochgehen kann.*

»Warum siehst du mich so an?« Plötzlich hatte Ren ein schlechtes Gewissen.

»Ich weiß Bescheid, dass der Rauchende Spiegel in L. A. aufgekreuzt ist.«

Ren nickte. Logisch. Monty und Edison hatten es ihm natürlich erzählt. Und es war schließlich kein Geheimnis – also warum fühlte sich Ren dann so ertappt?

»Monty hat mir auch berichtet, dass Serena und die Astralreisende die Aztekengötter geweckt haben.«

»Ezras Mutter ist die Mayagöttin der Zaubersprüche und der Magie. Darum besitzt sie diese Art Macht.« Ren wünschte sich, sie hätte schon früher eins und eins zusammengezählt. »Sie hat mich ausgetrickst – so viel verstehe ich jetzt. Aber warum hat sie mich nach Hollywood kommen lassen?«

»Ja, sie hat dich reingelegt«, bestätigte Ah-Puch. »Sie hat sich zunutze gemacht, dass du so vertrauensselig bist. Ich habe dir schon x-mal gesagt, dass du ein viel zu gutes Herz hast! Du musst endlich gerissener und skrupelloser werden!«

Wozu hat man dann ein Herz?, hätte Ren gern erwidert. Doch dann fiel ihr der unbändige Zorn ein, der sie in der Sackgasse gepackt hatte. Er hatte ihren Schatten eine Macht verliehen, wie sie es noch nie erlebt hatte.

»Erzähl mir, was der Rauchende Spiegel zu dir gesagt hat.«

Ren schilderte Ah-Puch die Begegnung. Dass der Rauchende Spiegel behauptet hatte, Serena hätte nichts mit der Sache zu tun (was der Götterprinz ebenfalls behauptete), dass er sie offenbar in ein Spiel verwickeln wollte und dass er ihr an den Kopf geworfen hatte, sie sei nicht zur Königin geeignet.

Der Todesgott schloss die Augen und atmete tief durch. »Und er hat sich dir tatsächlich gezeigt?«

»Ja. Warum fragst du?«

»Weil er das nicht oft macht.« Doch Ren hatte keine Lust mehr, sich mit dem Rauchenden Spiegel zu befassen. Sie wollte das alles vergessen, wollte ihre Mission fortsetzen, wollte Pläne schmieden, wie sie und die anderen alles wieder in Ordnung bringen konnten. »Was hast *du* denn inzwischen herausgefunden?«

»So gut wie nichts«, gestand Ah-Puch. Doch da kam eine schlanke Frau mit strubbeligen silbergrauen Haaren herein und brachte ein Holztablett.

Sie trug eine braune Yogahose und ein T-Shirt mit dem Schriftzug GO GREEN. Wie alle Berggeister war sie nur um die eins fünfzig groß, doch ihr selbstbewusstes Auftreten machte das wieder wett. »Ich koche nicht«, verkündete sie barsch. »Hier ist ein Hotdog. Mehr gibt's nicht.«

Ein Hotdog zum Frühstück? Aber Ren war am Verhungern. »Vielen Dank.« Sie biss davon ab, denn die Geisterfrau blieb stehen, als würde sie mehr als ein bloßes Dankeschön erwarten. Das Brötchen war herrlich fluffig, die Wurst schön würzig. Es schmeckte köstlich. »Superlecker!«, nuschelte Ren mit vollem Mund.

»Das Lob gebührt *mir*!« Ein Ebenbild der ersten Geisterfrau kam ins Zimmer. »Sag: ›Citla, du bist die beste Hotdog-Macherin der Welt.‹«

»Pfff!« machte ihre Schwester wegwerfend. »Ich bin Mina. Dass *sie* so was wie einen Hotdog zustande bringt, ist das reinste Wunder. Es ist *meine* Namenshälfte, die uns mächtig macht.«

»Citlamina bedeutet ›Größte aller Heldinnen‹«, klärte Ah-Puch Ren seufzend auf.

»Dummerweise sind wir zu zweit,« entgegnete Mina. »Das ist ein Problem.«

»Darum wurde unser Name ja geteilt«, ergänzte Citla. »Damit wir uns nicht die ganze Zeit zanken, welche von uns beiden die Größte ist.« Dabei deutete sie mit dem Daumen demonstrativ auf sich.

»Wenn du die Größte wärst«, erwiderte Mina verschnupft, »würdest du nicht die ganze Zeit darauf rumreiten!«

Das Haus erzitterte. Aus dem Fußboden drang ein Grollen und die kugelförmigen Glaslampen über dem Couchtisch schwangen hin und her.

»Verflixt noch mal, Citla und Mina!«, schimpfte Ah-Puch. »Wie oft muss ich euch noch sagen, dass ihr den Berg nicht beben lassen sollt!«

»Aber es ist *unser* Berg«, wandte Citla ein.

»Aber *ich* habe ihn euch geschenkt.«

»Das ist doch Wortklauberei«, entgegnete Mina gelassen. Das Beben legte sich. An Ren gewandt fuhr sie fort: »Das ist übrigens keine echte Wurst. Es ist Tofu, der so gewürzt ist und so aussieht wie Wurst.«

»Wir sind nämlich überzeugte Vegetarier«, setzte Citla hinzu. »Wir würden niemals einem Lebewesen etwas antun. Das ist nicht unsere Art.«

»Es sei denn, besagtes Lebewesen will irgendwem in diesem Haus etwas antun!«, schob Mina drohend nach.

Rens Blick huschte zu dem Bärenkopf über dem Kamin hinüber. »Der ist auch nicht echt«, sagte Mina, als könnte sie Gedanken lesen.

Ren gefielen die Zwillingsschwestern. Bestimmt galt für sie: raue Schale, weicher Kern.

Nachdem Citla und Mina wieder gegangen waren, verputzte Ren den restlichen Tofu-Hotdog und stellte den leeren Teller auf den Couchtisch. »Die beiden sind lustig.«

»Sie nerven.«

Dann vernahm Ren im Nebenzimmer wohlbekannte Stimmen. Sie war schon aufgesprungen, als Edison und Monty hereinkamen. Als Ren Monty erblickte, war sie so erleichtert, dass sie zu ihr hinlief und sie umarmte.

Erst machte Monty sich steif, dann schlang sie die Arme um Rens Taille und erwiderte die Umarmung. »Ich habe alles vermasselt«, sagte sie kleinlaut.

»Unsinn!« Ren schob sie ein Stück von sich weg, um sie besser ansehen zu können. Montys zerknirschter Blick wurde plötzlich zornig.

»Die blöde Kuh hat meinen Pfeil zerbrochen«, sagte sie finster. »Mitten durch!«

»Tut mir echt leid«, war alles, was Ren dazu einfiel.

Monty zog einen Pfeil aus ihrem Köcher, betrachtete ihn bewundernd und streichelte ihn liebevoll wie einen Hundewelpen. »Sie hat ja keine Ahnung, was sie angerichtet hat.«

»Wie meinst du das?« Ren fürchtete sich ein bisschen vor der Antwort. *Bitte sag nicht, dass uns jetzt der Weltuntergang bevorsteht.*

»Sie hat damit die Kraft der übrigen Pfeile verstärkt. Sie wirken jetzt tödlicher. Die Pfeile sind stinksauer. Ich muss sie einmal pro Tag abschießen, damit sie sich wieder einkriegen.«

»Da fällt mir etwas ein«, entgegnete Ren. »Du hast doch gesagt, dass deine Pfeile niemals ihr Ziel verfehlen. Aber als Ezra einen auf mich abgeschossen hat, hat er nicht getroffen.«

»Das gilt nur, wenn *ich* sie abschieße«, erwiderte Monty lachend. »Sie arbeiten nicht für andere Leute. Schon gar nicht für diese gemeine Hexe. O Mann, werden sie sich an ihr rächen!« Es hörte sich an, als würde sich Monty schon darauf freuen.

»Vielleicht ist Rache momentan keine so gute Idee«, erwiderte Ren leichthin und drehte sich zu Edison um, der noch gar nichts gesagt hat. »Danke, danke, danke! Du warst unsere Rettung!«

»Ich war nicht schnell genug«, gab er brummig zurück und ließ den Blick über Rens Arme und Hände gleiten. »Ich habe die Bienen gesehen, die Stiche und alles. Wie kommt's, dass ihr –« Er schluckte. »– noch am Leben seid?«

Ah-Puch nickte und sah Ren mit seinem *Ich weiß genau, was du denkst*-Blick an. »Die Stiche von Kenjis Bienen wirken tödlich«, bestätigte er. »Ich wüsste auch gern, wie du und Monty es angestellt habt, am Leben zu bleiben? Und wie es Monty gelungen ist, Ezras Schlafzauber abzuschütteln?«

Ren entschlüpfte ein hysterisches Kichern. »Äh … also … das war so …«, stotterte sie. Sollte sie ihnen von ihrer Abmachung mit dem Götterprinzen erzählen? Ah-Puch würde bestimmt ausrasten und sie bis in alle Ewigkeit und noch länger in seinem sicheren Haus einsperren. Aber sie musste es ihnen erzählen. Es war wichtig!

Alle schauten sie an. »Ganz schön warm hier drinnen, oder?«

»Ren!«, kam es von Ah-Puch.

Als Ren ihn ansah, wie er in den schrägen Strahlen der Morgensonne dasaß, fiel ihr plötzlich ein, dass Zane gesagt hatte: »Frag Ah-Puch.«

Sie dachte daran, wie sie dem Gott das Symbol aus der Höhle und dem Maisfeld gezeigt hat. Wie er die Fassung verloren und es auf seine Pubertätshormone geschoben hatte. Jetzt begriff sie, dass seine Reaktion sie hatte ablenken sollen.

Weißt du was, Mr Todesgott? Jetzt ist Schluss mit den Ablenkungsmanövern! Schluss mit göttlichen Geheimnissen, während ich vor Angst fast umkomme!

Sie gab sich einen Ruck. »Erinnerst du dich noch an das Symbol, von dem ich dir ein Foto gezeigt habe?«

»Ungern.«

»Erzähl mir, was du darüber weißt. Dann erzähle ich dir, wie Monty und ich geheilt wurden und wo ich gewesen bin.«

»Du willst mit mir handeln?« Ah-Puch stand auf und trat so dicht an sie heran, dass sich ihre Schuhspitzen fast berührten. Doch seine Einschüchterungstaktik verfing bei Ren nicht. Dafür stand zu viel auf dem Spiel.

Sie sah zu ihm hoch. »Einverstanden?«

Ah-Puch ließ sie nicht aus den Augen. Sein Blick hatte etwas verdächtig Provozierendes. Der Gott wusste genau, was es mit dem Symbol auf sich hatte. Die Frage war: Würde er den Mund aufmachen?

27

Jetzt kam es drauf an!

Wer würde zuerst nachgeben? Rens Verhandlungsmasse war die Schilderung ihres Aufenthalts im Vanillepark. Es war eine einmalige Chance, von Ah-Puch die Wahrheit über das Symbol zu erfahren.

Doch da kam Marco wieder hereingeschlendert. Er roch nach Seife und trug ein graues T-Shirt und eine Jeans, die dringend einen Gürtel gebraucht hätte. Mit einer Chipstüte in der Hand ließ er sich aufs Sofa fallen. »Hab ich was verpasst?«

»A. P. wollte uns eben über das Symbol aufklären«, antwortete Ren. Hatte Marco die vorangegangene Diskussion mitbekommen?

»Ren wollte uns eben darüber aufklären, wo sie war, während sie geschlafen hat«, konterte der Gott.

Marco warf Ren einen vielsagenden Blick zu, den sie aber nicht deuten konnte. »Klingt nach einem Unentschieden«, sagte er ungerührt und stopfte sich Chips in den Mund. »Soll ich den Schiedsrichter machen?«

»NEIN!«, sagten Ren und Ah-Puch gleichzeitig. Dann besann sich

Ren auf ihre guten Manieren und deutete auf Edison und Monty. »Ihr habt euch schon kennengelernt?«

Marco nickte. »Als dich der Dämon durch die Pforte getragen hat.«

Edison holte literweise Luft und sah verstohlen zu Ren hinüber. Sie dachte daran, wie sie einen kurzen Blick auf seine Dämonenhaut erhascht hatte. Es machte ihr nichts aus. Edison war ihr Freund und sie verdankte ihm ihr Leben. »Ich bin dir etwas schuldig«, sagte sie.

»Können wir die rührende Szene bitte überspringen?«, brummte Marco.

»Ich kann's immer noch nicht glauben!«, rief Monty dazwischen. »Der Sohn des Kriegsgottes! Ich habe schon so viel über dich gehört. Für mich bist du in den Top Ten der Gottgeborenen. Wenn wir eine Gottgeborenen-Band gründen würden, wärst du auf jeden Fall der Drummer.«

Marco zog die Augenbrauen hoch. »Erstens: Ich spiele in keiner Band. Zweitens: Wenn doch, wäre ich natürlich der Leadsänger. Und jetzt kommen wir bitte wieder zum Thema.« Er klatschte in die Hände, als müsste er eine Schar Kleinkinder zur Ordnung rufen.

Ren drehte sich zu Ah-Puch um. »Fangen wir mit dem Symbol an.«

»Warum ist dir das so wichtig?«

»Weil Zane meinte, dass ich recht habe. Es *gibt* Außerirdische und ich weiß zwar nicht wie, aber das Symbol hat etwas mit ihnen zu tun. Ich habe es in Kansas und Hollywood und auf Serenas Händen und ihrem Handgelenk gesehen! Es steht eindeutig im Zusammenhang mit den Fürsten der Nacht.«

Monty verzog das Gesicht. »Es hat wie ein Brandzeichen ausgesehen – gruselig!«

»Aber warum?«, fragte Edison halblaut wie im Selbstgespräch.

»Du hast mit Zane telefoniert?« Ah-Puch spuckte den Namen aus wie ein ekliges Insekt. Er und Zane kannten sich schon lange und waren nicht immer gut aufeinander zu sprechen. Aber inzwischen verstanden sie sich eigentlich – jedenfalls bis vor ein paar Sekunden.

»Ganz kurz.« Ren berichtete dem Gott, dass Zane das Symbol auch noch auf einer Insel in der Nähe von Holbox entdeckt hatte. »Und ich soll dich danach fragen, A. P.«

Der Gott zupfte sich am Ohr und fluchte gedämpft. Dann fing er an, auf und ab zu wandern. »Das ist doch lachhaft. Lachhaft ist gar kein Ausdruck! Gibt es überhaupt ein Wort dafür? Wenn nicht, sollte jemand eins erfinden.« Er blieb stehen und sah Ren an. »Du zuerst.«

Sie schüttelte den Kopf. »Ich bin vertrauenswürdiger als du. Darum fängst du an.«

»Sagt *wer*?«

Edison und Monty hoben sofort die Hände. Marco verschränkte die Arme vor der Brust, als wollte er für niemanden Partei ergreifen.

Der Gott gab nach. »Na schön, na schön. Aber damit weihe ich euch in eines der größten Göttergeheimnisse ein! Ihr werdet für den Rest eures Lebens in Gefahr schweben, denn Wissen ist bekanntlich Macht. Wollt ihr das wirklich?«

Marco prustete los. Alle drehten sich zu ihm um.

»Was denn? Gefährlich zu leben, gehört zu unserem Beruf! Tut mir echt leid, Ah-Puch, aber damit kannst du uns nicht beeindrucken.« Er steckte wieder ein paar Chips in den Mund und wischte sich mit dem Handrücken das orangefarbene Paprikapulver ab.

Edison und Monty sahen Ren fragend an.

Sie musste an die Worte des Götterprinzen denken: »Die Königin hat Zugriff auf alles Wissen. Dich beschäftigen doch eine Menge Fragen, oder? Wer du eigentlich bist, was es mit deiner Magie auf sich hat, wie deine Familiengeschichte aussieht und was es im Universum zu entdecken gibt.«

Keine Ahnung, ob das mit der Königin und dem Wissen stimmte, aber jetzt konnte sie von dem einzigen Gott, dem sie vertraute, die Wahrheit erfahren. Darum nickte sie.

»Seid ihr sicher?«, wiederholte Ah-Puch. »Rund um die Uhr Lebensgefahr bis zum Tod … überlegt es euch lieber noch mal.«

»Abgemacht!«, sagte Ren energisch.

»Als du noch ein unschuldiges, niedliches Gottgeborenen-Baby warst, mochte ich dich lieber.« Ah-Puch griff sich eine Fernbedienung vom Tisch und drückte auf einen Knopf. Dabei nuschelte er: »Ihr wisst ja, dass mein Gedächtnis nicht so … es ist momentan nicht in Topform, deswegen …«

Blendendes Licht erfüllte das Zimmer und verdichtete sich zu einer blau leuchtenden Kugel.

Es war Saás, die (fast) allwissende, kratzbürstige holografische Kugel, die eigentlich in der ehrwürdigen Bibliothek der SCHAFOMA schwebte. Sie konnte so gut wie alle Fragen des Universums beantworten – wenn sie Lust dazu hatte – und war ein Musterbeispiel für Technogie.

Die magische Riesenkugel war besser als Alexa, Siri und Google zusammen. Und Ren war ziemlich sicher, dass Saás sie nicht leiden konnte. Im Sommer hatte sie sich öfter in die Bibliothek gesetzt, um der Kugel Fragen zu stellen wie:

1. Gibt es Außerirdische? *Ja.*
2. Wo sind sie? *Diese Info verkraftet dein Menschenhirn nicht.*

3. Was enthält ein Schwarzes Loch? *Frag lieber nicht.*
4. Kann ich mit dem Zeitseil in den Weltraum reisen? *Mit dem Zeitseil reist man durch die Zeit, nicht in den Weltraum.*

Die letzte Frage, die Ren Saás gestellt hatte, hatte gelautet: »Wer hat dich erschaffen?«

Statt einer Antwort war die Kugel aufgeblitzt und erloschen.

Hier in Ah-Puchs sicherem Haus sah sie wie ein Hologramm ihrer selbst aus. »Ich habe dir doch schon erklärt, dass ich keine Gottgeborenen ausbilde, Ah-Puch«, sagte sie ärgerlich.

»Das sollst du ja gar nicht.« Ah-Puch musste sich hörbar beherrschen. »Deswegen habe ich dich nicht hergeholt.«

Edison inspizierte die Kugel, indem er im Kreis um sie herumwanderte und irgendwas über Hardware, Input und Daten vor sich hin nuschelte. *Er interessiert sich echt für alles*, dachte Ren. Marco beobachtete den Dämon argwöhnisch, als wüsste er nicht, was er von ihm halten sollte.

»Und warum bin ich dann hier?«, gab Saás patzig zurück.

Ah-Puch zögerte kurz, warf Ren einen Blick zu und antwortete: »Damit du uns vom Zeitkrieg erzählst.«

Es wurde still. Totenstill. Stiller als totenstill.

»Ich habe dich nicht verstanden«, erwiderte Saás dann.

Ren hatte noch nie erlebt, dass sich die Kugel dumm stellte.

Der Todesgott war es nicht gewohnt, bitten zu müssen. Er war es gewohnt, Forderungen zu stellen. Doch Technogie hatte ihre Tücken. Genauso wie Handys, das Internet und Siri. Wobei der Fall diesmal anders lag. Saás *wollte* keine Auskunft geben.

»Bitte mach, was ich dir sage.« Doch Ah-Puch klang ungewohnt resigniert, sodass ihn Ren am liebsten umarmt hätte. Oder imitierte er ihre »gutmütige« Art? Als die Kugel nicht reagierte, versuchte es der Gott mit einer Drohung. »Wenn du die Information nicht sofort ausspuckst, dann –«

Ren fiel ihm rasch ins Wort: »Er meint, wenn du deine überragende Weisheit nicht mit uns teilst, können wir die Fürsten der Nacht nicht besiegen. Die erwachen nämlich und werden garantiert ihre eigene Technogiekugel erschaffen. Dann gäbe es zwei von deiner Sorte.«

»WIE BITTE?!« Saás schwebte empört einmal quer durchs Zimmer und wieder zurück. »Ich bin einzigartig! Nichts und niemand kann es mit mir aufnehmen!«

»Das glaubst auch nur du«, brummelte Ah-Puch, aber die hysterische Saás hörte es zum Glück nicht.

»Da hast du ganz recht«, wandte sich Ren an die Kugel. »Aber wenn du uns etwas über diesen Zeitkrieg erzählst, können wir die Fürsten vielleicht noch aufhalten.«

»Krieg«, sagte Marco halblaut. »Es läuft immer auf Krieg hinaus.«

»Ihr wollt mir bloß Angst machen«, entgegnete Saás ärgerlich.

»Niemals!« Ren versuchte, sich nicht anmerken zu lassen, dass sie ebenfalls sauer wurde. »Ich will es dir bloß erklären.«

»Erklären?! Mir braucht niemand etwas zu erklären! Ich weiß alles!«

»Aber wenn du es uns nicht erzählst«, warf Monty ein und spielte mit einem ihrer Pfeile, »dann verliere ich meinen Namen und meine Magie.«

»Na und?« Saás unterbrach sich. »Der Pfeil da …«, fuhr sie in sanfterem Ton fort, »das ist kein Mayapfeil. Wo hast du ihn her?«

»Das erzähle ich dir, wenn *du* uns vom Zeitkrieg erzählst.«

»Wie wär's damit: Du lässt mich deinen Pfeil scannen und ich erzähle euch, was ihr hören wollt.«

Monty sah Ren fragend an.

»Mach ruhig«, sagte Ren.

Die Jägerin hielt Saás das blau gefiederte Geschoss hin. Ein weißer Lichtstrahl drang aus der Kugel und glitt darüber.

»Aha ... Oho ... Verstehe ... Faszinierend.« Saás klang so erfreut, wie Ren es noch nie erlebt hatte. Als die Kugel fertig war, erlosch der Lichtstrahl und Monty steckte den Pfeil wieder weg.

»Meine Damen und Herren, ich bitte um Ihre Aufmerksamkeit!«, sagte Saás dann wie eine leicht überdrehte Flugbegleiterin.

Lichtundurchlässige Rollos senkten sich vor die Fenster, sodass es stockdunkel wurde. Dann erschien ein holografischer Bildschirm. Er zeigte einen Nachthimmel mit Tausenden funkelnden Sternen.

»Die neun Fürsten der Nacht waren Aztekengottheiten«, begann Saás. »Jede stand für einen bestimmten Tag, der entweder Fluch oder Segen brachte.«

»Das wissen wir schon«, unterbrach Ah-Puch die Kugel. »Und was soll dieser Kino-Hokuspokus?«

»Eine Geschichte wie diese erzählt man nicht am helllichten Tag. Wo war ich stehen geblieben? Ach ja. Vor dem Anbeginn der Zeit fand ein Krieg statt. Ein Krieg zwischen den ruhmreichen Mayagöttern und gewissen Wesen, die in den Augen der Götter Ungeheuer waren.«

Gewisse Wesen?

Während Saás sprach, verdichteten sich die Sterne an dem holografischen Himmel zu gedrungenen Gestalten, die miteinander kämpften.

»Was wurde aus diesen Wesen?«, wollte Edison wissen.

»Wir Götter haben sie vernichtet«, antwortete Ah-Puch grimmig. »Wir –« Er verstummte.

»Willst du wirklich, dass sie die Wahrheit erfahren, Ah-Puch?«, hakte die Kugel nach. »Ich möchte nämlich nicht neu programmiert werden oder in Xi'balb'a auf dem Müll landen.«

Ren schielte im matten Sternenlicht zu ihrem Freund hinüber.

Der Gott schloss ergeben die Augen und antwortete matt: »Erzähl ihnen alles.«

28

»Alles« war eine ganze Menge, wie sich herausstellte.

»›Die Fremdartigen‹ nannte man die Ungeheuer«, setzte die Kugel ihren Vortrag fort. »Und ja, die Götter vernichteten sie … gewissermaßen.« Der holografische Nachthimmel zeigte eine Explosion. »Doch ein paar von ihnen ließen sie am Leben und verbannten sie tief unter die Erde. Als Warnung.«

»Die Idee kam bestimmt von meinem Dad!« Marco grinste boshaft.

»Du erzählst die Geschichte nicht richtig. Das ist die falsche Reihenfolge!«, beschwerte sich Ah-Puch.

»Möchtest *du* gern weitererzählen?«, konterte Saás gereizt, doch ihr Ton wurde gleich wieder milder. »Anfangs galten die Fremdartigen als Verbündete der Götter. Sie halfen ihnen, die fünfte Sonne zu erschaffen. Das betrachten wir heute als den Beginn der Menschheitsgeschichte.«

»Weil die Götter das allein nicht hinkriegten«, sagte Monty.

Edison lachte. Ah-Puch warf ihm einen strafenden Blick zu und

Saás sprach weiter. »Die dankbaren Götter luden die Fremdartigen zu ihren Festmählern ein. Dort trafen sie mit Riesen, Geistern, Dämonen, Nawal und anderen Übernatürlichen zusammen.«

»Ich kann mir schon denken, was jetzt kommt.« Marco legte schwungvoll die Füße auf den Couchtisch.

Ren konnte kaum glauben, was sie da hörte. Wieder dachte sie an das Symbol. Hatte es mit den »Fremdartigen« zu tun? Doch sie traute sich nicht, Saás zu unterbrechen.

»Dann fanden die Götter heraus, dass sich ein Dämon heimlich mit einer Fremdartigen vermählt hatte. Das löste den Krieg aus.«

»Was war denn daran so schlimm?«, fragte Monty verwundert.

»Anscheinend kennst du die Götter schlecht«, entgegnete Marco.

»Dazu komme ich ja noch!«, blaffte Saás ungehalten. »Die Fremdartigen begriffen nicht, warum die Götter so zornig waren. Doch dann ging ihnen auf, dass ihr Blut, wenn es sich mit Dämonenblut vermischte, gewaltige Kräfte erlangte. Diese Art Nachkommen konnten sogar die Götter selbst stürzen.«

»Wo hab ich das bloß schon mal gehört?«, sagte Marco in spöttischem Singsang. »Ach, richtig! Als die Götter die Gottgeborenen aus dem gleichen Grund auslöschen wollten.«

Ren überlief es eiskalt. Als Saás gesagt hatte: »... wenn sich ihr Blut mit Dämonenblut vermischte«, hatten sich ihre Gedanken überschlagen. Es war, wie sie schon vermutet hatte: Außerirdische und Dämonen waren miteinander verwandt!

»Moment mal!« Ihre Stimme schwankte. »Woran haben die Götter das denn erkannt? Heißt das, ein Dämon und eine Fremdartige haben ein Baby gekriegt?«

»Irre!« Monty kaute gespannt auf ihrer Unterlippe.

Edison riss die Augen so weit auf, als würden sie gleich herausfallen, Marco schüttelte nur den Kopf.

»Das habe ich nicht gesagt«, entgegnete Saás. »Aber es wurde gemutmaßt.«

Ah-Puch räusperte sich. »Wir haben Grund zu der Annahme, dass die beiden ein Kind bekamen.«

»Und weiter?«, fragte Ren. »Hat dieses Kind … Haben andere auch …« Ihr lagen so viele Fragen auf der Zunge, dass sie sich nicht zwischen ihnen entscheiden konnte. »Leben vielleicht irgendwo noch mehr Nachfahren von Dämonen und Fremdartigen?« Doch im Grunde ihres Herzens kannte sie die Antwort.

»Darf ich weiterreden?«, konterte Saás pikiert. »Die Götter fahndeten überall nach dem Paar, konnten die beiden aber weder identifizieren noch orten. Und die Fremdartigen verloren den Krieg. Sie verschwanden und wurden nie mehr gesehen. Wobei das Gerücht geht, vor ein paar hundert Jahren seien einige von ihnen zurückgekehrt.«

»Wozu?«, fragte Ren verständnislos.

»Wahrscheinlich wollten sie mal nach ihren Urenkeln sehen«, warf Marco grinsend ein.

»Man nimmt an, dass sie sich mit den Aztekengöttern zusammengetan haben«, antwortete Saás. »Die steckten nämlich in Schwierigkeiten. Ihr Reich brach zusammen, ihr Volk wurde abgeschlachtet und sie fürchteten um ihr eigenes Überleben.«

»Und was hatten die Fremdartigen davon?«, warf Edison ein.

»Das weiß man nicht genau. Gemäß historischen Quellen versprachen die Fremdartigen den Fürsten der Nacht ein neues Reich, das noch prächtiger als ihre mythische Heimat Aztlán sein sollte.«

»Aus Aztlán stammen die Mexica, die Azteken«, erläuterte Monty.

Saás fuhr unbeirrt fort: »Die Fremdartigen versetzten die Fürsten der Nacht in tiefen Schlaf. Vorher versprachen sie ihnen, sie würden eines Tages zurückkehren und sie in ihr neues Reich bringen.«

»Wieso haben sich die Fürsten darauf eingelassen?«, fragte Edison kopfschüttelnd.

»Na, weil sie die Wahl zwischen Tiefschlaf und Tod hatten«, entgegnete Marco. »Wofür würdest du dich entscheiden?«

»Ist das nicht irgendwie dasselbe?«

Alle wurden still. Montys Magen knurrte vernehmlich. Die Verdunkelungsrollos wurden von unsichtbarer Hand wieder hochgezogen. Draußen nieselte es inzwischen. Alle Fragen schienen beantwortet zu sein – nur die dringendste nicht. »Wenn das alles so ein großes Geheimnis ist«, sagte Ren schließlich, »wie hat Serena dann von der Verbindung zwischen den Fürsten und den Fremdartigen erfahren?«

Saás schwieg. Offenbar wusste die Kugel es selber nicht, wollte es aber auf keinen Fall zugeben. »Das müsst ihr Serena fragen«, sagte sie und stürzte sich wieder in ihre Erzählung. »Der ehrwürdige Kalender K'iin hatte alles vorhergesehen und hielt im ganzen Universum nach den Fremdartigen Ausschau. Doch sie waren spurlos verschwunden und darum beschlossen die Mayagötter, dass niemand von ihnen erfahren dürfe. Sie einigten sich darauf, nie wieder von ihnen zu sprechen, und sorgten dafür, dass die Gefangenen niemals entkommen konnten.«

K'iin. Der allsehende Kalender, dem Ren auf ihrer letzten Mission ein Versprechen hatte geben müssen.

Von dir, Renata Santiago, verlange ich, dass du dich irgendwann revanchierst, indem du mir einen Gefallen tust.

»Und das Symbol?«, fragte sie, damit dieser Punkt nicht in Vergessenheit geriet.

»Nun, das steht für eine Idee, einen Spruch, nämlich –«

Ah-Puch fiel der Kugel ins Wort. »Der Beginn ist nahe.«

»Der Beginn wovon?«, fragte Edison.

»Ha!« rief Marco aus. »Von wegen nahe. *Der* Zug ist abgefahren! Der Beginn ist längst im Rückspiegel aufgetaucht!«

Mit angehaltenem Atem fragte Ren: »Und spielt auch eine Königin eine Rolle?«

»Was für eine Königin?«, fragte die Kugel zurück.

»Die Fürsten der Nacht …« Ren stockte. »Sie haben mich so angeredet.«

»Von einer Königin ist mir nichts bekannt. Es muss sich um eine Verwechslung handeln.«

Ren schämte sich unwillkürlich. War es denn so unvorstellbar, dass sie vielleicht eine Königin war? Draußen regnete es immer stärker. »Wir müssen die anderen Götter verständigen, A. P.« Diese Mission nahm größere Ausmaße an, als Ren sich vorgestellt hatte.

Edison nickte. »Vielleicht sind die Fremdartigen ja zurückgekehrt und haben sich mit Serena zusammengetan. Was machen wir, wenn –«

»Ich habe schon versucht, mit den anderen Göttern zu reden«, entgegnete Ah-Puch knurrig. »Sie wollten nichts davon hören. Sie haben zu viel damit zu tun, ihre eigene Macht wiederherzustellen.«

Damit meinte er, dass die Hälfte von ihnen nach der missglückten Zeitreise immer noch Jugendliche waren. Für Serena das perfekte Timing, um zuzuschlagen.

Ren versuchte, sich zu sammeln. »Also … Wir wissen jetzt, dass sich die Fürsten der Nacht mit den Fremdartigen zusammengetan haben, die in Wahrheit Außerirdische sind.«

»Das habe ich nie behauptet«, widersprach Saás.

Ren konnte es immer noch nicht richtig fassen. Auf einmal war der Beweis, dass es tatsächlich Außerirdische gab, zum Greifen nahe! Wer waren diese Fremdartigen? Wo hatten sie gelebt? Wo hielten sie sich jetzt auf? Doch sie musste sich auf den Ball konzentrieren, wie Marco zu sagen pflegte.

»Darum geht es doch jetzt gar nicht«, mischte sich der Sohn des Kriegsgottes wieder ein. »Wir müssen mehr über diese ätzenden Fürsten herausfinden.«

»Weißt du zufällig, wie man sie in Dauerschlaf versetzen kann, Saás?« Im trüben Morgenlicht wirkte Edison ganz blass.

»Endlich eine vernünftige Frage, Dämon«, erwiderte Marco spöttisch und stand auf.

»Erzähl uns etwas über die drei Fürsten, die bereits erwacht sind, Saás«, sagte Ren. »Ich meine den Fürst des Feuers, den Rauchenden Spiegel und den Götterprinzen.«

»Heißt der Typ wirklich Götterprinz?«, kam es von Marco. »Der ist bestimmt ganz schön eingebildet.«

Ren hatte Herzklopfen. Ihr war zumute wie auf einer Achterbahn im Dunkeln, wenn man wusste, dass man gleich in die Tiefe sausen würde. »Was kannst du uns über die drei berichten?«, wandte sie sich noch einmal an die Kugel.

Lastende Stille senkte sich über das Zimmer.

Monty hob die Hand wie in der Schule.

Ah-Puch seufzte und rieb sich die Schläfen, als hätte er Kopfschmerzen. »Ja, Montero?«

»Na ja, vielleicht ist es unwichtig, aber …« Sie räusperte sich. »Der Fürst des Feuers klappert gern mit den Zähnen.«

Ren fuhr herum. »Woher weißt *du* das denn?«

Monty schaute sich ängstlich in dem dämmrigen Zimmer um, als hätte sie etwas Verbotenes gesagt. »Meine Mom und mein Dad haben mir oft Geschichten erzählt.« Sie sprach bedächtig, suchte nach den richtigen Worten. »Ich sollte über meine Vorfahren Bescheid wissen, damit ich besser mit meiner Magie klarkomme. Es waren mündlich überlieferte Geschichten, weil dieser Mistkerl Cortés alle schriftlichen Aufzeichnungen verbrannt hat.«

Es gab Ren einen Stich. Warum hatte *ihr* Dad nie mit ihr über so etwas gesprochen? Dann wüsste sie jetzt vielleicht, wo ihre Schattenmagie herkam. »Wieso hast du nicht schon vorher gesagt, dass du die Fürsten kennst, Monty?«

»Was ich über sie weiß, ist nicht offiziell.« Monty grinste flüchtig. »Und so aufregend ist es auch wieder nicht. Es steht auch nirgends geschrieben. Ich kann nicht beweisen, dass es stimmt. Außerdem fand ich das mit dem Zähneklappern nicht so wichtig.«

»Was weißt du noch alles?«, fragte Ren gespannt.

»Dass der Rauchende Spiegel bösartig ist.«

»Das wissen wir schon.«

»Er ist ein Stratege, ein Fallensteller.«

Marco mischte sich wieder ein. »An dem Abend in Vegas wollte er uns nicht besiegen. Er wollte uns besser einschätzen können, damit er die passende Falle für uns austüfteln kann.«

Monty sprach weiter. »Über den dritten Fürsten weiß ich nur, dass Mr Prinz ziemlich eingebildet ist. Bevor er eingepennt ist, hat er noch ein paar letzte Worte gesagt.«

Alle schauten sie erwartungsvoll an.

Mit dramatischer Geste und verstellter Bassstimme deklamierte sie: »Ich bin die Sonne! Ich werde wieder aufgehen und dann …«

»Dann was?«, fragte Edison.

»Weiter ist er nicht gekommen.«

»Alles nur heiße Luft«, sagte Ah-Puch verächtlich.

Schön wär's. Ren schüttelte den Kopf. »Selbst wenn ein paar dieser Götter früher ganz nett waren, heißt das gar nichts. Es ist wie mit Mobbern. Erst sind sie ganz normal, bis sie irgendwelche schlechten Erfahrungen machen.«

»Die Fürsten der Nacht haben ihr Los verdient«, entgegnete Ah-Puch finster.

»Was soll das heißen?«

»Dass sie es verdient haben, keine ruhmreichen Gottheiten mehr zu sein, die von allen verehrt werden. Sie haben nichts dagegen unternommen, dass ihr Volk ausgerottet wurde.«

»Schluss mit dem Geschichtskurs«, sagte Marco.

Saás schwieg. Nur ihr Prozessorhirn summte leise. Schließlich sagte sie: »Um die Fürsten auf ewig schlafen zu legen, braucht man die Obsidianklinge. Ohne die geht es nicht.«

Alle warteten auf eine Erläuterung. Als keine kam, hakte Ren nach. »Was ist das für eine Klinge?«

»Ein Hirngespinst«, knurrte Ah-Puch und trat gegen den Couchtisch.

»Mitnichten«, gab die Kugel mit Samtstimme zurück. »Man muss nur wissen, wo man danach suchen soll.«

Edison atmete hörbar aus und kniff die Lippen zusammen, als wollte er nicht aussprechen, was ihm auf der Zunge lag.

»Und was ist mit Ezras Kugel?«, fragte Ren. »Damit hat sie die Fürsten aufgeweckt. Kann die Kugel sie vielleicht auch wieder einschlafen lassen?«

Doch Ah-Puch schüttelte den Kopf. »Leider nicht.«

»Warum nicht?«, wollte Monty wissen.

»Weil man diese Art Magie nicht umkehren kann«, antwortete Saás.

»Dann ist die Obsidianklinge unsere einzige Chance?«, fragte Ren entmutigt.

Edison atmete wieder hörbar aus.

»Du weißt, wo die Klinge zu finden ist, stimmt's?« Ren sah ihn durchbohrend an.

Edison dämpfte die Stimme zum Flüstern. »Magie, die es nicht geben dürfte, ist nur an einem einzigen Ort zu finden.«

Ah-Puch ballte die zitternden Hände zu Fäusten. »Nein! Das muss auch anders gehen.«

Was konnte das für ein schrecklicher Ort sein, dass sich sogar der Todesgott davor fürchtete? »Sprich weiter, Edison«, sagte Ren.

Der Dämon blickte kurz zu Ah-Puch hinüber, dann antwortete er: »Auf dem Finsteren Mercado.«

29

Der Finstere Mercado hatte noch andere Namen: El Maldad, Shadow's End, der Verfluchte Ort und so weiter.

Edison zählte die Namen so gelassen auf, als würden sie keine gruseligen Fantasien wecken, doch das war es nicht, was Ren erschauern ließ. Es war Ah-Puchs Reaktion: aufgerissene Augen, geweitete Pupillen, Schweißperlen auf der Stirn, mahlender Kiefer. Oh-oh … Er hatte eine Scheißangst. Und wenn der Gott des Todes, der Finsternis und der Zerstörung eine Scheißangst hat, ist das ein *richtig* schlechtes Zeichen.

Trotzdem fasste sich Ren als Erste wieder. »Dann müssen wir also diesen Finsteren Markt aufsuchen.«

»Da gibt es leider ein Problem«, entgegnete Edison. »Ein großes.«

»Nicht nur eins!«, warf Ah-Puch ein. Inzwischen fiel Sonne durch das Oberlicht und warf lange Schatten auf den Fußboden.

Ren machte sich auf das Schlimmste gefasst. »Und was ist das Problem?«

»Zum Finsteren Markt gelangt man nur durchs Albtraumlabyrinth.«

»Das war ja mal wieder klar«, sagte Marco. »Auf einer Mission heißt es nie: ›Ach, ihr braucht ein magisches Artefakt? Kommt doch rein, ich hole es euch.‹«

Monty wippte auf den Fersen wie eine Läuferin, die auf den Startschuss wartete. »Labyrinthe sind toll! Sie sind so geheimnisvoll und spannend und –«

»Das Albtraumlabyrinth wird dir nicht gefallen«, unterbrach Edison sie.

»Wir verplempern unsere Zeit«, knurrte Ah-Puch. »Niemand macht sich hier auf den Weg zum Finsteren Markt.«

In Ren wallte Ärger auf. Das war *ihre* Mission, nicht seine. »Warum denn nicht?«

Der Gott stapfte auf und ab und schnaufte dabei wie ein wütender Stier.

»Weil es dort ganz schrecklich ist«, übernahm Edison die Antwort.

»Warst du denn schon mal da?«

»Nein. Aber ich habe Berichte darüber gehört. Und die waren echt übel. Es ist nämlich so: Sobald jemand das Labyrinth betritt, wird sein Hirn zu Brei.«

Ah-Puch stieß einen abgrundtiefen Seufzer aus. »Also *ich* war schon dort. Das allseits gefürchtete Labyrinth ist weder geheimnisvoll noch spannend noch sonst wie abenteuerlich. Es ist einfach nur riesengroß. So groß, dass niemand je wieder hinausfindet.«

Ren schluckte. Auf ihren vorigen Missionen hatte es ihr nie an Mut gefehlt, aber diese Mission hier war anders. Nicht nur, weil diesmal *sie* die Anführerin war, sondern weil ihr das Ganze wie eine persönliche Prüfung vorkam. Als könnten am Ende des langen Weges Antworten warten, die sie lieber nicht hören wollte. Und Versprechungen, an die sie lieber nicht denken wollte.

»Warum wird es einem denn so schwer gemacht, den Finsteren Markt zu betreten?«, fragte sie. »Wollen die Händler nichts verkaufen? Sind Kunden dort unerwünscht?«

Monty lehnte sich zu ihr hinüber und raunte wie eine Bauchrednerin aus dem Mundwinkel: »Das Gleiche wollte ich auch fragen.«

Wieder war es Edison, der antwortete. »Na ja, weil ›Markt‹ eigentlich nicht der richtige Ausdruck ist. Keine Ahnung, woher der Name kommt, aber hinter dem Labyrinth liegt eine zwielichtige Welt, in der ungestraft schlimme Dinge passieren.«

»Na toll. Ein Tackle nach dem anderen.« Marco tat so, als würde er einen Football werfen.

»Was passiert denn dort mit den magischen Waren, die es nicht geben darf?«, erkundigte sich Ren. Dann ging ihr ein Licht auf. »Oder ist der Finstere Markt so was wie damals diese abartige Veranstaltung der Heldenzwillinge Bird und Jordan? Wo man seine Liebe, seine Würde und seine Fähigkeiten gegen magische Gefälligkeiten eintauschen musste?«

»Du hast's erfasst«, kam es von Ah-Puch. »Wobei die Zwillinge gern fremde Ideen, fremde Magie und sogar fremde Vergangenheiten klauen. Aber nehmen wir mal an, einem von uns würde es gelingen, das Labyrinth zu durchqueren.« Der Gott schien sich wieder einigermaßen gefangen zu haben. »Dann müssten wir die Obsidianklinge immer noch erwerben. Und die meisten Händler dort verlangen Preise, die niemand zahlen will.«

Warum hat eigentlich alles immer seinen Preis?

»Uns bleibt nichts anderes übrig«, hielt Ren dagegen. »Anders können wir die Fürsten der Nacht ja nicht unschädlich machen, oder?«

Ah-Puch brauchte nicht zu nicken, doch aus seinem grimmigen und gleichzeitig sorgenvollen Blick schloss Ren, dass er einen Besuch auf dem Markt trotzdem ausschloss. »Mit sämtlichen neun Fürsten der Nacht gleichzeitig zu kämpfen, ist Erfolg versprechender, als zu versuchen, auf dem Finsteren Markt etwas zu erwerben. Falls man den Markt überhaupt lebendig wieder verlässt.«

So leicht ließ sich Ren nicht abwimmeln. »Wenn du das Labyrinth schon einmal durchquert hast, kannst du uns doch hindurchführen.«

Ah-Puch schüttelte resigniert den Kopf. »Es wandelt sich bei jedem Neumond.«

»Woher weißt du das?«, fragte Monty.

»Ich habe es selbst erschaffen.«

30

#$*&!

In den folgenden drei Minuten und dreizehn Sekunden erfuhren Ren und die anderen 1.), dass Ah-Puch dringend frische Luft brauchte, sodass sie alle in den nass geregneten Wald hinausgingen, und 2.), dass der Todesgott den illegalen Markt für Was-auch-immer vor über tausend Jahren erschaffen hatte, damit die finsteren Kräfte im Fluss blieben. Kräfte, aus denen er seine eigene Macht bezog.

»Jeder Handel, jedes Opfer verschaffte mir mehr Macht«, sagte er missmutig, während er unter einem Baldachin aus Kieferkronen auf und ab wanderte. »Irgendwann wollte ich den Markt wieder vernichten, aber da waren die finsteren Kräfte schon nicht mehr zu bändigen. Darum erschuf ich das Labyrinth, damit der Markt wenigstens abgeschottet war.«

»Weil ihn niemand mehr betreten soll.« Ren rieb sich fröstelnd die Arme. »Dann vernichte doch einfach das Labyrinth.«

»Meine Macht ist futsch, schon vergessen?« Ah-Puch wiegte betrübt den Kopf. »Außerdem erstreckt sich die Finsternis auf dem *mercado* inzwischen auch auf das Labyrinth. Aber immerhin kann so nichts mehr passieren.«

Marco lehnte sich breit lächelnd an einen Baum, als würde er für ein Porträt posieren. »Tja, wenn der Markt ein No-Go ist, müssen wir uns wohl auf eine Schlacht einstellen.«

»Mach nicht so ein freudiges Gesicht«, sagte Ren ärgerlich.

»Das ist mein Positive-Vibes-Gesicht«, konterte er.

Monty nickte zustimmend. Kein Wunder – sie war ja auch eine ausgebildete Kriegerin. Und als solche musste sie sich bewähren, wenn sie ihre Pfeile, ihren Namen und ihre Magie behalten wollte.

Ren ärgerte sich trotzdem. Wieso ergriff Marco plötzlich Partei für den Gott? Er konnte ihn doch nicht leiden! Doch im Grunde wusste sie die Antwort. *Weil beide diese Mission nicht persönlich nehmen.* »Ihr wollt lieber gegen die Fürsten kämpfen – und gegen die abtrünnigen Gottgeborenen?«, fragte sie mit belegter Stimme. Warum musste eigentlich alles immer auf Gewalt hinauslaufen?

Edison warf ihr einen mitfühlenden Blick zu, der besagte: *Ich kann mich für A oder für B entscheiden. Ganz wie du willst.*

»Eine Schlacht ist einfach die bessere Lösung«, argumentierte Ah-Puch. »Und zwar bevor die Gottgeborenen die Fürsten im Vollbesitz ihrer Kräfte wieder auferstehen lassen.« Er strich sich über das zerzauste Haar und wechselte das Thema. »Kommen wir wieder zu unserer Abmachung, Ren. Ich habe euch vom Zeitkrieg erzählt – jetzt bist *du* dran. Erzähl uns, wo du gewesen bist.«

Ren sah einem Eichhörnchen nach, das einen Baum hochhuschte. Dann gab sie sich einen Ruck und schilderte, was sie mit dem Götterprinzen erlebt hatte. »Er hat versprochen, mich und Monty zu heilen, wenn ich ein paar Worte sage. Das war alles.«

»Heilen?« Ah-Puch klang auf einmal ganz anders. Als würde er vor Zorn kochen. Am liebsten hätte Ren alles zurückgenommen und wäre in den Wald geflüchtet.

»Ich dachte, du freust dich, dass wir noch am Leben sind!«

»WAS FÜR WORTE?«, donnerte der Gott.

Edison mischte sich ein. »Vielleicht sollten wir alle einmal kurz durchatmen. Oder zweimal.«

In der Ferne donnerte es. Einmal. Zweimal.

»Bitte beruhige dich, A. P.!«, sagte Ren. »Du weißt doch gar nicht, worum es geht, und regst dich völlig umsonst auf. Du willst doch keinen Herzinfarkt kriegen, oder?«

»Ich sehe dir an der Nasenspitze an, dass du mit dem Prinzen eine Abmachung getroffen hast!«, fauchte Ah-Puch. »Wenn Götter etwas für einen tun, hat das *immer* seinen Preis.« Er holte so tief Luft, als wäre im Wald der Sauerstoff knapp. »Was musstest du ihm dafür versprechen?«

»Gar nichts! Ich musste bloß sagen …« Sie stockte, aber vielleicht war es ja doch nicht so schlimm. »Ich musste sagen: ›Ich bin eure Königin.‹«

Citla und Mina kamen zwischen den Bäumen hervor. Anscheinend hatten sie gelauscht. »Was hast du getan?!«, riefen sie wie aus einem Mund.

Auf einmal bebte die Erde. Die Bäume schwankten, Felsbrocken rollten bergab und die Temperatur fiel ins Bodenlose.

Ren hatte die Nase gestrichen voll davon, kritisiert, gemaßregelt und ausgefragt zu werden. »AUFHÖREN!«, brüllte sie. Um sie herum erschienen formlose Schatten, die sie nicht beschworen hatte. Sie waberten zornig.

Der Berg beruhigte sich.

Alle starrten Ren und die Schatten an. Offene Münder, hochgezogene Augenbrauen. Ihr Herz hämmerte, ihre Arme und Beine kribbelten. »Ich … das sind nicht meine!«, sagte sie. »Ehrlich nicht.«

Im selben Augenblick leuchteten Montys Pfeile auf. Ren verstand gar nichts mehr. »Deine Pfeile, Monty!«

»Jetzt komm mal wieder runter, Ren«, sagte Marco. »Hol ein paarmal tief Luft und konzentrier dich. Oder soll man sich erst konzentrieren und dann Luft holen? Egal. Chill einfach.«

Als Ren die Schatten auflösen wollte, so wie sie es immer machte, gehorchten sie nicht, sondern waberten nur ungeduldig. Sie hatten etwas Gieriges, das Ren von ihren eigenen Schatten nicht kannte. Es überlief sie kalt. Und doch spürte sie plötzlich den Drang, die fremden Schatten mit dem zu nähren, was sie forderten: mit Zorn, Grausamkeit und noch schwärzerer Finsternis.

Edison nahm langsam die Hände hoch und schickte eine sanfte Magiewelle in Richtung der Schatten, die Ren schon fast eingehüllt hatten. Ein Funke, ein Flackern – ein warmes, beruhigendes Vibrieren.

Ren spürte, wie die beiden Arten Magie miteinander rangen und dann … schienen sie eins zu werden. Eine Sekunde verstrich. Zwei Sekunden. Drei.

Zorn und Gier der Schatten verebbten. Dann verflüchtigten sie sich so plötzlich, wie sie gekommen waren.

»Was war das denn?« Ren zitterte am ganzen Leib.

»Das nenne ich Schattenbruja-Magie, Alter!«, sagte Marco fast ehrfürchtig. »Sogar ich hab Schiss gekriegt. Und das passiert sonst nie. Jedenfalls nur ganz selten.«

Montys Pfeile erloschen. »Ist schon in Ordnung«, sagte sie. »Ich weiß ja, dass mir deine Schatten nichts tun.«

»Warum sind deine Pfeile dann aufgeleuchtet?« Ren sah zu Ah-Puch hinüber. Auch er hatte sich wieder beruhigt. Ganz kurz sah er wieder wie ein normaler, ziemlich ungekämmter Jugendlicher aus.

»Ich muss unter vier Augen mit Ren sprechen«, sagte der Gott ruhig.

Niemand erhob Einwände.

Außer Marco. »Ich bleib trotzdem da.«

»Das geht schon in Ordnung«, sagte Ren. »Lass uns einfach kurz allein.«

Marco schien unschlüssig, aber schließlich nickte er und entfernte sich ebenfalls.

»Ren«, sagte der Gott, als alle weg waren. »Du hast in das Einzige eingewilligt, worauf sie aus sind.«

»Ich habe in überhaupt nichts eingewilligt. Ich habe nur einen kurzen Satz gesagt. Was hätte ich denn tun sollen? Ich konnte Monty doch nicht sterben lassen!«

»Hör zu …« Ah-Puch rieb sich wieder die Schläfen. »Du musst mitkommen. Sofort.«

»Warum? Wo wollen wir denn hin?«

»An den einzigen Ort, wo eine winzige Chance besteht, die Wahrheit zu erfahren.«

Ah-Puchs sicheres Haus – bzw. der Berg, auf dem es stand – war mit einer magischen Pforte ausgestattet. Man musste ungefähr vier Kilometer bergauf laufen. Dann stand man oben auf einem Steilhang, an dessen Fuß sich ein dicht bewachsenes Tal erstreckte. Wäre Ren nicht so aufgewühlt gewesen, hätte sie die Aussicht bestimmt genossen.

»Wo wollen wir denn hin?«, fragte sie zum fünfzigsten Mal.

»Das wirst du gleich sehen.«

Ren trat ärgerlich gegen einen Stein. Warum mussten die Götter immer so geheimnistuerisch sein? Warum konnte Ah-Puch nicht einfach antworten: »Auf nach Disney World!«

»Hoffentlich ist die Pforte noch funktionstüchtig.« Ah-Puch blieb vor einer riesigen, leicht schiefen Kiefer stehen. Als er den Stamm antippte, sprühten blaue, rosafarbene und weiße Funken auf. Dann flimmerte die Luft und verdichtete sich zu einem Durchgang, der wie ein prächtiger Regenbogen aussah. So etwas hätte Ren dem Todesgott gar nicht zugetraut.

»Die Pforte war ein Geschenk von Ixchel«, sagte er, als könnte er Gedanken lesen.

Ixchel war Serenas Mutter, die Mondgöttin.

»Diese Pforte bringt einen überall hin«, fuhr Ah-Puch fort.

Daraufhin ertönte ein Brummen wie von einem abstürzenden Computer … und die Pforte gab den Geist auf.

»Hey!« Ah-Puch boxte gegen den Baumstamm. »Geh auf!« Als das nichts half, verpasste er dem Baum erst einen Fußtritt und spuckte ihn dann an.

»Vielleicht solltest du's lieber mit nett bitten versuchen«, sagte Ren.

»Verdammte alte Magie!«, knurrte der Todesgott. »Ich hätte mir denken können, dass ein Geschenk von Ixchel einen Haken hat. Und nett sein ist nicht immer die Lösung, Ren! Regenbogen sind auch etwas Nettes, aber der hier …«

Er zog einen Flunsch wie ein Kleinkind. Doch als Ren schon dachte, er würde den nächsten Wutanfall bekommen, riss er sich zusammen, legte die Stirn an den Baumstamm und sagte: »Höre, ehrwürdige Pforte – ich benötige deine Dienste echt dringend. Unser Ziel ist Sieben Tode. Sei so gut und bring uns hin.«

Sieben Tode? Doch da flackerte der Regenbogen und Ah-Puch zog Ren hindurch, ehe es sich die Pforte womöglich anders überlegte.

31

Sie betraten eine Welt aus Eis.

Eine unwirtliche Gletscherlandschaft. Von einem schroffen weißen Gipfel fegte ein bitterkalter Wind herab und peitschte Ren um die Ohren. Um sich gegen die Kälte zu schützen, schlang sie die Arme um sich, doch da zog Ah-Puch schon seine dünne Jacke aus und hängte sie ihr um.

»Sind wir hier am Nordpol?«, stieß Ren zähneklappernd hervor.

»Nicht direkt.« Ah-Puch ließ sich auf ein Knie nieder und schlug mit der Faust auf den gefrorenen Boden. Einmal. Zweimal. Dreimal.

KRACCCKKK!, machte es und die Erde tat sich auf.

Rens Herz poch-poch-pochte gegen ihre Rippen, als wollte es sagen: *Lass mich raus!*

Aus dem klaffenden Erdspalt strudelte schwarzer Rauch.

»Wir müssen da runter, oder?« Rens Wimpern waren gefroren, sodass sie nicht mehr blinzeln konnte, und die Kälte verschlug ihr den Atem.

Statt einer Antwort nahm Ah-Puch sie an der Hand und stürzte sich mit ihr in den Abgrund.

Durch eine Eishölle zu stürzen war gar nicht so schlimm, wie es sich vielleicht anhört. Nicht wenn einen der Todesgott fest an der Hand hält und man nur drei Meter tief fällt.

Sie landeten mit einem Purzelbaum auf einem weißen Flauschteppich.

Schön weich, war Rens erster Gedanke. Der zweite: *Schön warm.* Der dritte: *Sind das Katzen?*

Als sie sich aufrappelte, tauten ihre Sinne wieder auf. Der weitläufige Saal war voller Katzen jeder Farbe, Größe und Laune. Manche fauchten missmutig, andere peitschten mit den Schwänzen. Wieder andere leckten sich die Pfoten, als wollten sie verkünden: *Achtung, langweiliger Besuch.*

Der Saal hatte etwas von Versailles. Ren hatte dieses Schloss zwar noch nie besucht, hatte aber in der Schule mal ein Referat über König Ludwig XIV. gehalten (der für seine Untertanen ein Minigott war). Die hohe gewölbte Decke war bemalt. Sollten das gekrönte Katzen sein? Außerdem gab es jede Menge vergoldeten Stuck, einen gewaltigen Kronleuchter, Marmorfußboden und wuchtige, geschnitzte Möbel, die sogar hier zu groß wirkten und neben denen Ren sich ganz klein vorkam.

»Wo sind wir?«, fragte sie.

»Sieben Tode?« rief Ah-Puch so laut, dass es von den Wänden widerhallte. »Ich hasse Katzen«, setzte er mit einem angewiderten Blick auf die Tiere hinzu.

Eine schlanke Frau mit kurzen glatten, violetten Haaren, einem anmutig geschwungenen Hals und pechschwarzen Augen kam in den

Saal geschlendert. Sie trug einen Schlafanzug aus weißer Seide mit dem Monogramm ST auf der Brusttasche und darüber eine ebenfalls weißseidene Schürze, die mit goldener Farbe bekleckst war.

S. T. … War Sieben Tode vielleicht gar kein Ort, sondern eine Person?

»Geht's auch etwas leiser?«, wandte sich die Frau schnurrend an die Ankömmlinge. Dann weiteten sich ihre Augen. »Bist du das, Ah-Puch? Ich habe von deiner Zeitreise gehört, aber ich hätte nicht gedacht … Du bist der Gott des Todes, aber du siehst aus wie –«

»Ganz recht, S. T. – meine äußere Erscheinung ist ätzend, aber es kommt auf das schwarze Herz an«, erwiderte Ah-Puch säuerlich. »Und das schlägt wie eh und je in meiner Brust und wartet darauf, dass sich meine Kräfte vollständig regenerieren.«

Demnach hieß die Frau tatsächlich Sieben Tode. Nun drehte sie sich zu Ren um. »Und wen haben wir hier?«

»Das ist Ren, eine Gottgeborene und Schattenhexe. Ren, das ist Sieben Tode. Früher war sie eine Dämonenfürstin in Xi'balb'a, aber inzwischen ist sie im Ruhestand.«

Sieben Tode musterte Ren. »Soso, eine Gottgeborene.« Sie lachte in sich hinein. »Und eine Schattenhexe dazu.« Sie lachte ein bisschen lauter. »Seit unserer Glanzzeit sind die Dinge noch komplizierter geworden, Ah-Puch.«

Als sich der Gott auf eine samtbezogene Polsterbank fallen ließ, suchten zwei Katzen das Weite. »Was hat es mit diesen Viechern auf sich?«, fragte er.

»Ach, die tauchen ab und zu hier auf.«

»Am Nordpol?«, rutschte es Ren heraus.

»Wir sind nicht am Nordpol«, erwiderte Sieben Tode. »Ich habe dieses verborgene Reich selbst erschaffen. Die Kälte ist eine Metapher für die oberste Schicht meiner Seele, Kind. Doch wie alle Lebewesen bin auch ich vielschichtig. Und jetzt lasst uns Tee trinken.«

Zehn Minuten danach saßen die drei auf einer Veranda, die auf einen weitläufigen Park mit gestutzten Hecken und Blumenbeeten hinausging. Die Marmorstatuen waren sämtlich Abbilder von Sieben Tode.

»Hier ist es echt schön«, sagte Ren bewundernd, als eine unscheinbare Dämonendienerin mit einem goldenen Tablett erschien. Auf dem ebenfalls goldenen Teeservice prangte wieder das Monogramm ST.

»Das ist Zehenwärmer-Tee«, erklärte Sieben Tode, als die Dienerin allen einschenkte. Auch Ah-Puch, der sie aber sofort unwillig wegscheuchte.

Ren konnte kaum glauben, dass ihre exzentrische Gastgeberin früher eine Unterweltfürstin gewesen war. Sie kam ihr eher vor wie irgendjemandes Großtante, die zu viel Geld hatte und zu wenig Gelegenheiten, es auszugeben.

»Ich möchte dich um einen Gefallen bitten, S. T.«, kam Ah-Puch ohne Umschweife zur Sache.

Sieben Tode beugte sich verdächtig eifrig vor. »Soll ich meinen Ruhestand aufgeben und die Hölle losbrechen lassen? Ein paar Köpfe abschlagen? Deinen Feinden die Eingeweide rausreißen?« Sie setzte sich wieder gerade hin und war schlagartig wieder ganz die vornehme Dame, die zierlich an ihrer Teetasse nippte. »Die Antwort lautet Nein. Ich habe meinen Frieden gefunden und bin glücklich. Jedenfalls wäre ich glücklich, wenn ich keine Schlafstörungen hätte. Nicht gut schlafen zu können ist eine Tragödie.«

»Hast du schon mal versucht, vor dem Zubettgehen zu meditieren?« Ren trank einen Schluck von dem bitteren Gebräu, das seinen anheimelnden Namen nicht ansatzweise verdiente. Beinahe hätte sie eine Grimasse geschnitten.

Ah-Puch seufzte theatralisch. »Nein, es geht um etwas anderes. Ich möchte, dass du meinem Gedächtnis auf die Sprünge hilfst. Das ist nämlich … Es ist momentan nicht auf der Höhe.« Er drehte sich zu Ren um. »Als die Fürsten der Nacht seinerzeit in Schlaf versetzt wurden, war Sieben Tode als Spionin im Einsatz. Sie hat den ganzen Vorgang beobachtet.«

Sieben Tode lächelte, schnurrte und strich die Leinenserviette in ihrem Schoß glatt. »Ach ja, die schlechte alte Zeit … So viel Gewalt, so viel Verrat – einfach herrlich.« Sie zog die violette Augenbraue hoch. »Aber dann habe ich mich zur Ruhe gesetzt und die Welt der Kunst, der Schönheit und der Malerei für mich entdeckt. Gerade arbeite ich an einem Werk, das den Titel *Fleischfresser* tragen soll. Es ist jetzt schon sehr gelungen.« Sie richtete die schwarzen Augen auf Ah-Puch. »Und ich dachte, wenn mich der Todesgott persönlich aufsucht, wird es bestimmt aufregend. Tja, so kann man sich irren.«

»Erzähl uns einfach, woran du dich noch erinnerst.«

»Also …« Ihr Blick wurde versonnen. »Ich erinnere mich an die sogenannte Nachtprophezeiung.«

Ein Kribbeln überlief Ren. Ihre Hände wurden feucht und sie sah alles verschwommen. Würde ihr gleich schwarz vor Augen werden? *Reiß dich zusammen*, ermahnte sie sich. Weil sie schon so lange nicht mehr ohnmächtig geworden war, hatte sie gehofft, dass sie ihre Absenzen überwunden hätte. Die Anfälle kamen immer zum falschen Zeitpunkt. Sie zwang sich, tief und gleichmäßig zu atmen und sich auf das Hier und Jetzt zu konzentrieren. Als das nichts half, beklopfte sie ihre Stirn.

»Was machst du da, Kind?«, erkundigte sich Sieben Tode.

»Ich versuche, mich zu beruhigen. Wenn ich mich zu sehr aufrege, kippe ich manchmal um. Das Klopfen hilft dagegen.«

Sieben Tode verzog abfällig den Mund, als hätte sie für Schwächen kein Verständnis. »Ich habe ein wunderbares Sofa, auf das du umkippen könntest. Hauptsache, du machst es nicht schmutzig. Aber ehrlich gesagt, Atmen und Meditieren und dergleichen … Bei jemandem, durch dessen Adern Magie fließt, wirken solche Methoden nicht.« Sie klatschte in die Hände. Lady Gagas *Poker Face* dröhnte los. Vom Bass wackelte die ganze Veranda.

»Stell sofort den Krach ab, Sieben Tode!«, blaffte Ah-Puch.

»Und? Geht's dir besser?«, wandte sich die Dämonenfürstin an Ren.

Erstaunlicherweise war das tatsächlich der Fall. »Wie hast du das gemacht?«

»Ich habe dir einen kleinen Schock verpasst. Damit sich dein Nervensystem nicht auf das konzentriert, was du vermeiden willst: Angst, Stress, was auch immer. Verstehst du?«

»Sieben Tode …!«, sagte Ah-Puch drohend.

Eine schwarze Katze sprang der Dämonenfürstin auf den Schoß und fing an, sich zu putzen. Sieben Tode ließ die Musik verstummen. »Ich spreche nicht gern über das, was ich damals erlebt habe«, sagte sie. »Aber für euch mache ich eine Ausnahme. Wo war ich doch gleich stehen geblieben?«

»Bei der Nachtprophezeiung«, antwortete Ren.

»Richtig. Prophezeiungen sind etwas Schreckliches, nicht wahr? Weil sie immer Ärger bedeuten.«

»Und was besagte diese Prophezeiung?« Ah-Puchs beherrschter Ton beunruhigte Ren.

Sieben Tode trank wieder ein Schlückchen Tee. »Dass in ferner Zukunft jemand geboren würde, der die Macht hätte, die Fürsten der Nacht aufzuwecken.«

Ezra.

Sieben Tode kraulte die Katze zwischen den Ohren. »Der zweite Teil der Prophezeiung ist ein bisschen mysteriös.«

Ah-Puch straffte sich, als würde er sich auf etwas gefasst machen.

»Wenn die Fürsten erwachen, werden sie eine Königin antreffen. Eine Königin, die den Lauf der Geschichte ändern wird.«

Ren stockte das Herz. Sie traute sich nicht, Ah-Puch anzusehen, weil sie sich vor seinem vernichtenden Blick fürchtete.

»Die Fürsten haben mich Königin genannt«, wandte sie sich an Sieben Tode.

Die pensionierte Unterweltfürstin setzte die Katze auf den Boden, räusperte sich und fächelte sich mit der Serviette Luft zu. »Oh.«

»Oh?!« Als Ah-Puch aufsprang, stieß er gegen den Tisch, sodass die goldenen Teetassen schepperten. Dann marschierte er auf der sonnigen Veranda auf und ab. »Mehr hast du dazu nicht zu sagen?«

Ren gab sich Mühe, ihn zu ignorieren. »Was hat das zu bedeuten?«, wandte sie sich an Sieben Tode. Die Dämonenfürstin blickte sie an. Obwohl ihre Augen fast schwarz waren, sah Ren Bedauern darin, als hätte Sieben Tode die Antwort lieber für sich behalten. »Als die Fürsten einschlummerten, war ihnen bewusst, dass sie, wenn sie erwachten, vielleicht nicht mehr dieselben wären. So wie …« Sie deutete mit dem Kinn auf Ah-Puch. »Die Zeit bewirkt seltsame Wandlungen.«

»Wahrscheinlich sehen der Rauchende Spiegel und der Götterprinz deswegen so jung aus«, warf Ren ein.

Sieben Tode fuhr fort: »Aus diesem Grund pflanzten die Fürsten einen Teil ihrer Magie einer Handvoll Menschen ein, die ihnen treu gedient hatten. Ich fand die Idee genial. Niemand würde vermuten, dass in einer Schar kümmerlicher Sterblicher Magie verborgen war.«

»Was … Was für eine Art Magie war das?«, fragte Ren.

Sieben Tode fuhr mit dem schlanken Finger den Rand ihrer Teetasse nach. »Schattenmagie.«

Auf einmal schien alles stillzustehen, als gäbe es nur noch Rens Herz, das wie wild hämmerte. »Schattenmagie so wie meine?«

»Ich hatte gehofft, dass du schon Bescheid weißt«, erwiderte Sieben Tode mitfühlend.

Ah-Puch schnaubte genervt.

»Aber so ist es«, bestätigte Sieben Tode. »Deine Magie stammt von den Fürsten der Nacht.«

Ren schüttelte den Kopf, obwohl sie ahnte, dass es stimmte. Wie oft hatte sie ihren Vater gefragt, wo ihre Fähigkeiten herkamen! Er hatte sich immer geweigert zu antworten. *Warum?*

Eine halb vergessene Erinnerung stieg in ihr auf. Sie dachte an ihre erste Begegnung mit Ixtab, der Göttin der Unterwelt.

Ixtab war stirnrunzelnd um sie herumgeschritten. »Für den Sprössling eines Mayagottes ist sie ziemlich klein und trotzdem …«, hatte sie zu Zane gesagt.

»Trotzdem was?«, hatte er nachgehakt.

»*Ich* stelle hier die Fragen«, hatte Ixtab geblafft. »Erzähl doch mal, Renata … Wo kommst du her und woran liegt es, dass du vor Magie nur so knisterst?«

Hatte Ixtab die Antwort schon gekannt? *Bestimmt nicht. Dann hätte sie mich nicht am Leben gelassen.*

Ah-Puch ließ sich wieder auf seinen Stuhl fallen. »Hast du was Stärkeres als Tee im Haus, S. T.?«

Rens Hirn ratterte wie eine Maschine aus lauter Zahnrädern, Kurbeln und Knöpfen. »Aber warum haben die Fürsten ausgerechnet ihre Schattenmagie in den Menschen versteckt und nicht irgendwelche anderen magischen Fähigkeiten?«

Sieben Tode lächelte zum ersten Mal. Es war ein Lächeln, das ihre Antwort abmildern sollte. »Weil Schattenmagie die einzige Magie ist, die niemals schläft.«

Es hallte in Rens Ohren wider.

Die einzige Magie, die niemals schläft …

Ah-Puch sah aus, als wäre ihm übel. »Und jetzt wollen sich die Fürsten Rens bemächtigen, weil sie sich ihre Magie wieder holen wollen«, schlussfolgerte er.

»Haben sie mich deswegen als Königin angesprochen?«

Sieben Tode fuhr sich durchs kurze Haar. »Sie können dich nennen, wie sie wollen. Wenn du nicht einwilligst, ihre Königin zu sein, bekommen sie ihre Magie nicht zurück.«

Äh …

Rens Mund wurde trocken und ihr war plötzlich so kalt, als würden ihre inneren Organe gefrieren.

Sie wartete darauf, dass Ah-Puch den Wutanfall des Jahrhunderts bekommen würde, aber er starrte sie nur entsetzt an. »Sie hat schon eingewilligt.«

Sieben Tode atmete tief durch und wiegte den Kopf, als wollte sie sagen: *Du sitzt ganz schön in der Tinte, Mädchen.* »In diesem Fall fürchte ich, dass du nicht mehr aus der Sache herauskommst. Deine Magie wird sich zu ihrem Ursprung hingezogen fühlen. Du wirst deine Freunde verraten und dich den Fürsten der Nacht anschließen. So war es dir von Anfang an bestimmt.«

»NEIN!« Jetzt sprang Ren auf. »So etwas würde ich niemals tun!«

»Ren ist der unschuldigste, gutherzigste Mensch, den ich –« Ah-Puch versagte die Stimme.

Doch in Wahrheit hatte Ren die Anziehungskraft der Fürsten bereits gespürt. Sie hatte gespürt, wie ihre Schattenmagie in der Nähe der Gottheiten aufwallte. »Und wie hat Serena von alldem erfahren? Woher wusste sie, wie sie die Fürsten finden und aufwecken kann?«

Ah-Puch berichtete Sieben Tode von Serenas Beschwörungsritual. »Schon merkwürdig, dass eine Außenstehende ein derart streng gehütetes Geheimnis kennt.«

»Und was soll das Ganze überhaupt?«, ergänzte Ren. »Was verspricht sich Serena davon?«

Wenn die Fürsten erwachen, werden sie eine Königin antreffen.

Ren schnappte in jähem Begreifen nach Luft und musste sich am Tisch festhalten. »Serena glaubt, dass sie Königin wird«, sagte sie tonlos. Was gleichzeitig bedeutete, dass Serena nichts von Rens Bestimmung ahnte.

»Wer weiß noch alles über dieses ›streng gehütete‹ Geheimnis Bescheid?«, wandte sich Ah-Puch an Sieben Tode.

Die Unterweltfürstin zerknüllte nervös ihre Serviette. »Ich habe meinen Bericht damals nur einer einzigen Person übergeben.«

»Wem?«

»Dir, Ah-Puch.«

Alle Farbe wich aus dem Gesicht des jugendlichen Gottes. Er stand wieder auf, musste sich aber an die Wand lehnen. Dabei stammelte er: »Aber ... Wie kann das ...?« Er raufte sich die Haare. »So etwas hätte ich niemals ausgeplaudert ... Mein verflixtes Gedächtnis! Es ist dermaßen ... Wie konnte ich etwas so Wichtiges bloß vergessen?«

Die Zeitseilkette um Rens Hals wurde warm. Sie tastete danach. Hatte Ah-Puch den Bericht vor Hunderten Jahren etwa verkauft oder gegen etwas eingetauscht?

Doch zu grübeln, wie Serena vom Geheimnis der Fürsten erfahren hatte, war müßig. Ren hatte noch ein ganz anderes Problem, das bis jetzt niemand angesprochen hatte. »Wenn ich mich den Fürsten der Nacht tatsächlich anschließe«, sagte sie leise, »dann bekommen sie Zugriff auf die Zeit selbst.«

»Vorher bringe ich sie alle um!«, donnerte Ah-Puch.

»Ich fürchte, das ist nicht möglich«, entgegnete Sieben Tode. »Nicht solange deine Freundin noch über einen Hauch Schattenmagie verfügt.«

Schlag auf Schlag auf Schlag ... Ren wusste nicht, wie viele Schläge sie noch ertragen konnte. »Warum denn nicht?«

»Wenn Ah-Puch die Fürsten töten würde, würde er damit Teile von dir töten. Niemand kann sagen, was das für Schäden hinterlassen würde. Du bist jetzt an die Fürsten der Nacht gebunden, verstehst du? *Du* bist die Königin aus der Prophezeiung.«

Ren hatte sich noch nie so allein gefühlt, so hilflos. So ...

Die Wände drohten sie zu erdrücken, das Dach stürzte herab. Eiseskälte strömte herein und sie konnte nur auf der Veranda der Dämonenfürstin sitzen und gegen einen Ohnmachtsanfall ankämpfen.

Jetzt reiß dich aber mal zusammen, Ren! Okay, die Umstände sind jetzt andere, aber es ist immer noch deine *Mission.*

»Warum hat mich der Götterprinz dann laufen lassen?« In ihrem Kopf überschlugen sich die Fragen.

Sieben Tode blickte auf den Park hinaus. »Damit der Kreis vollständig ist, müssen mindestens fünf Fürsten wach sein.«

»*Fünf?!* Ich denke, es sind neun!«

»Es gilt die Mehrheitsregel«, erwiderte Sieben Tode gelassen.

»Dann bleiben uns nur noch zwei Tage«, sagte Ah-Puch, legte den Kopf in den Nacken und schloss die Augen. »Das ändert alles.«

Ren wusste, was er meinte. Ah-Puch würde Serena und die Fürsten der Nacht niemals angreifen, wenn er damit Ren womöglich schadete. Ihnen blieb nur eines: Sie mussten das Albtraumlabyrinth durchqueren und auf dem Finsteren Markt den einzigen Gegenstand erwerben, der die Fürsten der Nacht wieder einschlummern lassen konnte.

Die Obsidianklinge.

32

Ren kam nicht darum herum. Sie musste es ihren Freunden sagen. *Hey Leute – kleine Planänderung!*

Als sie im sicheren Haus ankamen, verdrückte sich Ah-Puch mit der Begründung, er hätte keinen Bock auf Drama.

»Nachtprophezeiung?«, knurrte Marco. »Ich hasse Prophezeiungen!«

Ren konnte nur zustimmend nicken.

»Du bist eine … eine …« Edisons Augen wurden groß wie Untertassen. Er stotterte herum, bekam das Wort nicht heraus.

»Eine Königin?«, kam ihm Monty zu Hilfe. »Müssen wir uns jetzt von dir verneigen oder so?«

»Quatsch!«, sagte Ren. »Es ist bloß eine Prophezeiung, ein Titel. Es hat überhaupt nichts zu bedeuten.«

Marco schnaubte. »Überhaupt nichts – bloß dass du jetzt auf der Seite der Feinde bist. So ein Scheiß.«

»So weit kommt es nicht, versprochen«, versicherte ihm Ren, aber insgeheim war ihr schwer ums Herz. *Mir bleiben nur noch zwei Tage.*

»Es geht nicht nur um dich und deine Magie«, konterte Marco. »Es geht auch um das Zeitseil! Das Ding ist eine Superwaffe! Sie dürfen es nicht in die Finger kriegen.«

»Kannst du nicht deine Mom bitten, es für dich aufzubewahren, Ren?« Verglichen mit Marcos aufgebrachtem Ton klang Edison erstaunlich sanft.

Ren schüttelte den Kopf. »Wie für jede Magie gelten für das Seil bestimmte Regeln. Meine Mutter hat es mir geschenkt und jetzt ist es meins. Niemand kann es mir wegnehmen und ich kann es auch nicht zurückgeben.«

»Aber du kannst es weiterschenken, oder?«, kam es von Monty.

Daran hatte Ren auch schon gedacht. Aber damit würde ihre Verbindung zu Pazifik durchtrennt. Ihre Verbindung zur Zeit, zu einer Macht, die sie noch gar nicht richtig ausgekostet hatte. Den ganzen Sommer über hatte sie an der SCHAFOMA immer wieder probiert, sich mit ihrer Mayamagie zu verbinden. Doch es war, als stünde ihre Schattenmagie dem im Weg. Als hätten zwei verschiedene Arten Magie nicht in ein und derselben Person Platz. Es mochte egoistisch sein, aber Ren hoffte insgeheim immer noch, dass es ihr trotzdem eines Tages gelingen würde.

»Hört mal«, sagte sie, »ihr müsst mich nicht in das Labyrinth und auf diesen *mercado* begleiten. Mir ist klar, dass –«

»Diese Mission ist voll ätzend«, brummte Marco. »Und sag mir gefälligst nicht, was ich zu tun habe.« Damit stapfte er hinaus.

Ätzend ist gar kein Ausdruck. *Aber ich habe mir das alles nicht ausgesucht. Ich habe nichts von diesem Wirrwarr aus Verrat und schrecklichen Wahrheiten geahnt.* Doch der Gedanke entlastete Ren nicht, sondern sie fühlte sich nur leer und ausgeliefert. Als sie die Rolle der

Anführerin akzeptiert hatte, hatte sie noch nicht gewusst, wozu sich die Mission auswachsen würde. *Aber bleibt eine Generalin nicht eine Generalin, auch wenn sich die Dinge anders entwickeln als gedacht?*

Sie wurde aus ihren Grübeleien gerissen, als Edison in die Hände klatschte. »Kriegt euch wieder ein«, sagte er. »Es könnte echt schlimmer sein.«

»Ach ja?« Monty klang skeptisch.

»Schlimmer geht immer«, konterte Edison, »und es ist ja nicht so, als wäre alles aussichtslos. Dieses Albtraumlabyrinth ist unsere Chance! Ich freue mich auf die Herausforderung. Ich habe mal einen Film gesehen, wo der Held auch in einer total aussichtslosen Lage war und sich entscheiden musste. Er konnte entweder fliehen oder sich wehren und dabei sterben.«

»Wie hat er sich entschieden?«, fragte Ren.

»Na ja … er ist gestorben.« Edison rieb sich den Nacken. »Das war ein blödes Beispiel. Mir fällt bestimmt noch ein besseres ein, das gut ausgeht.«

Vielleicht lag es am betretenen Gesichtsausdruck des Dämons oder an der absurden Situation – oder Ren musste einfach die Anspannung loswerden, von der sie schon mörderische Rückenschmerzen hatte. Jedenfalls kicherte sie erst, dann prustete sie los und schließlich hielt sie sich den Bauch vor Lachen. Monty und Edison stimmten in den Lachanfall ein und der Nicht-Bär über dem Kamin sah ihnen zu. Ren hoffte, dass sie diesen Augenblick nie vergessen würde.

Doch wie alle schönen Augenblicke beendete die Realität auch diesen unsanft.

Monty wurde wieder ernst. »Ich bin dabei. Egal, was kommt.« Ihr blieb auch gar nichts anderes übrig, wenn sie ihre Magie und die Pfeile behalten wollte. Aber was war mit Edison? Was hatte er davon, wenn er weiter an der Mission teilnahm?

»Danke, Monty.«

Edison streckte Ren die Hand hin. »Ich auch. Ganz gleich, wie die Sache ausgeht.«

Als Ren aus der Dusche kam, entdeckte sie, dass ihr Citla auf dem großen Bett mit der Tagesdecke aus violettem Samt frische Sachen hingelegt hatte. Zur Auswahl standen drei Leggings (braun, grün und schwarz) und vier Oberteile: zwei schwarze Hoodies und zwei graue langärmlige T-Shirts.

Ist das etwa das letzte Outfit, das ich mir aussuche?, schoss es Ren unwillkürlich durch den Kopf.

»Habt ihr hier Klamotten in allen Größen?«, erkundigte sie sich, als Citla die getragenen Sachen holen kam.

»Ah-Puch überlässt nichts dem Zufall. Und ja, er hält immer eine große Auswahl für eventuelle Gäste bereit. Meine Zwillingsschwester und ich geben uns Mühe, mit der aktuellen Mode mitzuhalten. Möchtest du lieber etwas anderes? Wie wär's mit einem Cowboyhut? Cowboystiefel hast du ja schon.« Vielsagend setzte sie hinzu: »Oder vielleicht eine Krone?«

Ren musterte den weiblichen Berggeist. Sollte das ein Witz sein oder meinte Citla es ernst? Oder irgendwas dazwischen? »Ich würde niemals eine Krone aufsetzen!«

»Hoffentlich«, entgegnete Citla. »Das hoffe ich wirklich.«

Ren hatte eben Leggings und T-Shirt angezogen, als ihr Handy summte. Marco hatte ihr geschrieben.

Abschiedsszenen sind nicht so mein Ding.

Musste weg. Bis bald.

Ren ließ sich fassungslos aufs Bett sinken. Sie las die Nachricht noch einmal. Wie konnte er sie ausgerechnet jetzt im Stich lassen?

Dann wurde sie wütend. Und je länger sie darüber nachdachte, dass Marco ohne Abschied einfach abgehauen war, desto wütender wurde sie. Formlose Schatten strudelten um sie herum und vereinten ihren Zorn mit dem ihren.

»Wie kann man so bescheuert sein und jemandem vertrauen, dessen Vater der Kriegsgott ist?«, sagte sie laut.

Ursprünglich hatte das Labyrinth vier Eingänge gehabt, und zwar jeweils am Ende der vier kosmischen Straßen, die nach Norden, Süden, Osten und Westen verliefen. Doch Ah-Puch hatte sie alle zerstört, damit niemand in das unterirdische Labyrinth gelangte und herausfand, was er dort trieb. Gerissen, wie er war, hatte er sich aber vorsichtshalber ein privates Hintertürchen offengelassen.

Es lag in einer Höhle in Belize, die Actun Tunichil Muknal hieß.

Monty fing sofort an, von Belize zu schwärmen, doch der Gott unterbrach sie barsch: »Vergiss es. Belize kriegst du nicht zu sehen.«

Eine Stunde danach begriff Ren auch, wieso nicht. Als sie durch die Pforte traten, landeten sie geradewegs in der Höhle.

Erst wurde Ren kalt, dann stieg ihr der Geruch von Tod in die Nase.

»Das Höhlensystem ist sehr weitläufig«, erläuterte Ah-Puch und ging voran. Sie kamen an Gerippen vorbei, die mit abgespreizten Arm- und Beinknochen auf dem Boden lagen.

»Sind die echt?«, Monty wich den Gebeinen aus.

»Es sind die Überreste von Menschenopfern und sie sind Hunderte Jahre alt«, erwiderte Ah-Puch. »Und bevor ihr fragt: Ich war's nicht, klar? Die Leute geben immer dem Todesgott die Schuld, aber wisst ihr, was? Es gibt noch mehr finstere Mächte und noch andere Götter, die einst Opfer gefordert haben.«

»Krass«, sagte Monty nur.

Auch in der nächsten Höhle lag ein Gerippe. »Das ist der berühmte Glasprinz«, verkündete Ah-Puch. »Weil seine Knochen verkalkt sind, glitzert er. Daher der Name.«

Eigentlich sah das Skelett sehr schön aus, fand Ren.

»Wurde er auch geopfert?«, fragte sie.

Ah-Puch schüttelte den Kopf. »Nein. Er war bloß ein Siebzehnjähriger, der mir einen kleinen Gefallen schuldig war. Darum bewacht er jetzt das Labyrinth.«

»Klingt aber nicht nach einem ›kleinen‹ Gefallen«, sagte Edison halblaut.

Plötzlich geriet das Gerippe in Bewegung. Die Knochen verschoben und verformten sich und … vor ihnen stand ein Junge. Er hatte braune Haut, einen breiten Mund, gefährlich funkelnde Augen und Haare, mit denen er ein TikTok-Star hätte werden können. Allerdings sah er in seinen Badeshorts und dem Tanktop eher wie ein Rettungsschwimmer aus als wie der Wächter eines todbringenden Labyrinths.

»Wer seid ihr?«, donnerte er drohend.

Wow, was für eine tiefe Stimme!

»Was habt ihr in meiner Höhle verloren?«

»Lass das Theater!« Der Todesgott machte ein verlegenes Gesicht. »Ich bin's, Ah-Puch. Ich sehe bloß deprimierend jung aus. Lange Geschichte. Zeitreise, dumm gelaufen, blablabla.«

Der Glasprinz schnappte überrascht nach Luft. »Gnädigster Herr!« Er verbeugte sich und machte einen Kratzfuß. »Ihr seht so … so …«

Ah-Puch hob die Hand. »Lass gut sein.«

Der Prinz musterte erst Edison, dann Monty und schließlich Ren und sog schnüffelnd die Luft ein. »Ihr habt einen Dämon mit hergebracht?«

Woran merkt er das? Aber vielleicht erkannten Tote einander ja. Obwohl … Wenn Edison zur Hälfte ein Dämon war, war er damit auch zur Hälfte ein Toter? Oder *kam* er bloß aus dem Totenreich?

Edison legte den Kopf in den Nacken, um die zerklüftete Höhlendecke zu betrachten.

»Wir wollen zum Labyrinth«, sagte Ren.

»Zum Labyrinth …«, wiederholte der Glasprinz, als hätte er kurz seine Rolle vergessen. »Ach ja, richtig! Das Albtraumlabyrinth.« Er warf Ah-Puch einen giftigen Blick zu. »Ihr habt mich die letzten vierhundert Jahre hier verschimmeln lassen. Habt Ihr eine Ahnung, wie sterbenslangweilig es hier ist?«

»Ich hatte anderweitig zu tun.«

»Hab ich gehört. Die anderen Götter hatten Euch eingekerkert, stimmt's?« Der Prinz schüttelte den Kopf. »Üble Sache, das. Ich hätte ja als Zeuge für Euch ausgesagt, aber niemand hat mich dazu aufgefordert.«

Ren würde nie vergessen, dass ihr Freund vierhundert Jahre lang in einen Papierstreifen verbannt gewesen war, bis Zane ihn daraus befreit hatte. Anscheinend hatte der Todesgott versucht, die Weltherrschaft an sich zu reißen, und dabei war etwas schiefgegangen.

»Du weißt genau, dass es bei uns Göttern keine Gerichtsverhandlungen gibt«, erwiderte Ah-Puch grimmig.

Der Glasprinz grinste hinterhältig. »Jetzt fällt es mir wieder ein. Ich meinte ja auch nur, *wenn* … Auf jeden Fall stehe ich hinter Euch.«

»Sehr gut«, entgegnete Ah-Puch, »denn ich möchte, dass du diese drei zum Eingang des Labyrinths bringst.« Er deutete auf Ren, Edison und Monty.

»Ich soll sie auf den Todesgang mitnehmen?« Der Prinz grinste so breit, dass sich sein Gesicht beinahe in zwei Hälften spaltete. »Mit Vergnügen! Endlich passiert mal was!«

»Todesgang?«, wiederholte Edison fragend.

»Den Namen hab ich mir selber ausgedacht«, erwiderte der Glasprinz mit hörbarem Stolz. »Weil das Labyrinth eine Todesfalle ist. Soll heißen, ihr lauft in euer Verderben. Cool, oder?«

»Sorg einfach dafür, dass sie wohlbehalten zum Eingang gelangen«, unterbrach ihn Ah-Puch.

»Dass wir wohlbehalten in den Tod gehen?«, sagte Monty halblaut.

»Moment mal!«, sagte Ren. »Du kommst doch mit, A. P., oder?«

»Nein.« Der Gott ließ das Wort fallen wie eine Bombe.

»Was?! Warum denn nicht? Fang du jetzt nicht auch noch an wie Marco!«

Ah-Puchs Augen glühten. Es waren nicht mehr die Augen eines Jugendlichen und auch nicht die eines Gottes. Eher die Augen eines auferstandenen Ungeheuers. Ren überrieselte es eiskalt. »Wenn ich auch nur einen Fuß in das Labyrinth setzen würde, würde es uns alle verschlingen. Ich täte euch keinen Gefallen.« Er strich sich wieder über die schwarzen Haare. »Aber ich gebe euch einen guten Rat. Glaubt nicht alles, was ihr seht, tut das Unerwartete und schlagt den Weg ein, der scheinbar der falsche ist. Macht immer das Gegenteil von dem, was euer Instinkt euch rät. Das Labyrinth verdreht mit Vorliebe die Realität. Ihr müsst es mit seinen eigenen Waffen schlagen. Habt ihr verstanden?«

Ren hatte Zweifel, ob es ihr gelingen würde, ihre Instinkte zu ignorieren. Bis jetzt hatten sie ihr gute Dienste geleistet.

Monty zählte die Regeln an den Fingern ab: »Tut das Unerwartete, mit eigenen Waffen schlagen, verdrehte Realität. Alles klar. Von mir aus kann's losgehen. Ich habe mal mit einer Augenbinde trainiert. Da musste ich –«

Edisons warnender Blick besagte: *Nicht jetzt.*

Der Gott wandte sich wieder an Ren. »Noch etwas. Die Wände des Labyrinths verschieben sich pausenlos. Also beeilt euch.«

Ren war zumute, als würde sie zerfließen. Als würde sie sich in einem Meer mit unberechenbarer Strömung auflösen.

Edison drückte die flache Hand an die Höhlenwand. Licht umspielte seine Finger. »Wahnsinn! Die Wände hier sind mit tonnenweise Energie aufgeladen!«

»Mit göttlicher Energie!« Ah-Puch schubste ihn weg. »Hört zu, Kinder. Euch steht eine Herausforderung bevor, wie ihr noch keine erlebt habt. Ihr werdet versucht sein, dumme Fragen zu stellen, ›Oh‹ und ›Ah‹ zu machen und sinnlose Kommentare abzugeben. Lasst es. Die Treppe zum Labyrinth schätzt Stille über alles. Wenn ihr redet, verliert ihr die Stimme, und wenn ihr irgendwas anfasst, verliert ihr die Hand. Ist das so weit klar?«

»Nur für mich gilt das nicht«, warf der Glasprinz ein. »Weil ich euer Geisterführer bin, darf ich so viel reden, wie ich will.«

Rens Nerven spielten verrückt, sie hatte rasendes Herzklopfen. Ob aus Vorfreude oder vor Todesangst, konnte sie nicht sagen.

»Ich gebe keinen Mucks von mir, ich schwöre!«, sagte Monty feierlich.

Nachdem auch Edison und Ren gelobt hatten, die Anweisungen des Gottes zu befolgen, übernahm der Glasprinz. »Dann steigen wir jetzt in die Finsternis hinab. Am Fuß der Treppe ist die Tür zum Labyrinth.«

Edison nickte.

»Bleibt immer zusammen«, meldete sich Ah-Puch wieder zu Wort. »Wenn ihr es schafft, das Labyrinth lebendig zu durchqueren und auf den Markt zu gelangen, wird euch die Magie dort in Versuchung führen. Ihr werdet stehen bleiben und alles anschauen wollen. Lasst es. Allerdings solltet ihr euch dort aufteilen. Das erhöht eure Chancen, die Klinge zu finden. Ihr habt nämlich nur eine Stunde Zeit.«

Monty verzog das Gesicht. »Können wir nicht zwei Stunden kriegen?«

»Warum nur so kurz?«, fragte Ren.

»Weil der Markt nach einer Stunde eure eigene Magie wahrnehmen wird«, antwortete Ah-Puch widerstrebend. Anscheinend gab er nur ungern zu, dass seine genialen Sicherheitsvorkehrungen auch Nachteile hatten. »Der Markt wird mit aller Macht versuchen, euch dazubehalten und sich anzueignen, was ihr besitzt.«

»Und wonach suchen wir?«, wollte Edison wissen. »Wie sieht diese Klinge überhaupt aus?«

»Magie *sucht* man nicht«, sagte der Gott knapp. »Man *spürt* sie.«

»Ich denke, der ganze Markt ist voller magischer Waren!«, wandte Ren ein.

Ah-Puch schnaubte ungeduldig. »Gottgeborene – von nichts eine

Ahnung! Die Obsidianklinge spürt ihrerseits, dass ihr Ausschau nach ihr haltet. Sie wird euch rufen.«

»Warum sollte sie?« Monty klang skeptisch.

Doch Edison nickte bedächtig. Seine Brust hob und senkte sich, als er immer schneller (freudiger?) atmete. »Weil sie nicht auf dem Markt herumliegen möchte. Sie will raus und benutzt werden!«

»Bingo!«, sagte Ah-Puch und zeigte schwungvoll auf den Dämon, als hätte Edison in einer Spielshow ein Auto gewonnen.

So viele Unbekannte, so viele Regeln – und dann so eine simple Erklärung: *Die Magie will raus.*

»Mal angenommen, wir finden die Klinge. Wie bringen wir sie dann in unseren Besitz?«, hakte Ren nach. »Ich meine, sollen wir sie klauen oder gegen etwas eintauschen oder ...?«

»Das erschließt sich euch erst, wenn ihr davorsteht«, erwiderte Ah-Puch. »Das ist der knifflige Teil. Man kann so etwas nicht planen. Derjenige, der die Klinge findet – oder den *sie* findet –, muss improvisieren.«

»Ich kann super improvisieren!«, rief Monty eifrig. »Ich habe schon als kleines Kind Theater gespielt. Letztes Jahr habe ich sogar vier Minuten lang einen Monolog gehalten. Das Publikum ist ausgeflippt!«

»Eins noch«, fuhr der Gott fort, ohne darauf einzugehen. »Auf dem Markt dürft ihr eure eigene Magie auf keinen Fall einsetzen. Ihr würdet euch bloß verraten und einen Tumult auslösen. Das wäre ein Fahrschein nach Xi'balb'a – ohne Rückfahrkarte.«

Jedes Wort aus dem Mund des Gottes lastete wie ein Ziegelstein auf Rens Brust. »Ich wiederhole«, sagte sie. »Wir müssen ein Albtraumlabyrinth durchqueren, das unsere Hirne in Brei verwandelt, und *falls* wir lebendig herauskommen, landen wir auf einem Markt, der anscheinend selbst eine Art Monster ist und auf dem uns unsere Magie nichts nützt, während wir nach einem magischen Gegenstand Ausschau halten, den es nicht geben dürfte.«

»Vergiss nicht den Preis, den wir dafür zahlen müssen«, ergänzte Monty.

Ganz kurz – ein, zwei Sekunden lang – hätte Ren am liebsten das Handtuch geworfen und die Fürsten der Nacht einfach machen lassen. *Dann werde ich eben ihre Königin, na und? Vielleicht wollen die Fürsten einfach nur in Frieden leben.* Wenn sie nicht schon den unheilvollen Einfluss ihrer Schatten gespürt hätte, hätte sie sich bestimmt an diesen Hoffnungsschimmer geklammert. Wenn sie nicht den Blick des Götterprinzen gesehen hätte, als sie die Vermutung ausgesprochen hatte, dass die Fürsten die Mayagötter entmachten wollten. Wobei der Götterprinz ja erwidert hatte: »Das wäre ziemlich einfallslos.« Hieß das, die Fürsten hatten ganz andere Pläne? Aber egal. Eines stand fest: Es ging um Macht. Darum, wer sie besaß und wer sie ausübte. Außerdem wusste Ren inzwischen, dass ihre eigene Magie von den Fürsten stammte. Sie spürte deutlich, dass sie nichts Gutes im Schilde führten.

»Na dann.« Ah-Puch zog eine lange schwarze Kette unter seinem Hemd hervor. Eine kleine goldene Kugel hing daran. Er drückte sie an die Höhlenwand. »Warum muss alles immer so umständlich sein?«, schimpfte er gedämpft. Dann klaffte die Höhlenwand ächzend auf. Aus dem Riss, der höchstens sechzig Zentimeter breit war, strömte blaues Licht.

»Wollen wir?« Der Glasprinz machte eine auffordernde Handbewegung.

Monty und Edison traten als Erste durch den Spalt. Ren wollte sich noch von Ah-Puch verabschieden. »Wir schaffen das schon«, sagte sie und besann sich auf ihre Überzeugung, dass Optimismus die halbe Lösung war.

»Du hast ein Superteam«, gab Ah-Puch ausdruckslos zurück.

»Stimmt.« Doch als sie ihn umarmen wollte, wich er zurück. Fiel ihm der Abschied leichter, wenn er sich unnahbar gab? »Echt jetzt?«, sagte Ren. Es war ihr egal, ob er sie albern fand. »Wenn ich schon einen Todesgang antreten muss, kannst du mich wenigstens mal drücken!«

Sie wartete nicht auf seine Erwiderung, sondern schlang die Arme um seine schmale Taille. Diesmal blieb er stehen. Doch als sie schon dachte, er würde sie wegschieben, küsste er sie sanft aufs Haar und raunte ihr etwas ins Ohr. Es kam erst richtig bei ihr an, als er sich von ihr löste und sich verlegen räusperte. »Haltet nach den goldenen Pfeilen Ausschau. Sie führen euch zum Ausgang des Marktes. Allerdings kann niemand sagen, wo ihr herauskommt.«

Ren zwang sich zu lächeln und erwiderte: »Aber du findest uns wieder, oder?«

»Ja.«

Ren trat durch den Spalt in der Höhlenwand.

33

Der halbdunkle Gang wurde nur von flackernden Kerzen erleuchtet, die von der niedrigen Decke hingen. Edison musste sich ein paarmal ducken, damit er sich nicht die Haare versengte.

Die Wände waren von langen, zuckenden Ranken überwuchert. Sie schwangen hin und her, als wollten sie die Ankömmlinge beschnuppern.

Monty wiederholte wie eine gesprungene Schallplatte begeistert: »Krass. Cool. Krass. Cool.« Es war noch nicht lange her, dass es Ren ähnlich gegangen war. *Wenn man zum ersten Mal an einer Mission teilnimmt, hat man keine Ahnung, was einen erwartet. Dann ist alles neu und aufregend. Aber irgendwann kommt man wieder runter, weil man Dinge sieht, die man lieber vergessen würde, die einen aber unwiderruflich verändern.*

»So was Aufregendes habe ich seit mindestens hundert Jahren nicht mehr erlebt«, sagte der Glasprinz. »Damals sollte ich dem Labyrinth ein magisches Artefakt abliefern. Das Labyrinth hat es eingesaugt wie ein Schwarzes Loch.«

Anscheinend war der Glasprinz nicht nur der Wächter des Labyrinths, sondern auch sein Lieferdienst.

»Und was für ein Artefakt war das?«, erkundigte sich Ren.

»Das seht ihr ja dann, wenn ihr auf dem Markt seid. Falls ihr hinkommt.« Er lachte in sich hinein.

»Das heißt, du weißt es selber nicht«, schlussfolgerte Edison. Sein Ton war nur interessiert und keineswegs hämisch, aber Ren zuckte trotzdem zusammen. Bestimmt würde der Prinz die Bemerkung in den falschen Hals bekommen.

»Ich *wollte* es gar nicht wissen, Dämon. Diese Art finstere Magie macht einen fertig.« Er schnippte mit den Fingern. »Aha. Damit hast du schon Erfahrung, stimmt's?«

Edison schwieg und schaute zu Boden. Am liebsten hätte Ren ihn angestupst und ihm zugeraunt, er solle dem Geist die Unverschämtheit nicht durchgehen lassen.

Doch als sie ihren Freund eben in Schutz nehmen wollte, erwiderte Edison: »Als Geist in einem Labyrinth zu schmoren, ist bestimmt auch nicht lustig. Tut mir leid, Alter.«

Das entschärfte die Situation schlagartig. Nach kurzem Zögern nickte der Glasprinz. »Ja, das ist echt heftig. Und weil nur ganz selten jemand vorbeikommt, kann ich nicht mal irgendwen erschrecken.«

»Dafür glitzern deine Knochen superschön«, sagte Monty tröstend.

»Und als Geist kannst du durch Wände und so was gehen«, ergänzte Edison. »Waffen können dir nichts anhaben und außerdem bist du einer der nettesten Geister, die ich kenne.«

»Kennst du denn so viele?«

»Geister sind die einzigen Freunde, die ich je hatte.«

»Ey!«, rief Monty empört.

Edison lachte und schielte verstohlen zu Ren hinüber. »Bis vor Kurzem, meine ich natürlich.«

Sie bogen erst nach rechts und dann nach links ab. Hinter jeder Biegung wurden es weniger Kerzen und Ranken. Hätte der Boden nicht golden geschimmert, hätte Ren kaum die Hand vor Augen gesehen.

Sie landeten in einer Sackgasse mit einer Tür am Ende. An den schwarzen Wänden rann eine teerähnliche Flüssigkeit herab und sammelte sich in einer Pfütze auf dem Boden.

»Hinter dieser Tür geht es zum Labyrinth«, verkündete der Glasprinz. »Ihr müsst eine Treppe mit hundert Stufen hinabsteigen, die euch wie tausend vorkommen werden. Erst wenn ihr auf jede einzelne Stufe getreten seid, dürft ihr wieder reden.«

Alle nickten feierlich.

»Ihr werdet in Versuchung sein, mehrere Stufen auf einmal zu nehmen, aber ich warne euch – nur wenn eure Fußsohlen jede einzelne Stufe berühren, ist es euch gestattet, das Labyrinth zu betreten.«

Wieder nickten alle. Man merkte, dass der Glasprinz diese kleine Ansprache schon öfter gehalten hatte. Er hörte sich eher wie ein Fremdenführer an als wie der Wächter über ein magisches Labyrinth.

»Wenn ihr das Labyrinth einmal betreten habt, gibt es kein Zurück mehr.«

»Wie viele Besucher hast du schon auf einen Todesgang mitgenommen?« Ren war plötzlich neugierig.

»Mal überlegen … fünfzig vielleicht? Früher hat Ah-Puch den Todesgang als Bestrafung eingesetzt.« Der Glasprinz lächelte versonnen, wurde aber gleich wieder ernst. »Und schreit nicht. Das Labyrinth findet es *herrlich*, wenn seine Besucher Angst bekommen und schreien und so.«

»Ist denn schon mal jemand lebendig wieder rausgekommen?«, erkundigte sich Edison.

»Wollt ihr das wirklich wissen?«, fragte der Prinz zurück.

Allgemeines Nicken, obwohl Ren es insgeheim lieber *nicht* gewusst hätte. Negative Gedanken verursachten negative Schwingungen. Und negative Schwingungen hatten immer unerwünschte Folgen.

»Ganz früher mal«, antwortete der Geist. »Aber heutzutage, wo sich die Finsternis immer weiter ausdehnt ... Nein. Das ist seit über hundert Jahren niemandem mehr gelungen.«

Edison schlug ihm auf die Schulter und strahlte ihn an, als wollte er ihm eine Ehrenurkunde überreichen. »Tja, das ändert sich heute.«

»Dann nur zu.« Der Glasprinz trat von der Tür zurück.

Diesmal ging Ren als Erste hindurch. Als sie sich noch einmal umdrehte, war der Geist verschwunden. Edison und Monty waren dicht hinter ihr, aber sie spürte auch ein sonderbares Kribbeln bis in die Kopfhaut. Noch jemand war anwesend.

Die Treppe führte in undurchdringliche Finsternis hinunter. Mit jeder Stufe wurde das Kribbeln stärker. Es glich jetzt kalten Fingern, die Ren auf Arme, Beine und Nacken tippten. Am liebsten hätte sie um sich geschlagen.

Dann ertönte eine tiefe Stimme, die sie auf Anhieb wiedererkannte.

Wo du hingehst, gehe ich auch hin, sagte der Rauchende Spiegel.

Ren blieb jäh stehen und Edison prallte gegen sie. Er drückte ihre Schultern, und obwohl sie ihn erst einen Tag lang kannte, verstand sie, dass er damit sagen wollte: *Du schaffst das.* Sie *musste* es schaffen!

Weil sie nicht reden durfte, konnte sie den Rauchenden Spiegel nicht anschnauzen, dass er sich verziehen sollte. Wobei ... Wenn sich

Gottgeborene mittels Berührung telepathisch verständigen konnten, klappte das ja vielleicht auch in diesem Fall.

Hau ab!

Sie wartete. Hatte der Aztekengott sie gehört? In Gedanken wiederholte sie die Aufforderung noch einmal so laut, wie sie konnte.

Ein grollendes Lachen.

Solange du Angst hast, bin ich bei dir.

Was willst du damit sagen?

Deine Angst ist für mich ein Einfallstor, erwiderte der Rauchende Spiegel mit hörbarem Vergnügen.

Und warum erzählst du mir das? In Wahrheit meinte Ren: Warum lässt du dir in die Karten schauen?

Spielt das eine Rolle? Du wirst mich sowieso nicht los, weil du nämlich immer Angst vor mir haben wirst.

Tatsächlich kämpfte Ren mit einem Panikanfall. Doch wie konnte sie ihre Angst in den Griff bekommen? Genau genommen waren es mehrere Ängste. Angst, dass die Mission scheitern würde. Angst, dass ihren Freunden etwas zustoßen würde. Angst vor dem Versagen. Angst, Angst, Angst.

Als sie ihren Weg durch die nun wieder stille Finsternis fortsetzten, wurde es mal eisig kalt, mal drückend heiß. Zu allem Überfluss stank es widerlich nach fauligen Kartoffeln.

Ren war schwindlig, ihre Haut brannte.

Blöderweise hatte die Treppe kein Geländer. Um nicht mehr an den Rauchenden Spiegel zu denken, zählte Ren die Stufen mit.

Achtundneunzig.

Er ist nicht hier.

Neunundneunzig.

Er ist nur ein Angstecho.

Hundert.

Ich bin *aber hier*, sagte er.

Nach der letzten Stufe trat Ren auf eine weiche, elastische Oberfläche. Im nächsten Augenblick standen Monty und Edison neben ihr.

Unter einer Tür drang ein schwacher Lichtschein hervor.

Monty zeigte auf ihren Mund und zog die Augenbrauen hoch, als wollte sie fragen, ob sie wieder reden dürften.

Weil sie nicht mehr auf der Treppe waren, bestand vermutlich keine Gefahr mehr, die Stimme zu verlieren, aber Ren wollte es lieber als Erste ausprobieren. Zaghaft flüsterte sie: »Test, Test, Test. Eins, zwei, drei.« Sie räusperte sich und sagte etwas lauter: »Test, Test, Test.«

Nichts geschah. *Anscheinend haben wir den Todesgang überstanden.*

»Puh!« Monty stieß die angehaltene Luft aus und fächelte sich mit der Hand Luft zu. »Habt ihr das auch gerochen? Ich dachte, ich muss kotzen.«

Edison drückte die flache Hand auf die Tür. Wieder umspielte Licht seine Finger. Er schloss die Augen und holte tief Luft. »Hinter dieser Tür lauert eine starke Magie. Sie ist kalt, finster und ...«

»Und was?«, fragte Ren.

»Hungrig.«

»Klingt ja *gar nicht* Furcht einflößend«, kommentierte Monty. »Nächstes Mal kannst du die schlechten Neuigkeiten bitte für dich behalten, Edison.«

Mit der Hand auf der Klinke fragte Ren: »Seid ihr so weit?«

»Stopp!«, rief Monty.

»Was ist denn?«

»Lasst uns erst noch einen Schwur leisten. So machen es alle richtigen Krieger. Sie schwören, dass sie ihre Freunde mit ihrem Leben verteidigen werden. Dass sie ihnen immer beistehen. Und dass, wenn einer von ihnen nicht mehr kann, die anderen weiterziehen, ohne –«

»Ich denke nicht dran, jemanden zurückzulassen!«, schnitt ihr Ren schroff das Wort ab. »Ganz egal, was passiert.«

»Denk an unsere Mission«, hielt Monty dagegen. »Man muss immer das Ziel vor Augen haben. Wir müssen diese Mission erfolgreich zu Ende bringen.«

War sie Marcos Cousine zweiten Grades, oder was? Aber sie hatte leider recht. Auch Ren war klar, was es für Folgen haben würde, wenn sie das Wohl des Einzelnen über das große Ganze stellten. Trotzdem konnte sie sich nicht damit abfinden.

»Ich schwöre, euch zu verteidigen.« Edison sah erst Ren an und dann Monty. »Euch beizustehen. Und wenn es tatsächlich mal dazu kommt, dass wir jemanden zurücklassen müssen, dann …«

Ren war froh, dass er es nicht aussprach. Sie hätte es nicht ertragen.

»Dann mache ich das nicht«, beendete Edison den Satz leise.

Ren wurde ganz warm ums Herz. »Ich auch nicht.«

»So werdet ihr nie richtige Krieger!«, schimpfte Monty.

Ren drückte die Türklinke herunter.

34

Ein eisiger Luftschwall schlug ihnen entgegen.

Monty entschlüpfte ein leiser Aufschrei.

Edison hielt schützend die Arme vors Gesicht, Ren senkte instinktiv den Kopf und kniff die Augen zusammen. Als sich der Luftschwall gelegt hatte, machte sie die Augen wieder auf und sah sich um. Vor ihnen ragte ein gewaltiges Bauwerk auf. Es war so hoch wie der Himmel und so breit wie der Horizont. Eine Pyramide – die aber von oben bis unten aus Spiegeln bestand.

Licht und Schatten tanzten über die schimmernde Oberfläche. Vor dem Labyrinth und dem von schwarzen und blauen Streifen durchzogenen Himmel wirkten die drei Freunde winzig klein. Violette Blitze zuckten auf. Wind heulte in der Ferne.

Dann materialisierte sich ein Eingang. Dahinter war es stockfinster.

Monty tastete nach ihrem Köcher, Edison machte ein staunendes Gesicht und schien im Kopf die Ausmaße der Pyramide zu berechnen.

Was hatte Ren eigentlich erwartet? Einen Irrgarten aus Hecken oder hohen Maispflanzen? Auf jeden Fall irgendetwas Bekanntes.

Drinnen herrschte Dämmerlicht wie kurz vor Sonnenaufgang. Die Decke war niedrig und die Wände verschoben sich, als wären sie auf drehbare Platten montiert.

»Achtung!«, rief Monty, als ein Wandstück direkt auf sie zuglitt. Die drei ließen sich fallen und rollten sich darunter hindurch. Sie landeten am Rand eines Kanals, der wie der Anfang eines Themenparks aussah. Im Wasser schaukelte ein leeres Ruderboot.

Jedes Mal, wenn Ren den Kopf wandte, sah sie ihr eigenes Abbild und das ihrer beiden Freunde. »Das ist ja das reinste Spiegelkabinett!«

»Bloß dass die Spiegel uns angreifen«, entgegnete Monty.

Ren sah sich wieder um. Sie konnten nur übers Wasser hier wegkommen. »Dann machen wir eben einen kleinen Bootsausflug«, sagte sie und stieg ein. Monty und Edison folgten ihr.

Ren und der Dämon griffen zu den Rudern und das Boot glitt durchs dunkle Wasser. Die Luft war unbewegt und roch überwältigend nach Vanille.

Die Schwarze Blume. In der Dunkelheit liegt die Würze.

Eintauchen, durchziehen. Eintauchen, durchziehen.

»Hey, Eddie«, sagte Monty. »Kann dein Bezwinger nicht eine Blase herzaubern, die uns vor diesen Mörderwänden schützt?«

»Leider nicht.«

»Warum denn nicht?«, fragte Ren.

»Ich hatte dir doch erklärt, woher ich meine Kräfte beziehe, weißt du noch?« Edison ruderte schön gleichmäßig, wogegen sich Ren ziemlich ungeschickt anstellte. »Das Labyrinth verströmt finstere Magie. Also schlechte. Ich habe nur ein einziges Mal auf finstere Magie zugegriffen und es war eine Katastrophe.«

»Wieso?«

»Ich habe ein paar Gegenstände durch die Luft fliegen lassen und …« Er brach ab.

»Und was?«, bohrte Ren nach.

»Nichts.«

»Glaub ich dir nicht.« Monty saß auf der Rückbank und drehte den Kopf hin und her, als wären sie in Disneyland.

Der Dämon verzog das Gesicht. »Na ja … mir ist übel geworden. Vielleicht kam es von zu viel Finsternis oder … Keine Ahnung. Es war höchstens ein Zehntel so finster wie hier.«

»Du meinst, wenn du den Bezwinger hier einsetzt, könnte dir wieder übel werden.«

»Das wäre ja nicht so schlimm, aber … Ich kann es nicht richtig beschreiben, aber es hat eine ganze Weile gedauert, bis ich die Finsternis wieder losgeworden bin.«

Oh. OH.

Nach kurzem Schweigen wechselte Edison das Thema. »Das sind übrigens keine echten Spiegel. Sie bestehen aus einem seltenen Material, das nur in Xi'balb'a vorkommt. Es sieht wie normales Spiegelglas aus, ist aber keins.«

»Sind die Spiegel hier etwa giftig?«, fragte Ren. »Oder irgendwie tödlich?«

Nach kurzem Zögern antwortete Edison: »Das nicht, aber sie können einem eine Zukunft offenbaren.«

»Wieso sagst du *eine* Zukunft?«

»In jedem Labyrinth hat man die Wahl, wo man abbiegt«, erwiderte Edison. »Wie im Leben – wo man abbiegt, entscheidet darüber, wo man landet. Die Spiegelungen hier zeigen einem das wahrscheinlichste Ergebnis, je nachdem, wie der bisherige Lebensweg verlaufen ist.«

»Klingt ein bisschen nach faulem Zauber«, sagte Monty.

Wie aufs Stichwort gabelte sich der Kanal vor ihnen. Rens Atem ging schneller. Rechts oder links? Links oder rechts? In welche Richtung sollten sie abbiegen? Für welche Zukunft sollten sie sich entscheiden?

Die Wände des Albtraumlabyrinths setzten sich wieder in Bewegung, so langsam wie ein Riesenrad, das gerade eingeschaltet wurde.

»Wo müssen wir lang, Ren?«, fragte Edison.

Ren überlegte noch, als ihr Blick auf ihr Spiegelbild fiel. Doch sie erblickte eine andere Version ihrer selbst. Sie trug eine Krone aus Jade und Schatten und ihre Augen waren fast schwarz. Sie lächelte zähnebleckend und durchbohrte Edison mit einem grünen Dolch.

Ren schrie auf.

Edison griff nach ihrem Ruder, bevor es ins Wasser fiel. »Was hast du denn?«

Ren brachte kein Wort heraus. Doch als sie wieder hinsah, war die grausame Königin verschwunden. »Habt ihr … Habt ihr das auch gesehen?«

»Was denn?«, gab Monty zurück.

»Das Labyrinth will sich deiner Gedanken bemächtigen«, erklärte Edison.

»Glaubt nicht alles, was ihr seht«, hatte Ah-Puch sie gewarnt. Aber was war dann mit Edisons Behauptung, dass einem die Spiegelungen, abhängig vom bisherigen Lebensweg, die wahrscheinlichste Zukunft zeigten?

Die wahrscheinlichste Zukunft …

Als könnte er Gedanken lesen, sagte Edison: »Egal, was du gerade gesehen hast, Ren, du kannst dich trotzdem noch entscheiden. Es gibt immer verschiedene Möglichkeiten.«

»Aber die Nachtprophezeiung –« Ren konnte nicht weitersprechen, weil sie einen dicken Kloß im Hals hatte. Sie versuchte, das Bild vor ihrem inneren Auge zu verscheuchen. *Ich werde mich niemals in diese Königin verwandeln. Niemals!*

»Wir stehen dir bei«, versicherte ihr Monty. »Ich schwöre.«

»Danke.« Die Jägerin war eine treue Seele. Man konnte sich hundertprozentig auf sie verlassen. Hätte Ren sich eine kleine Schwester aussuchen können, wäre es Monty gewesen. Auf jeden Fall.

»Du entscheidest«, sagte Edison so leise, dass er fast flüsterte.

Mit angehaltenem Atem spähte Ren erst nach links und dann nach rechts. Dabei dachte sie wieder an Ah-Puchs Anweisungen.

Macht immer das Gegenteil von dem, was euer Instinkt euch rät.

Rens Instinkt riet ihr, nach links abzubiegen. Sie wollte sich schon nach rechts wenden, als sie sah, dass Edison ebenfalls in einen Spiegel blickte. Er war leichenblass.

»Edison!« Ren fasste ihn am Arm und schüttelte ihn. »Sieh nicht hin! Es ist bloß ein Trugbild.«

Der Dämon machte sich ganz steif.

»Er sieht aus, als hätte er einen Schock«, warf Monty ein. »Kann Dämonen so was auch passieren?«

Edison drehte sich langsam um und blickte Ren an. »Du … Du warst eine Königin. Und du hast mich erstochen.«

»Das Labyrinth will uns gegeneinander ausspielen!« Unter »Albtraumlabyrinth« hatte sich Ren eine Art Gruselkabinett vorgestellt: mit künstlichem Nebel, hinterhältigen Erschreckern und pfeifendem Wind. Aber dieses Labyrinth war viel unheimlicher, weil es Gedanken beeinflusste. Es flößte einem Zweifel ein und brachte verdrängte Ängste zum Vorschein. Doch vor allem zeigte es einem eine mögliche

Zukunft. Eine Zukunft, von der man nichts geahnt hatte, weil man überzeugt war, im Leben noch unendlich viele Entscheidungsmöglichkeiten zu haben.

Edison rang sich ein gezwungenes Lächeln ab. »Du hast recht«, brachte er heraus.

»Wir müssen nach rechts«, sagte Ren entschieden und zog ihr Ruder energisch durchs Wasser. Sie war wütend und die Wut nährte ihre Gottgeborenen-Kräfte. Dieser Kanal war schmaler und kürzer als der erste. Er endete in einer Stromschnelle und teilte sich dort in drei Arme.

Das kleine Boot wurde von der Strömung hin und her geworfen. Ren war ein paarmal Wildwasser-Kajak gefahren. Auch dabei wurde man mitgerissen, ohne dass man sich dagegen wehren konnte. Doch hier wollte sie sich nicht einfach davontragen lassen.

Das Boot wurde jäh herumgewirbelt.

»Rudern!«, kommandierte Edison. Ren gab sich alle Mühe, das Boot aus dem Strudel herauszusteuern, aber es hatte keinen Zweck. Rasch erzeugte sie eine Schattenplattform, die sich unter das Boot schob und ihnen eine Atempause verschaffte, aber wozu? Sie konnten nicht ewig hier ausharren. Trotzdem hatte Ren nicht vor, sich von einem Albtraumstrudel einsaugen zu lassen.

Das Zeitseil um ihren Hals pulsierte und wurde warm. In den Spiegeln sah Ren die Kette leuchten und funkeln, dann blitzte sie gleißend auf.

Als Ren wieder hinsehen konnte, erblickte sie ihre Mutter, die Göttin der Zeit. Und Pazifik wirkte überhaupt nicht zufrieden.

35

»Pazifik!«, rief Ren. Ihre Mutter schwebte über dem Was-ser. Sie trug einen schwarzen Fellumhang und hatte die Kapuze ins überirdisch schöne Gesicht gezogen.

»Hey, das ist die Göttin der Zeit!«, sagte Monty aufgeregt.

»Ach, Kind«, Pazifik setzte die Kapuze ab, sodass ihr die weißblonden Locken über die Schultern fielen. »Du hast wirklich ein Talent, dich in Schwierigkeiten zu bringen.« Als sie den Zeigefinger hob, ließ die Strömung nach und das Boot lag ruhig im Wasser.

Was sollte Ren erwidern? *Hallo, Mamita, tolles Timing! Wie läuft's denn so in der Götterwelt?*

»Kommst du uns retten?«, fragte Monty erwartungsvoll, als hätte sie schon immer mal von einer Mayagöttin gerettet werden wollen.

Edison sah die Göttin groß an, fuhr sich durchs zerzauste Haar und zog sein T-Shirt zurecht.

»Nein, deswegen bin ich nicht hier«, entgegnete Pazifik schroff. »Das Zeitseil hat mich gerufen.«

Schönen Dank auch für die Hilfe, dachte Ren ironisch. Dann kam ihr ein schrecklicher Gedanke. »Du willst dir das Seil doch nicht etwa wieder holen? Du hast gesagt, ich kann es dir nie mehr zurückgeben!«

»Das heißt nicht, dass es mich nicht rufen kann. Ihr seid an diesem fürchterlichen Ort gelandet und rudert geradewegs in euer Verderben. Es kommt nicht infrage, dass mein Seil vernichtet wird, bloß weil ihr so verantwortungslos seid.«

»Verantwortungslos? Geht's noch? Ich versuche gerade, den Weltuntergang zu verhindern!« Anscheinend hatte ihre Mutter keine Ahnung, was auf dem Spiel stand. »Die Fürsten der Nacht –«

Pazifik hob die schlanke Hand. »Die interessieren mich nicht. Offenbar hast du keine Ahnung, dass jeden Tag irgendwer versucht, die Macht an sich zu reißen. Da können wir nicht jedes Mal so einen Aufstand veranstalten.«

»Aber wir glauben, dass die Aztekengötter mit den Fremdartigen in Verbindung stehen«, wandte Edison ein. Er betonte jedes Wort so nachdrücklich, als hätte er es mit einer Schwerhörigen zu tun.

Ren beobachtete ihre Mutter gespannt. Wie würde sie auf die Erwähnung der Fremdartigen reagieren? Doch das wunderschöne Gesicht mit den tiefseeblauen Augen verriet nichts.

»Außerdem habe ich Wichtigeres zu tun«, fuhr Pazifik fort. »Mich beschäftigt immer noch, warum sich die Zeitreise so nachteilig auf die Götter ausgewirkt hat. Immerhin bin ich die Göttin der Zeit! Da sollte man doch denken, dass *ich* das herausfinden kann!«

Sie streckte die Hand aus. Das Zeitseil löste sich von Rens Hals und schwebte zu der Göttin hinüber. Als Pazifik es antippte, teilte es sich in einzelne Stränge, die sich golden aufblitzend durch die Luft schlängelten und um die Göttin herumtanzten.

Ren grummelte in sich hinein. *Ihr* gegenüber hatte sich das Seil noch nie so ehrerbietig verhalten.

»Was hat das zu bedeuten?«, fragte Edison.

»Das Zeitseil verständigt sich mit mir.« Die Göttin legte zärtlich die Wange an die Stränge. »Ist schon gut, Schatz. Du hast mir auch gefehlt. Wie bitte? *Was* hat sie gemacht?«

Na toll. Anscheinend war das Seil auch noch eine Petze!

Ren gab sich einen Ruck. »Wenn du bloß hergekommen bist, um deinen kleinen Liebling zu besuchen, kannst du uns dann wenigstens helfen, das Labyrinth zu durchqueren oder es in die Luft zu sprengen oder sonst was? Wir müssen dringend auf den Finsteren Mercado.«

Pazifik schenkt ihrer Tochter ein flüchtiges Lächeln. »Das geht leider nicht. Das Labyrinth wurde von Ah-Puch erschaffen. Eine Gottheit kann nicht die Schöpfungen einer anderen zerstören. Ich könnte mich natürlich an den Götterrat wenden, aber das würde länger dauern und –« Sie schaute sich um. »Tja, sieht ganz so aus, als würde euch die Zeit davonlaufen.«

Fast hätte man denken können, dass Pazifik ihre Notlage höchst unterhaltsam fand.

»Dann bring mir bei, wie ich mit dem Seil umgehen muss.« Ren wurde allmählich sauer. »Wie man damit die Zeit anhält.«

»Selbst wenn das in meiner Macht stünde, so lässt sich die Zeit in diesem Labyrinth nicht beeinflussen. An diesem trostlosen Ort besitzt das Seil keine Macht. Aber lass den Kopf nicht hängen, Tochter. Ich tüftle schon an einem anderen Artefakt für dich. Einfach ist das nicht. Es hat ewig gedauert, das Zeitseil aus den Kräften des Universums zu erschaffen. So etwas ist nicht mit einem Fingerschnipsen erledigt. Fürs Erste musst du allein zurechtkommen.«

Ren konnte sich nicht mehr beherrschen. »Ich komme aber nicht allein zurecht!«

»Du bist meine Tochter!«, erwiderte Pazifik schroff. »Meine Intelligenz und mein Einfallsreichtum sind unübertroffen. Keiner der anderen Götter ist auch nur auf die Idee gekommen, dass die Menschenwelt Zeitmesser braucht. Das war ganz allein *mein* Einfall!«

Ihr Blick fiel auf Monty. Sie musterte die Jägerin so verlangend, als wäre sie ein funkelndes neues Spielzeug, das sie unbedingt haben wollte. »Eine Jaguarkriegerin«, sagte sie leise.

Woher wusste die Zeitgöttin das? Doch sie hatte sich ja seinerzeit in Rens Vater verliebt, einen Aztekenbrujo. Offenbar kannte sie sich besser aus, als sie sich anmerken ließ.

»Königliches Blut …« Die meerblauen Augen der Göttin blitzten golden auf. Sie wandte sich wieder zu Ren um. »Bevor ich gehe, will ich euch noch einen Tipp geben.«

Das Zeitseil schwebte zu Ren zurück und legte sich wieder um ihren Hals. Alle sahen die Göttin erwartungsvoll an.

Pazifik setzt die Kapuze wieder auf und sagte: »Das Labyrinth verabscheut Unschlüssigkeit. Je mehr ihr zögert, je länger ihr euch nicht entscheiden könnt, desto zorniger und gieriger wird es. Die Lösung liegt auf der Hand.« Sie lächelte vielsagend. »Gebt dem Labyrinth, was es begehrt.«

Damit verschwand sie.

»Echt jetzt?!«, entfuhr es Ren so laut, dass es von den Spiegelwänden widerhallte. »Ist das alles? Wir sollen dem Labyrinth geben, was es begehrt? Toller Rat!« Einen göttlichen Elternteil zu haben, war nicht halb so cool, wie es sich anhörte.

Macht immer das Gegenteil von dem, was euer Instinkt euch rät.

»Vielleicht meinte sie ja, dass wir uns endlich entscheiden sollen«, sagte Monty.

»Das ist keine Garantie«, hielt Edison dagegen. »Genauso gut können wir die falsche Entscheidung treffen.«

Ren kam ein Gedanke. Er war so absurd, dass sie sich kaum traute, ihn auszusprechen. Vor Aufregung war ihr ein bisschen flau im Magen. »Edison – du musst deinen Bezwinger mit voller Kraft auf die Wände schleudern.«

»Ich habe dir doch erklärt, dass mir von Finsternis –«

»Du musst die Finsternis gegen sie selbst richten und darfst dich ihr nicht öffnen.«

Anscheinend begriff Edison, was sie meinte, denn er erwiderte: »Verstanden.«

Die Wände rückten immer enger zusammen, sodass sich die drei Kanäle zu einem einzigen brodelnden und schäumenden Wasserweg vereinten.

»Anscheinend wird uns die Entscheidung abgenommen.« Monty hatte einen Pfeil auf die Bogensehne gelegt.

»Wenn ich dir Bescheid gebe, Monty, schießt du deine Pfeile ab«, sagte Ren rasch. »Alle!«

Edison war sichtlich nervös. »Ren ...«

»Vertraut mir einfach.«

Der Dämon ließ das Ruder sinken, hob beide Hände, holte noch einmal tief Luft und ließ seiner Magie freien Lauf. Zwei hohle Silberkugeln schwebten aus seinen Handflächen und schwollen zu einer Kraftwelle an, die gegen die Spiegelwände brandete.

Doch die Wände zersplitterten nicht, sondern sogen die Magie gierig auf. Als Nächstes richtete Ren alle Schattenmagie, die sie aufbieten konnte, gegen das Labyrinth.

»Jetzt?«, rief Monty.

»Noch nicht!« Ren gab Edison ein Zeichen. Sie vereinten seine Dämonen- und ihre Bruja-Magie zu einem Kraftstoß, der so gewaltig war wie von einem Raketentriebwerk.

Die Spiegelwände bebten, blähten sich auf und verschluckten die Magie.

»Jetzt!«, rief Ren Monty zu und fütterte das Labyrinth weiter mit Schatten.

Montys Pfeile sausten einer nach dem anderen so blitzschnell durch die Luft, das Ren nur das blaue Leuchten wahrnahm.

Einszweidreivierfünf.

Das mit Magie übersättigte Spiegelglas platzte.

Das Krachen war lauter als jeder Donnerschlag. Das Labyrinth erbebte heftig, dann fiel eine Wand nach der anderen in sich zusammen. Umherfliegende Splitter ritzten Ren die Unterarme auf und das Wasser im Kanal stieg immer höher.

Als die Wandtrümmer in die schwarzen Fluten klatschten, schwollen sie zu einer Flutwelle an.

Ren erzeugte sofort einen schützenden Schatten, doch Edison kam ihr zuvor. Seine Dämonenmagie umgab die drei Freunde mit einem Wall aus Licht. Wo nahm er das Licht her, wo sich seine Magie hier nur aus Finsternis speisen konnte? Wahrscheinlich aus dem Leuchten der Pfeile, die inzwischen allesamt in Montys Köcher zurückgekehrt waren.

Das Wasser wallte hoch auf und warf das Boot umher wie eine Gummiente. Die drei klammerten sich verzweifelt am Rand fest.

»Was machen wir, wenn das Boot durchbricht?«, rief Ren den anderen zu. Sie glaubte Edison antworten zu hören: »Keine Sorge, das Boot hält.«

Die Welle erreichte ihren Scheitelpunkt.

Und brach.

Ren hielt sich an Monty fest. »Wenn das Boot –«, brüllte sie, doch die Warnung erübrigte sich, denn jetzt krachte die Welle auf das Boot herab und riss alle Magie mit sich.

Ren wurde unter Wasser gezogen und hin und her geworfen.

Hektisch tastete sie nach dem Zeitseil. Warum, wusste sie selbst nicht. Vielleicht rein instinktiv, vielleicht auch nur mangels einer besseren Idee. Ihre Lunge drohte zu bersten, sie brauchte Luft. Sie ließ das leuchtende Seil durch die Finsternis peitschen und flehte stumm: *Bitte hol uns hier raus!*

Ein Magiestoß prallte gegen die Wasseroberfläche und zerbrach sie wie eine Glasscheibe.

Edison.

Seine Magie hätte Ren überall erkannt. Sie vibrierte auf unverwechselbare Art und fühlte sich an wie ein milder Sommerwind, der einem über die Haut strich. Und sie beförderte Ren an einen mondhellen Strand. Sie rollte über jadegrünen Sand, dann kam sie auf alle viere und spuckte erst einmal schwarzes Wasser. Als sie wieder klar sehen konnte, hielt sie nach ihren Freunden Ausschau. Am anderen Ende des Strandes schwebte eine schimmernde, leicht ausgefranste schwarze Tür in der Luft.

Dann kam Monty aus dem Wasser gewankt, als lastete das gesamte Labyrinth auf ihren Schultern. Als Ren aufstand, merkte sie, dass auch sie ganz weiche Knie hatte. Sie umarmte Monty. »Alles in Ordnung?«

»Ich … bin doch … eine … Jaguarkriegerin!«, lautete die zähneklappernde Erwiderung. »Hast du gesehen, wie meine Pfeile geflogen sind? Hast du das gesehen?«

Ren nickte, hielt aber den Blick aufs Wasser gerichtet, auf dem die Trümmer des Labyrinths trieben.

»Wo ist Edison?«

Monty fuhr herum. »Ist er denn nicht hier? Hey, was ist das da für eine Tür?«

Ren hörte gar nicht zu. In ihren Ohren rauschte das Blut. *Gleich kommt er aus dem Wasser. Gleich. Gleich.*

»Du, Ren, ich glaube, die Tür löst sich auf.«

»Wir lassen Edison nicht zurück!« *Ist ihm vielleicht vor lauter Finsternis so übel geworden, dass er nicht auftauchen kann?*

»Wir haben einander doch geschworen, dass der Erfolg der Mission über das Wohl des Einzelnen geht.«

»Ich habe das nie geschworen und so etwas ist auch nicht meine Art, Monty.« Ren kämpfte mit den Tränen. »Ich bin unlogisch und viel zu gutherzig und –«

Auf einmal begann der Strand zu beben und die Spiegelscherben im Wasser richteten sich auf. Ren geriet in Panik. »Das Labyrinth! Es setzt sich wieder zusammen!« Ihr wurde schwindlig.

»Es will uns verschlingen!«, rief Monty.

Ren hakte Monty unter und sie rannten um ihr Leben. Doch bei jedem Schritt dachte Ren nur an – Edison.

Als sie an der Tür angekommen waren, drehte sie sich noch einmal um. Das Labyrinth schob sich in ihre Richtung. Eisiger Wind fegte über den Strand.

»Wir dürfen Edison nicht im Stich lassen«, keuchte sie.

»Wir haben aber keine andere Wahl«, erwiderte Monty mit zittriger Stimme.«

Die Türklinke war warm. Ren war klar, dass sie Edison nie wiedersehen würde, wenn sie die Tür öffnete. Er wäre für immer im Finstern eingesperrt. Konnte sie ihm das wirklich antun? *Nein!*

»Mach die Tür auf!« Montys Stimme zitterte nicht mehr.

Ren war nicht stark genug für so etwas. Sie hatte noch nie jemanden im Stich gelassen. Trotzdem musste sie sich entscheiden. Entweder rettete sie sich selbst und die Jägerin oder –

»Mach schon!«, schrie Monty. »Gleich ist die Tür nicht mehr da!«

Ren liefen Tränen übers Gesicht, als sie die Klinke herunterdrückte. Körnige Schatten wirbelten um sie herum. Ihr war sterbenselend zumute.

Dann spürte sie es. Das vertraute Vibrieren.

Als sie sich umdrehte, kam der Dämon aus dem Wasser getaumelt. Das Labyrinth war ihm dicht auf den Fersen. Er kippte vornüber in den grünen Sand.

Ren rannte zu ihm, packte ihn unter den Achseln und wollte ihn zur Tür schleifen, aber er war unglaublich schwer.

Doch Monty war schon zur Stelle. Sie stieß Ren weg und nahm Edison auf die schmächtigen Arme, als würde er nicht mehr wiegen als ein Kopfkissen.

Ren traute ihren Augen nicht. »Monty?«

»Erklär ich dir später. Los, zur Tür!«

Der eisige Wind heulte und zerrte an ihnen, als wollte er sie ins Labyrinth zurückholen.

Diesmal zögerte Ren nicht. Keuchend stieß sie die Tür auf. Dahinter schimmerte ein noch dunklerer Himmel. Ren schob Monty als

Erste hindurch, weil sie Edison trug. Doch als sie selbst hinterherlaufen wollte, stolperte sie und fiel hin. Sie stand zwar gleich wieder auf, aber die Tür flimmerte schon.

Und verflüchtigte sich.

36

Centeotl

Es gab keinen Donnerschlag.

Keinen Sturm. Kein Erdbeben. Nur einen einzigen Atemzug. Einen. Dann gleißendes Licht mit goldenen Sprenkeln, die sich an Haut und Haar der Gottheit hefteten. Der Gott trank das Licht so gierig, dass es ihm aus dem Mund rann, auf den Boden tropfte und sich dort ausbreitete. Der Fürst der Maispflanzen erhob sich und betrachtete das goldene Korn in seiner Hand. Lächelnd pustete er darauf, bis das Korn lebendig wurde … nur um zu schrumpfen und sich nachtschwarz zu verfärben.

Der Gott lächelte wieder, legte sich das Korn auf die Zunge und verkündete: »Ich bin so weit.«

37

Ren stand benommen und allein in einer unwirtlichen Landschaft aus ockerfarbenem Sand. Die Luft war heiß und trocken, der Himmel blendend weiß. Über die Erde waren goldene Maiskörner verstreut. Sie funkelten in der Sonne.

Ein Pfiff ertönte. Dann sagte jemand: »Du bist also die Königin.«

Ren fuhr herum. Hinter ihr stand ein Junge mit goldfarbenen Augen und golden schimmernder Haut. Auch die Spitzen seiner kurzen dunklen Locken glitzerten. Er musste ungefähr achtzehn sein. Damit war er älter als die anderen Aztekenfürsten, die Ren schon kennengelernt hatte.

»Und du musst Centeotl sein, der Maisgott.« Rens Herz klopfte zum Zerspringen. Wenn nur noch *eine* weitere Gottheit erwachte, musste sie selbst die Abmachung erfüllen, die sie mit dem Götterprinzen getroffen hatte.

Der Junge musterte sie kritisch. »Dein Kopf ist ziemlich klein.«

Mit *dieser* Bemerkung hatte Ren nun wirklich nicht gerechnet. »Wie bitte?«

»Ich habe dein königliches Ornat samt Krone entworfen. Ich bin hergekommen, um sicherheitshalber noch mal deine Maße zu nehmen.« Sein Gesicht wurde ausdruckslos.

Unwillkürlich legte Ren schützend die Hände auf den Kopf. »Deine Krone kannst du behalten.« *Ich weiß ja schon, wie sie aussieht.* Aber nein, das war nur ein Albtraum gewesen. Nicht die Wirklichkeit. Auf keinen Fall.

Und wenn doch?

Der Gott hielt die goldfarbenen Augen auf ihren Scheitel gerichtet und kam näher. »Die Nachtprophezeiung hat dich größer geschildert, aber ich kann die Maße noch anpassen. Und was *du* willst, spielt sowieso keine Rolle.« Mit tiefer Stimme fuhr er fort: »Du hast eingewilligt, deine Bestimmung zu erfüllen. Ohne das Recht auf Umtausch oder Rückgabe. Der Kauf ist endgültig.«

Ren hatte keine Lust, sich über Kronen und Bestimmungen zu unterhalten. Sie wollte wieder zu ihren Freunden. »Meinetwegen«, sagte sie mürrisch. »Dann nimm eben meine Maße. Darf ich danach gehen?«

»Die habe ich doch schon genommen«, erwiderte der Gott genervt. »Kriegst du denn gar nichts mit? Eine Königin, die nichts mitkriegt, lebt gefährlich.«

Ren versuchte es anders und schlug einen munteren Ton an. »Wärt ihr ohne Königin nicht besser dran? Ihr wollt doch bestimmt nicht, dass euch jemand rumkommandiert, oder? Ihr seid Götter! Götter können keine Herrscher gebrauchen.«

Centeotl lachte. Er hielt sich den Bauch vor Lachen, als hätte Ren den Witz des Jahrtausends gerissen. Prustend brachte er heraus: »Glaubst du im Ernst, dass du über uns herrschen wirst?«

Ist das nicht die Aufgabe einer Königin? Rens Handflächen wurden heiß und juckten. Ihre Schatten wollten heraus und sich auf den Typen stürzen. »Sag ich ja«, konterte sie. »Dann lassen wir das mit der Königin doch einfach.«

»Wie jetzt?«, sagte der Gott, »hat dir niemand die Sache erklärt?« Er grinste hinterhältig. »Natürlich nicht, sonst wäre es ja nur halb so lustig. Logisch wirst du Königin! Du wirst die Nachtprophezeiung erfüllen!«

Ren verstand zwar kein Wort, stemmte aber die Hände in die Hüften und nahm eine selbstbewusste Pose ein. »Ach echt?« *Puh, klingt das lahm.*

»Königinnen sagen niemals ›Ach echt‹, aber das bringen wir dir noch bei.«

Eigentlich hatte Ren genug von Mr Cornflakes, aber vielleicht konnte er ihr ja nützlich sein. »Wenn du mich zurückschickst, sei doch so nett und sorge dafür, dass ich auf der richtigen Seite rauskomme.«

Der Maisgott sah zu Tode gelangweilt aus. »Das dürfte ja wohl nicht weiter schwer sein«, gab er zurück.

»Ich kann nur eure Königin werden, wenn ich dort lande, wo ich hinwill, denn ich wäre beinahe verschlungen worden, und zwar von –« Sie biss sich auf die Zunge. Lieber nicht zu viel verraten. Nicht dass der Gott nachfragte und sie ihren Plan ausplauderte.

Obwohl der Maisgott sie anstrahlte, als wären sie beste Freunde, war sein Blick kalt und stechend. Wie viel wusste er? War ihm klar, wo sie herkam?

»Details, Details«, trällerte er. »Auf die Details kommt es an. Warum hätte man mich sonst mit den Entwürfen für deine Garderobe und deine Krone betraut? Aber das ist nicht der Punkt, nicht wahr,

Renata Santiago? Ein Punkt ist spitz und präzise wie eine Nadel und auf jeder Seite der Tür kann das Verhängnis lauern. Diese Seite oder jene, ein Schritt oder zwei.«

Ren konnte schon wieder nicht folgen. Was redete er da?

»Bevor du gehst, verrate mir doch bitte noch, welche Farbe du lieber magst: Blau oder Grün. Weil du schwarze Haare und blaue Augen hast …«

»Mir egal.«

»Egal?!«, knurrte er.

Besser, sie erzürnte ihn nicht. Immerhin hing von ihm ab, ob sie die Mission fortsetzen konnte.

»Ich bin für Grün«, lenkte sie ein. »Das ist eigentlich meine Lieblingsfarbe.«

»Sehr gut. Dann nehme ich Blau«, erwiderte er. »Ach ja, eins noch. Das Wichtigste.« Seine Augen funkelten wieder verschlagen. »Was hältst du von einer Krone aus Jade und Schatten?«

38

Nein. Nein. NEIN!

Die letzten Worte des Gottes trafen Ren wie ein Schlag in den Magen. Sofort stand ihr wieder die Albtraumvision vor Augen, in der sie eine Krone aus Jade und Schatten getragen und Edison erdolcht hatte. Ihr wurde übel und sie kniff die Augen fest zu.

Als sie die Augen wieder aufmachte, blickte sie in einen sternfunkelnden Nachthimmel. Silberne Blitze zuckten über die schwarze Fläche, auf der mehrere Monde leuchtete. Nein – es waren keine Monde, sondern Planeten, jedenfalls sahen sie so aus. Große und kleine, blaue und goldene, und alle waren wunderschön.

Dann merkte Ren, dass sie auf feuchtkaltem Sandboden lag.

»Ren?«, hörte sie Edison fragen.

Ich hab's tatsächlich geschafft! Ich bin auf der richtigen Seite gelandet. Oder der Maisgott hat etwas durcheinandergebracht.

Ren blinzelte, bis sie den Dämon scharf sah. Er kniete neben ihr.

»Du hättest als Erste durch die Tür gehen sollen«, sagte er. »Uns vorzulassen, war dumm von dir.«

Ren wälzte sich herum und setzte sich schwerfällig auf. »Ich wollte dich nicht zurücklassen.« Dann fiel ihr ein, in welchem Zustand er gewesen war. »Geht's dir denn wieder gut?«

Edison nickte. Rasch musterte sie sein Gesicht und seinen Hals, entdeckte aber keine Wunden.

»Wieso bist du nicht verletzt?«

»Dämonenwunden heilen schnell«, gab er zurück. Dann fiel sein Blick auf ihr Kinn. Er holte ein Taschentuch heraus und gab es ihr. »Du blutest.«

Ren drückte das Taschentuch aufs Kinn und zuckte vor Schmerzen zusammen. »Du benutzt Stofftaschentücher?«

»Das habe ich in ein paar Filmen gesehen und es hat mir eingeleuchtet.« Er zuckte die Achseln. »Stofftaschentücher kann man für alles Mögliche benutzen, nicht nur für Blut, Tränen und so.«

Ren war plötzlich ungeheuer dankbar … oder erleichtert. Auf jeden Fall wurde ihr ganz warm. Als Ah-Puch den Dämon angeschleppt hatte, war sie skeptisch gewesen. Aber jetzt? Edison war der ideale Teamkamerad und ein sogar noch besserer Freund. Sie spürte, dass auch sie ihm etwas bedeutete. Vielleicht konnten sie ja zusammen die Vorstellung einer besseren Welt entwerfen. Dann wäre die Schreckensvision, in der sie ihn erstach, vielleicht keine Zukunft, die eintreten würde. Wobei sie es sowieso nicht so weit kommen lassen würde. Das wusste Edison auch – oder?

»Das gibt eine krasse Narbe«, sagte Monty und riss Ren aus ihren Grübeleien.

Ren sah wieder vor sich, wie mühelos Monty Edison hochgehoben hat. »Wie hast du das vorhin gemacht? Wieso warst du auf einmal so stark?«

Monty kaute auf ihrer Unterlippe. »Wenn uns Jägern Unheil droht – also, wenn wir so richtig in der Kacke sitzen –, wachsen uns neue Kräfte zu. Als würde jemand einen Knopf drücken. Und hinterher behalten wir die zusätzliche Kraft.« Sie grinste schief. »Ich habe immer auf so was gewartet, weil ich es mir supercool vorgestellt habe, so wie bei Herkules. Aber so ist es irgendwie gar nicht. Klar bin ich froh, dass ich Edison gerettet habe, aber …« Sie holte tief Luft. »Egal. Ich hab's überstanden.«

»Du warst toll!«, sagte Edison. »Ich bin dir etwas schuldig.«

»Aber *mir* hast du kein Taschentuch angeboten«, stichelte Monty scherzhaft. Edison holte ein zweites Stofftaschentuch heraus. »Möchtest du?«

Ren lachte. »Bist du eine wandelnde Rotzfahnenfabrik?«

»Rotzfahnen?«, wiederholte Edison verständnislos.

»Vielleicht solltest du dich mehr mit normalen Leuten treffen statt mit Geistern und weniger Fernsehen glotzen«, entgegnete Monty.

Als Ren aufstand und sich den Sand abklopfte, sagte der Dämon: »Ich gehe davon aus, dass ein weiterer Fürst der Nacht wach geworden ist, richtig?«

»Ja, der Maistyp.« Ren wandte sich zu Monty um. »Was weißt du über ihn?«

Monty verzog das Gesicht. »Nicht viel. Er ist ziemlich zurückhaltend. Aber er soll großen Wert auf Details legen und seine Lieblingsfarbe ist Gold. War er unheimlich? Oder süß? Groß und schlank? Oder ein Grufti?«

»Nichts dergleichen.« Ren sah sich um. In der Ferne ragte ein halb verfallener Steinbogen auf. Das blinkende pinkfarbene Neonschild darüber verkündete: BETRETEN AUF EIGENE GEFAHR.

Hinter dem Bogen schien ein kleiner Berg ein Stück über dem Boden zu schweben. Seine schwarzen Ränder waren zerfasert wie zerrissenes Papier und er wurde von matt flackerndem Licht erhellt.

»Das muss der Finstere Markt sein!«, sagte Ren.

Ein Blitz zuckte über den Nachthimmel und erleuchtete die Planeten. Schwarze Wolken sammelten sich um den Markt, als würde er spüren, dass sich Eindringlinge näherten.

»Lasst euch nicht täuschen«, sagte Edison. »Der Markt sieht vielleicht eindrucksvoll oder magisch oder sonst was aus, aber ich kenne mich mit der Totenwelt aus. Ich weiß, wie Finsternis denkt und handelt. Sie verbirgt Dinge, erschafft Täuschungen, wartet, bis man direkt davorsteht und dann – *zack!* Auf einmal ist alles ganz anders. Darum hütet euch vor schnellen Bewegungen und benehmt euch auf gar keinen Fall wie Touristen!«

Ren steckte das Stofftaschentuch ein. »Wir haben bloß eine Stunde. Da können wir nicht im Schneckentempo über den Markt kriechen.«

»Magie dürfen wir auch nicht einsetzen«, ergänzte Monty.

»Ah-Puch meinte ja, wir sollen uns aufteilen«, sagte Edison. »Wo treffen wir uns wieder, wenn einer von uns die Obsidianklinge entdeckt hat?«

»Ah-Puch hat gesagt, dass hinten ein Ausgang ist und dass wir den goldenen Pfeilen folgen sollen«, gab Ren zurück.

»Ausgang, goldene Pfeile, alles klar.« Monty zählte ihre eigenen blau gefiederten Pfeile nach. »Vollzählig. Können wir dann?«

Als die drei durch den Torbogen traten, trug ein kalter Wind sie zu dem schwebenden Berg hinüber. Sie zogen sich am unteren Rand hoch, der in Wahrheit ein gepflasterter Weg war. Anscheinend führte er einmal um das ganze Gebilde herum. Außerdem zogen sich lauter mit Mauern eingefasste Treppen im Zickzack den Berg hoch.

»Ich gehe nach rechts«, verkündete Monty. »Rechts bringt mir immer Glück.«

»Dann übernehme ich die Mitte«, sagte Edison.

Ren nickte und wandte sich nach links. Weil die Treppe sehr steil war, musste sie sich an einer dicken Kette hochziehen, die an der Mauer angebracht war. Am oberen Ende der Treppe führte ein gewundener Gang nach rechts und links. Ren wählte die rechte Abzweigung. Sie schob sich an der Wand entlang und folgte dem matten Licht. Die Luft prickelte vor Magie. Verbotener Magie.

Magie sucht man nicht. Man spürt sie.

Die Schatten in ihrem Inneren regten sich, als würden sie die fremde Magie ebenfalls wahrnehmen. Hitze durchströmte Rens Adern, ihr Herz, ihren Hals. Verlangen loderte in ihr auf. Sie wollte die verbotene Magie *besitzen.* Ganz und gar.

Das Zeitseil um ihren Hals wurde erst glühend heiß und dann eiskalt. Der Schmerz riss Ren aus ihrer Trance. Sie umklammerte die Kette und verdrängte das beunruhigende Verlangen.

Die Treppe mündete auf eine große Fläche, auf der reihenweise Zeltbuden aufgestellt waren. Ihre Planen waren grau und trostlos wie ein Wintersturm. Es wimmelte von dunkel gekleideten Gestalten, die Waren in die Hand nahmen, begutachteten und wieder hinlegten. *Geister*, ging es Ren durch den Kopf. Die Geister derjenigen Marktbesucher, die nicht mehr hier weggekommen waren. Als eine Frau sich an ihr vorbeidrängte, war die Berührung so eiskalt, dass Ren eine Gänsehaut bekam.

Sie blieb an der ersten Zeltbude stehen und betrachtete ein kleines Glas mit Kakaobohnen.

»Möchtest du einen Traum kaufen?«, fragte die Standinhaberin. Sie war nicht älter als Ren, hatte ein durchtriebenes Lächeln, dunkle Ringe um die Augen und so verfilzte Haare, als hätte sie sich tausend Jahre lang nicht mehr gekämmt. Wie war sie wohl hier gelandet? Und wie konnten Kakaobohnen verbotene Magie sein?

»Einen Traum?«

Das Mädchen nahm eine Kakaobohne aus dem Glas und legte sie sich auf die Zunge. Die Luft um sie herum begann zu flimmern, dann ein greller Blitz. Vor Ren stand das schönste Mädchen, dem sie je begegnet war. Glänzende Haare, schimmernde Haut, volle Lippen, sanft geschwungene Brauen und Augen, deren verführerischem Blick man sich nicht entziehen konnte. »Du kannst aussehen, wie immer du willst«, sagte sie mit zuckersüßer Stimme.

Ren hatte sich nie gewünscht, die Schönste zu sein. Ihre Intelligenz war ihr wichtiger und ihre Magie auch. »Davon träume ich nicht«, erwiderte sie und ging weiter. Über die Schulter sah sie, dass das Mädchen wieder ihr leichenhaftes Aussehen annahm.

Im Gedränge der Geister, die sie mit leeren Augen anstarrten, fühlte Ren sich unbehaglich. Die ganze Atmosphäre war bedrückend.

Spür die Magie, ermahnte sie sich. *Lausche auf den Ruf der Klinge.*

Doch hier gab es so viele verbotene magische Gegenstände, die allesamt nach ihr zu rufen schienen! Ren hielt sich an ihrer Halskette fest wie an einer Rettungsleine und bahnte sich ihren Weg zwischen den Buden hindurch.

Jedes Mal, wenn sie an einer Bude vorbeikam, schien der Geist dahinter aus langem Schlaf zu erwachen.

»Mein Honig-Liebestrank weckt unstillbares Begehren!«, rief eine gebrechliche alte Frau.

Die Stimmen wurden immer lauter und drängender.

»Ewiges Leben! Der Käfer der Unsterblichkeit!«

Ren bezwang ihre Neugier und eilte weiter. Sie hatte nur noch knapp vierzig Minuten. Wenn sie sich nicht beeilte, würde auch sie bald als Geist ziellos über den Markt streifen.

»Erfahre die Geheimnisse des Universums!«, schallte es aus einer Bude. »Die Blume des Wissens wird sie dir offenbaren!«

Am liebsten hätte Ren alles angeschaut und angefasst, doch sie durfte sich nicht ablenken lassen. Sie musste alle ihre Sinne dem Ruf der Obsidianklinge öffnen.

»Schreib deine eigene Prophezeiung«, lockte ein kleiner Mann mit zähnebleckendem Grinsen. »Willst du den göttlichen Knochen nicht sehen?«

Ren konnte allmählich verstehen, warum die Götter diese Artefakte unter Verschluss hielten. Die Geheimnisse des Universums – Unsterblichkeit – Prophezeiungen. Das alles konnte die Macht der Götter schwächen oder zumindest bedrohen.

»Der Knochen kann auch bestehende Prophezeiungen außer Kraft setzen«, ergänzte der kleine Mann, als wüsste er über Rens Zwangslage Bescheid.

Nun blieb sie doch stehen. Doch sie war nicht hergekommen, um einen Knochen zu erwerben. Ein solches Artefakt würde vielleicht ihr Königinnen-Problem lösen, aber es konnte die Fürsten der Nacht nicht aufhalten. Konnte ihre finsteren Pläne nicht durchkreuzen, die garantiert Unheil über die Götter, die Übernatürlichen und die Menschenwelt bringen würden.

Dann glaubte sie, eine Stimme zu vernehmen – ihre eigene Stimme. *Mach schon! Rette zuerst dich selbst!*

Wieder wallte Verlangen in ihr auf und sie steuerte den Stand des kleinen Mannes an. Doch dann fiel ihr ein, was Sieben Tode vorhergesagt hatte.

Deine Magie wird sich zu ihrem Ursprung hingezogen fühlen. Du wirst deine Freunde verraten und dich den Fürsten der Nacht anschließen. So war es dir von Anfang an bestimmt.

Das durfte nicht geschehen! Doch Ren spürte, dass ihre Schatten immer mächtiger wurden und ihre Finsternis sie zu überwältigen drohte.

Verzweifelt machte sie kehrt und rannte weg. Dabei hörte sie ihre Schatten raunen: *Ergib dich uns …*

Als Ren mit einem Geist zusammenstieß, ließ seine Kälte ihre Haut brennen, als hätte sie Trockeneis berührt. Sie schnappte nach Luft.

»Du verbirgst deine Magie!«, knurrte er und packte sie unsanft am Arm.

Ren wollte sich losreißen, doch er hielt sie eisern fest. »Lass mich los!«, rief sie.

Sein eingefallenes Gesicht mit den schwarzen Augen kam näher. »Vergiss es!«, raunte er. »Ich will deine Magie!«

Ren spürte, wie ihre Schatten erwachten, sich ausdehnten und erst vor Ärger und dann vor unbändigem Zorn pulsierten. Diesmal kämpfte sie nicht dagegen an.

»Du kriegst meine Magie nicht!«, fauchte sie. Schatten quollen aus ihren Augen, ihren Händen und ihrem Mund. Sie ballten sich zusammen und hüllten den Geist ein. Mit einem gellenden Schrei fiel er auf die Knie und schlug blindlings um sich.

Ein anderer *sombra* umkreiste Ren. Er beobachtete den Geist durch ihre Augen, atmete im gleichen Rhythmus wie sie und ahmte ihre Bewegungen nach, bis sie sich selbst wie ein Schatten vorkam.

Oh nein!

Auf dem Markt dürft ihr eure eigene Magie auf keinen Fall einsetzen.

39

Tumult brach aus. Die Geister kamen schreiend und knur-rend auf Ren zu. Ihre leeren Augen waren mitternachtsschwarz. Rasch schleuderte sie den Angreifern eine Schattenwelle entgegen und ergriff die Flucht. »Komm zurück!«, hörte sie es hinter sich rufen. »Wir wollen bloß deine Magie! Wir wollen bloß dein Leben!«

Ren schwang sich über eine niedrige Mauer am Rand des Marktplatzes und rannte weiter durch einen steinernen Park. Die riesige Statue in der Mitte sollte offenbar Ah-Puch darstellen. Ren bog um eine Ecke und drückte sich flach gegen die Parkmauer. Keuchend versuchte sie, wieder einen klaren Gedanken zu fassen. Sie hörte es rauschen, als würden tausend Stoffstücke an ihr vorbeifliegen. Anscheinend hörten sich so die Schritte von Geistern an.

Als der letzte Geist vorbeigehuscht war, wurde es seltsam still. Ren schaute sich noch einmal um, dann erklomm sie mit schnellen Schritten einen steil bergauf führenden Weg. Der Weg mündete in eine schmale Gasse, die auf beiden Seiten von hohen Gebäuden gesäumt war. Hier gab es keine Zeltbuden mehr. Keine Geister. Keine Verkäufer.

Die Hauswände wurden vom schwachen Licht der Planeten oder Monde erleuchtet. Sie waren mit grapefruitgroßen Löchern übersät. ANFASSEN VERPFLICHTET ZUM KAUF, stand auf einem Schild.

Ren vernahm ein leises Flattern und ein hohes Zwitschern wie von einem Vogel. Sie blieb stehen und spitzte die Ohren. Am Rand ihres Blickfelds bewegte sich etwas. Als sie sich umdrehte, erblickte sie an der Hauswand ihren eigenen Schatten. Doch er sah anders aus als sonst. Erstens war er dreimal so groß, zweitens saß auf seiner Schulter ein Schattenvogel. Ren tastete über ihre eigene Schulter. Nichts.

Sie betrachtete wieder den Umriss auf der Wand. Der Vogel schwang sich jetzt in die Luft. Staunend sah Ren zu, wie der Schattenvogel sich sinken ließ und wieder in den Steigflug ging. Dabei streifte er die Hauswand mit den Flügelspitzen.

Und dann …

Dann flog er in eins der Löcher.

Als Ren in die Öffnung spähte, sah sie es darin funkeln. Sie streckte die Hand hinein und schloss die zitternden Finger um etwas Hartes.

Die Obsidianklinge wird euch rufen.

Doch als sie die Klinge herausziehen wollte, schloss sich die Öffnung um ihr Handgelenk und hielt sie fest. Ren zog und zerrte, konnte sich aber nicht befreien. Im Gegenteil. Je heftiger sie sich wehrte, desto enger wurde die Öffnung.

Sie konnte ihre Panik kaum noch beherrschen, als eine schwarz gekleidete Frau auftauchte. »Du willst meine Waren stehlen?«

»Nein – ich will etwas erwerben.«

»Tja, leider steckt deine Hand in der Keksdose fest. Du bist keine Käuferin, sondern eine Diebin!« Die Frau trat ins Licht. Auch sie hatte ein ausgezehrtes Gesicht mit hohlen Wangen und runzligen

Lippen. »Und außerdem«, setzte sie verächtlich hinzu, »was hättest du mir im Gegenzug schon anzubieten?« Doch dann fiel ihr Blick auf Rens Hals und sie fasste nach ihrer eigenen korallenroten Kette. Rens Nerven waren zum Zerreißen gespannt. Auf keinen Fall würde sie der Geisterfrau das Zeitseil überlassen! »Ich könnte dir einen Zeitstrang anbieten.«

»Zeit spielt für mich keine Rolle mehr«, gab die Frau unwirsch zurück. »Ich bin schon so lange hier, dass ich vergessen habe, wer ich mal war. Ich weiß nur noch, dass ich etwas Wichtiges erledigen wollte.« Ihr kalter Blick ließ Ren erschauern. »Ich könnte etwas anderes von dir gebrauchen. Aber was nur?«

Ren brach der Schweiß aus. »Wie wär's mit einem Schatten?« Sie hatte noch nie einen Schatten hergegeben und glaubte auch nicht, dass er lange halten würde. Aber vielleicht konnte sie die Frau ja auf diese Weise ablenken und fliehen.

Die Geisterfrau kniff die Augen zusammen und schien zu überlegen. »Auch einen Drachenschatten?« Doch ehe Ren etwas erwidern konnte, sagte die Frau schon: »Nein, das ist zu banal. Und überhaupt – du grapschst mit deiner dreckigen Pfote nach meiner Klinge. Die Klinge ist so mächtig, dass sie sogar Götter einschlummern lassen kann.«

Die Obsidianklinge! Sie hatte Ren tatsächlich gerufen. Leider verriet ihr das Artefakt nicht, wie sie sich aus ihrer misslichen Lage befreien konnte.

Die Frau redete weiter. »Was soll ich mit einem einzigen Schatten, wenn ich dich und deine Schatten als Gesamtpaket kriegen kann?«, redete die Frau weiter. Ihr hämisches Grinsen ließ Ren schaudern.

Die Öffnung schloss sich wie ein Schraubstock um ihr Handgelenk.

»Bitte lass mich gehen!«, flehte sie. »Als Geist bin ich bestimmt total unfähig und –«

Ein Pfeil sauste durch die Luft.

Die Geisterfrau fuhr herum und das Geschoss bohrte sich in ihre Brust. Sie zerstob zu einer Staubwolke. Monty kam angerannt. Ihre Füße schienen kaum den Boden zu berühren. Fast sah es aus, als würde sie fliegen. Ren sah noch einmal hin.

Trotz des aufgewirbelten Staubs war sie sich sicher.

Montys Füße berührten tatsächlich nicht den Boden.

Und während sich Monty blitzschnell bewegte, schien sich die Zeit zu verlangsamen. Als würde der Augenblick größer und weiter als der Himmel selbst, damit Ren keine noch so kleine Einzelheit entging.

Die Pfeile der Jägerin leuchteten. Aber diesmal nicht blau, sondern silbern.

»Ist was? Warum stehst du einfach nur rum?«, fragte Monty ungehalten und zog ihren Pfeil aus dem Häufchen Geisterstaub.

»Monty … du … deine Füße! Wie …?!«

»Können wir das bitte klären, wenn wir diesem Zombie-Albtraum entkommen sind?«

Ren riss sich zusammen. »Meine Hand steckt fest, aber ich habe die Klinge gefunden.«

Genau genommen hat der Schattenvogel sie mir gezeigt.

Monty warf einen Blick über die Schulter. »Wir müssen abhauen.«

»Hier lang!«, rief jemand.

»Das ist mir auch klar«, entgegnete Ren grimmig. Ohne Zögern legte Monty einen Pfeil auf die Bogensehne und zielte auf Rens Hand. »Spinnst du?«, rief Ren entsetzt.

»Ist doch bloß ’ne Hand«, erwiderte Monty. »Halt ganz still.«

»Das ist nicht dein Ernst!«

Die Jägerin schoss zwei Pfeile so schnell hintereinander ab, dass Ren sie nicht kommen sah und darum auch nicht mitbekam, wie ihre Magie den Bann brach, der ihre Hand gefangen hielt.

»Zum Glück bin ich eine hervorragende Schützin«, sagte Monty triumphierend. Die Pfeile kehrten in den Köcher zurück.

Ren funkelte sie böse an, dann zog sie die Hand aus der Wandöffnung. Sie hatte erwartet, einen blitzenden Dolch oder ein Ritualmesser zu erblicken, aber die sagenhafte »Klinge« war nur ein schwarzer Steinsplitter, nicht größer als ein Gitarrenplektrum. Einen Griff hatte sie auch nicht.

»Komm jetzt!«, rief Monty und lief los.

Die beiden Mädchen rannten über den Markt. Allerdings nicht in die Richtung, in der Ren den Ausgang vermutete. Doch sie wollte ihrer Lebensretterin nicht widersprechen.

»Sie fliehen!«, rief jemand. »Wo sind … die goldenen … Pfeile?«, keuchte Ren.

»Lauf schneller!«, rief Monty statt einer Antwort.

Sie kamen auf eine Terrasse. Von rechts wogte eine Schar Geister heran wie eine einzige dunkle Masse. »Wir wollen eure Magie! Wir wollen eure Magie! Wir wollen eure Magie!«, johlten sie im Chor.

Monty und Ren schlitterten den mit schwarzer Asche bedeckten Berghang hinab. Die Welt ringsum verschwamm, bekam etwas Traumartiges. Bis es *platsch!* machte.

Sie waren in einen kleinen Brunnen geplumpst. Die Asche von ihrer Kleidung färbte das Wasser schwarz. Rasch kletterten sie heraus.

Ren drehte sich um. Ein Schwarm Geister kam mit ausgestreckten Händen, aufgerissenen Mündern und herausquellenden Augen bergab geflogen.

»Sie holen uns ein!«, rief Ren erschrocken. »Wir müssen kämpfen.«

»Nichts lieber als das.« Monty zielte schon mit einem Pfeil auf die Geisterhorde.

Auch Ren kam auf die Füße. Aus ihren Haaren tropfte schwarzes Wasser. Von Geistern hatte Ah-Puch nichts gesagt! »Schieß!«, rief sie Monty zu.

Pfeile und Schatten, Schatten und Pfeile sausten den Angreifern entgegen. Bei jedem Treffer stob Asche auf wie eine Gewitterwolke. Die Ascheflöckchen regnete auf Ren und Monty herab, bis sie nicht mehr klar sehen konnten.

Doch als Ren schon dachte, das Gefecht sei vorbei, tauchte ein Geist aus einer Aschewolke auf, warf sich gegen Montys Beine und brachte sie zu Fall.

Hastig nahm Ren das Zeitseil ab und ließ es durch die Luft peitschen. Als es den Angreifer traf, gab es einen grellen Blitz und der Geist verpuffte.

Monty sprang auf und trampelte energisch auf seiner Asche herum.

»Alles okay?« Ren legte die Kette wieder um. Monty nickte. »Komm«, sagte sie wieder und schlug einen Trampelpfad ein.

»Bist du sicher, dass wir hier richtig sind?«, rief Ren ihr zu. »Ich sehe nirgends goldene Pfeile!«

»Komm einfach mit.« Kurz darauf erreichten sie das obere Ende einer geschwungenen Steintreppe. Dort blinkte ein goldener Pfeil. Ein zweiter leuchtete ungefähr hundert Stufen weiter unten. Und am unteren Ende der Treppe stand jemand – Edison.

Der Dämon hob die Hände und erzeugte eine gewaltige Magieblase, die Ren und Monty einschloss, hochhob und in höchstens drei Sekunden die Treppe hinuntertrug.

Edison klatschte die beiden ab. »Ich frage lieber nicht, was bei euch los war«, sagte er.

»Besser so«, erwiderte Ren. »Wo ist der Ausgang?«

Edison deutete auf ein silbernes Tor, das bereits schrumpfte.

Die drei rannten hindurch und ließen den Finsteren Mercado mit seinen gierigen Geistern und seiner verbotenen Magie hinter sich. Hinter dem Tor war es gleißend hell. Am Himmel brannte die Sonne.

Ren wartete blinzelnd, bis sich ihre Augen umgestellt hatten. Meilenweit sah man nur weiße Sanddünen und sonst nichts.

Sie holte die Klinge aus der Tasche, die ihnen so viel Ärger eingebracht hatte. Edison und Monty drängten sich neugierig um sie.

»Sieht wie eine Pfeilspitze aus«, befand Monty.

»Die Klinge besitzt große Macht«, sagte Edison. »Das spüre ich auch, ohne sie anzufassen.«

Ren drehte den Steinsplitter um. In die Rückseite war ein Symbol eingeritzt.

»Der Schattenvogel«, sagte sie leise.

»Der Schatten-*was*?«, wiederholte Monty fragend.

Das Symbol leuchtete auf und die Vogelflügel wurden größer.

»Was …?«, entfuhr es Edison.

Und dann schwang sich der Vogel in die Luft.

40

Der Schattenvogel flog und flatterte, ging abwechselnd in den Sink- und Steigflug.

Es war nicht das erste Mal, dass Ren einen lebendigen Schatten sah. Bloß waren es bis jetzt immer ihre eigenen Schatten gewesen. Darum war sie von dem Anblick wie hypnotisiert.

Der Vogel dehnte sich auf Löwengröße aus und schrumpfte im nächsten Augenblick auf Mausgröße zusammen. Ren glaubte ein fernes »ENDLICH!« zu hören. Aber da musste sie sich verhört haben. Schatten gaben keine Laute von sich.

»Toll!« Monty grinste von einem Ohr zum anderen.

»Das Vieh besitzt eine Wahnsinnsmagie.« Edison streckte die Hand nach dem Vogel aus, als wollte er dessen Temperatur messen. »HUCH!«

»Was ›Huch‹?« Ren fürchtete sich ein bisschen vor der Antwort.

Der Schattenvogel segelte über den Dämon hinweg. »Die Klinge selbst ist nicht magisch«, antwortete Edison. »Nur der Vogel.« Damit sackte er zusammen.

»Eddie!« Monty kniete sich rasch hin. Sie schüttelte Edison, aber er brummte nur und drehte sich weg. Dann schnarchte er drauflos.

»Darin besteht also die Magie des Vogels«, sagte Ren. »Sie lässt einen einschlafen.«

»Hallo – Erde an Ren«, erwiderte Monty. »Mann außer Gefecht … äh, Dämon außer Gefecht! Vergiss den Vogel. Wach auf, Eddie!«

Dummerweise hatte Ren keine Ahnung, wie man den Schlafbann aufheben konnte. Ohne große Hoffnung wandte sie sich an den Schattenvogel. »Bitte weck Edison wieder auf.« Der Vogel flatterte über dem Dämon auf der Stelle, als wüsste er nicht, wo er sich niederlassen sollte.

Dann entgegnete eine weibliche Stimme: *Diese UNVERSCHÄMTE Kreatur hat ewigen Schlaf verdient! Wie kann er es wagen, meine Magie messen zu wollen!*

Ren traute ihren Ohren nicht. »Hast du das auch gehört, Monty?«

Die Kleine kann mich nicht hören, sagte der Vogel. *Das kann nur derjenige, der die Klinge hat.*

»Was soll ich denn gehört haben?« Monty blinzelte in die Sonne.

Sag ich doch.

»Der Vogel! Er … Sie hat mit mir gesprochen.«

Als Gottgeborene konnte sich Ren telepathisch mit ihresgleichen verständigen. Das war nichts Neues. Aber mit einem Schattenvogel aus uralter Zeit?

Sie blickte wieder nach oben. »Bitte weck Edison auf. Er wollte nicht unverschämt sein, ganz bestimmt nicht. Er wollte bloß –«

Das ist dermaßen erniedrigend!, gab der Vogel ungerührt zurück. *So herumkommandiert zu werden, und das bloß wegen meiner Magie. Ich erhöre deine Bitte nur, weil du mich aus der Gefangenschaft befreit hast.*

Tiefer Seufzer. *Leg die Klinge auf seine Augen. Von links nach rechts. Und gib acht, dass du ihn dabei nicht schneidest.*

Ren tat wie geheißen. Die Klinge funkelte silbern.

SEINE linke Seite.

Im nächsten Augenblick fuhr Edison in die Höhe und tastete seine Brust ab wie ein Irrer oder wie jemand, der seinen Kugelschreiber nicht finden konnte. »Wo bin ich?«

Ren blickte auf ihre Uhr. »Im White-Sands-Nationalpark in New Mexico.«

Edison musterte die glitzernde Hügellandschaft. »Der Sand hier besteht aus Gipskristallen, die Tausende Jahre alt sind.«

»Gibt's eigentlich irgendwas, was du nicht weißt?«, erkundigte sich Monty.

»Bestimmt. Aber ich weiß ja nicht, dass ich es nicht weiß, weißt du?«

»Ich verstehe kein Wort. Ich weiß nur, dass es hier aussieht wie in der Sahara. Nur der Sand ist heller.«

Edison sah Ren fragend an. »Hat mich das Vogelvieh einschlafen lassen?«

Sag ihm, wenn er mich noch ein Mal *›Vogelvieh‹ nennt …!*, kam es prompt von dem Schattenvogel. Ren richtete Edison die Warnung aus und setzte hinzu: »Es war übrigens die Klinge, die dich wieder aufgeweckt hat.«

Der Vogel ließ sich sinken und landete auf Rens Schulter.

»Und wieso schläfst *du* dann jetzt nicht ein?«, wollte Edison wissen.

Weil sie mich gerettet hat, antwortet der Vogel. *Ihr drei seid wirklich schwer von Begriff.*

Edison und Monty starrten ihn an. »Krass«, sagte Monty. »Er hat gar keine Augen.«

Ich kann auch ohne Augen sehen!, entgegnete der Vogel eingeschnappt. *Sag's ihnen. Richte ihnen aus, was ich gesagt habe.*

»Schatten haben keine Gesichtszüge.« Ren hob die Hand und berührte den Vogel. Jeder andere hätte nichts gespürt, doch sie nahm ein kühles, gleichmäßiges Vibrieren wahr.

Edison kam neugierig näher. Zu nah für Rens Geschmack. Sie trat einen Schritt zurück und der Vogel sagte ungeduldig: *Können wir jetzt bitte mal zum Punkt kommen? Was wollt ihr hier?*

»Wenn er nicht ›Vogelvieh‹ genannt werden möchte, müssen wir ihm einen Namen geben«, sagte Monty.

»Er ist doch kein Haustier.« Edison warf dem Vogel einen giftigen Blick zu, als hätte er mit ihm noch ein Hühnchen zu rupfen.

Ich HABE bereits einen Namen! Der Vogel schlug empört mit den Flügeln. *Ich bin Zyanya. Aber wehe, ihr nennt mich Z. oder Anya oder sonst was. Wir sind nicht befreundet! Habe ich mich klar ausgedrückt?*

Ren nickte. »Sie heißt Zyanya«, informierte sie ihre Freunde.

»Zyanya«, wiederholte Monty. »Gefällt mir.«

»Das bedeutet ›ewig‹ oder ›für immer‹«, sagte Edison.

»Du bist echt ein wandelndes Google«, entgegnete Monty.

Zumindest ist er intelligenter, als er aussieht, sagte Zyanya säuerlich. *Kommen wir zu den Regeln. Erstens: Verliert die Klinge nicht. Wenn ihr sie verliert, bin ich auch weg. Zweitens: Ich kann jeden einschlafen lassen, aber ich kann niemanden umbringen. Drittens: Überlegt euch gut, wann ihr meine Magie einsetzt. Wenn ich jemanden erst mal schlafen gelegt habe, ist es für immer, außer ihr lasst denjenigen mithilfe der Klinge wieder aufwachen. Dafür habt ihr aber nur fünf Minuten Zeit. Nach sechs*

Minuten oder mehr hat die Sache Folgen. Eine meiner Besitzerinnen hat mich mal aufgefordert, ihren Ehemann in Tiefschlaf zu versetzen. Nach zwei Tagen hat sie es sich anders überlegt und wollte ihn wieder aufwecken. Ich sage nur: Zombie. *Soll heißen, meine Schlafmagie ist die mächtigste im ganzen Universum. Wer sie einsetzt, sollte sich ganz sicher sein. So weit alles klar?*

»Was sagt sie?«, wollte Monty wissen.

Ren gab alles weiter und Montys Gesicht leuchtete auf. »Sie ist wie ein Flaschengeist, bloß dass sie in einer Messerklinge haust.«

Ich mag die Kleine nicht, knurrte Zyanya. *Schick sie weg.*

Ren wechselte das Thema. »Dann kannst du auch Götter einschlafen lassen?« Sie wollte hundertprozentig sichergehen.

Götter im Plural?, fragte der Vogel zurück.

Uff. Ren gefiel der Ton der Frage nicht. »Du hast doch eben gesagt, dass deine Magie die mächtigste von allen ist.«

Edison hielt die Hand über den Schattenvogel.

Was macht er da? Warum misst er schon wieder, wie stark meine Magie ist? Das ist eine Beleidigung! Sag ihm, er soll das lassen. Schick ihn weg.

»Sie mag das nicht«, wandte sich Ren an den Dämon.

Edison rieb sich das Kinn und betrachtete den Vogel. »Sie ist … Ihre Magie ist uralt und supermächtig.«

Na also. Mir glaubt ja keiner, kam es verschnupft von Zyanya. *Meinetwegen darf er bleiben.* Die Vogeldame hüpfte auf Rens Kopf. *Wo waren wir stehen geblieben? Ach ja, dabei, dass ich supermächtig bin. Trotzdem hat jede Magie ihre Grenzen. Von wie vielen Göttern sprechen wir?*

»Es sind vier oder vielleicht fünf«, antwortete Ren und richtete ihren Freunden rasch aus, was Zyanya gesagt hatte.

Komm mir nicht mit vielleicht.

»Dann eben fünf«, erwiderte Ren. *Sicher ist sicher,* dachte sie bei sich.

Fünf Götter kann ich ausschalten. Aber dann brauche ich nach jedem zehn Minuten Pause. Gib mir Bescheid, wenn es losgehen soll. Damit schlüpfte der Schattenvogel mit einem Lichtblitz wieder in die Klinge und Ren steckte das Artefakt ein. Anschließend berichtete sie den beiden anderen von der Zehn-Minuten-Regel.

»In zehn Minuten kann viel passieren«, gab Edison zu bedenken und grub die Schuhspitze in den Sand.

»In zehn *Sekunden* kann viel passieren!«, setzte Monty noch eins drauf.

Nachdem Ren wieder auf ihre Uhr geschaut hatte, entgegnete sie: »Blöderweise gibt es hier keine Pforte, durch die wir wieder ins sichere Haus gelangen können.« Sie schrieb Ah-Puch eine Nachricht.

Alles erledigt. Ich habe die Klinge. Hol uns ab.

Der Todesgott schickte ihr ein Smiley und schrieb dazu:

Wie geht das noch mal mit der Handyortung?

»Kommt er?« Monty wippte ungeduldig auf den Zehen.

»Was hast du denn?«, wollte Ren wissen.

»Ich muss pinkeln.«

»Kannst du's dir nicht noch verkneifen?«, fragte Edison.

»Sehe ich etwa aus, als wäre ich fünf?«, konterte Monty ärgerlich. »Klar kann ich. Ich muss bloß ein bisschen rumtänzeln, okay?«

»Hört zu«, sagte Ren. »Wir warten jetzt auf Ah-Puch, lassen uns ins sichere Haus zurückbringen und dann … Kannst du Serena auch ohne einen persönlichen Gegenstand von ihr wiederfinden, Monty?«

»Keine Sorge. Ich habe in der SCHAFOMA noch mehr von ihren Sachen eingesteckt. Weil ich mir schon gedacht habe, dass wir sie öfter als einmal orten müssen.«

»Du bist ein Genie«, sagte Ren und Monty strahlte. »Dann spüren wir sie auf und hindern sie daran, den fünften Fürsten der Nacht zu wecken.« Vor diesem Gott fürchtete sich Ren am meisten, denn es war Mictlantecuhtli, der Fürst der Unterwelt. »Zyanya kann dann die übrigen vier außer Gefecht setzen.«

Der Plan klang einfach, aber es gab zu viele »Wenns«. Was sollten sie machen, wenn sie Serena nicht fanden? Wenn es ihnen nicht gelang, sie aufzuhalten? Wenn sie wieder von Killerbienen angegriffen wurden? Wenn Zyanya doch nicht so mächtig war, wie sie behauptete?

Eigentlich war Ren Optimistin. Doch bei dieser Mission ging es nicht nur darum, die Fürsten in ewigen Tiefschlaf zu versetzen. Es ging auch darum, dass Ren sie selbst bleiben wollte. Dass sie niemals – *nie im Leben* – eine Krone aus Jade und Schatten tragen musste.

In ein paar Stunden wurde es dunkel. Und wenn der fünfte Fürst erwachte, würde sich die Nachtprophezeiung erfüllen. Dann musste Ren zum Ursprung ihrer Magie zurückkehren, Königin der Fürsten werden und ihre Freunde verraten. Eine unerträgliche Vorstellung.

Monty spielte mit einem ihrer Pfeile. »Hey – wenn wir noch einen weiteren Fürsten ausschalten, dann dürfte doch auch die Prophezeiung nicht eintreten, oder? Du hast doch gesagt, fünf Stück müssen wach sein.«

»Gut mitgedacht, aber das verschiebt das Problem bloß auf morgen.«

»Morgen ist besser als heute«, gab Edison zurück, doch sein Gesichtsausdruck sprach eine andere Sprache. Der Dämon war beunruhigt oder verunsichert oder hatte Angst. Oder alles zusammen.

Es war, als würde in Rens Brust eine Bombe ticken. Das Ticken würde erst verstummen, wenn alle Fürsten unschädlich gemacht waren. Ren gestand es nicht gern ein – weder sich noch ihren Freunden –, aber in ihrem Inneren spürte sie eine sonderbare, fordernde Finsternis. Und immer wieder plagte sie die Neugier, was diese Finsternis wohl zu bieten hatte. *Nein,* dachte sie. *Ich kann mir selbst erst wieder trauen, wenn diese Angelegenheit ein für alle Mal erledigt ist. Ich werde mich den Fürsten der Nacht nicht anschließen. Auf gar keinen Fall.*

»Aber wie stöbern wir die Fürsten auf?«, fragte Edison.

Ren lag die Antwort schon auf der Zunge, ehe er die Frage ganz ausgesprochen hatte. »Ich rufe sie.«

Zehn Minuten darauf trat Ah-Puch aus seiner Privatpforte. Er sah total fertig aus. Seine Augen lagen tief in den Höhlen, sein Gesicht war aschfahl und er ging so gebückt, als würde er gleich zusammenbrechen. Doch als er Ren erblickte, schien in seinem Blick ein Funke aufzuflackern, als wäre er neu belebt. Oder war er einfach erleichtert? Fast schien es, als würde er gleich lächeln oder sie umarmen oder ein Freudentänzchen aufführen, doch stattdessen sagte er barsch: »Ihr habt mich ja ewig warten lassen. Ich war ganz krank vor Sorge! Habt ihr überhaupt eine Ahnung, wie man sich als Elternteil fühlt?« Er räusperte sich verlegen. »Ich meine …«

Rens Herz floss vor Zuneigung über. Der Todesgott hatte sie immer beschützt, hatte für ihre Sicherheit sein eigenes Wohl geopfert. Er war immer für sie da gewesen, ganz gleich, was er damit riskierte. Jetzt musste sie für ihn da sein. Wenn die Mission beendet war, musste sie ihm unbedingt wieder zu seinem Götterstatus verhelfen. Doch das konnte sie ihm nicht sagen. Sie wäre sofort in Tränen ausgebrochen und hätte sich in einen schluchzendes, schniefendes Häufchen Elend verwandelt. Darum erwiderte sie nur: »Tut uns leid. Wir haben so schnell gemacht, wie wir konnten.« Dann holte sie die Klinge heraus und die Augen des Gottes leuchteten auf.

»Hey, Ah-Puch.« Monty zeigte auf die Regenbogenpforte. »Ist das normal, dass die Pforte schrumpft?«

»Schnell!«, rief der Todesgott und scheuchte sie hindurch.

Im sicheren Haus gingen sich Edison und Monty erst mal frisch machen. Ren berichtete Ah-Puch solange von ihren Erlebnissen im Labyrinth und auf dem Markt und natürlich von der Klinge.

»Tut mir … leid, dass ich … nicht mitkommen konnte.« Ah-Puch brachte es so stockend heraus, als würde es ihn große Überwindung kosten.

Ren nahm die Entschuldigung mit einem Nicken an. »Ich spüre es ganz deutlich«, sagte sie dann leise.

»Was denn?«

Mit Tränen in den Augen blickte sie zu ihm hoch.

»Du fängst doch hoffentlich nicht wieder an zu weinen, oder?«

Ren wischte sich übers Gesicht. »Ist bloß 'ne Allergie. Und du weißt genau, was ich meine.«

Mit zusammengebissenen Zähnen erwiderte Ah-Puch: »Zufällig

ist Finsternis mein Spezialgebiet, Ren. Sie breitet sich überall aus und bringt einen dazu, dass man sie dem Licht vorzieht.«

Ren trat ans Fenster und wandte dem Gott den Rücken zu. »Wenn –«

»Nein!«

»Lass mich doch mal ausreden. Wenn es tatsächlich dazu kommt … Wenn sich die Nachtprophezeiung erfüllt und ich mich den Fürsten der Nacht anschließe, wenn ich ihre Königin werde und dich und meine Freunde verrate, dann möchte ich, dass du etwas für mich tust.«

»Ich habe Nein gesagt.«

»Bitte, A. P.« Ren drehte sich um. Der Gott sah noch elender aus als bei seiner Ankunft in White Sands. »Bitte sag Monty dann, dass sie mich erschießen soll, und nimm mich mit nach Xi'balb'a. Lieber sterbe ich, als mich in ein bösartiges Ungeheuer zu verwandeln.«

»Du kannst gar nicht bösartig sein!«

Ren atmete dreimal tief durch. »Ich hatte eine Vision. Im Labyrinth. Ich war Königin und habe Edison umgebracht.«

Der Gott machte ein entsetztes Gesicht und ließ sich aufs Sofa fallen. »Visionen können täuschen.«

Doch Ren war sich ihrer Sache sicher. »Diese nicht. Sie hat mir die Wahrheit offenbart.« Sie setzte sich neben den Gott. »Wäre es dir dann nicht auch lieber, ich wäre ein Geist in der Unterwelt?«

Ah-Puch sprang auf. »Mir ist es am liebsten, wenn du so bleibst, wie du jetzt bist. Du bist … Sag es bitte nicht weiter, aber du bist für mich wie eine Tochter. Und kein Vater will sein Kind sterben sehen. Darum kann ich deine Bitte unmöglich erfüllen.«

Ren ließ einen unförmigen schwarzen Schatten über seinem Kopf schweben.

»Ich fürchte mich nicht vor deinen Schatten.«

»Du bist der Gott des Todes, der Finsternis und der Zerstörung. Wie fühlen sich meine Schatten für dich an?«

Ah-Puch streckte widerstrebend die Hand in die Schwärze und zog sie sofort wieder zurück. Doch er wich Rens Blick aus und blickte zu Boden.

»Das habe ich mir gedacht«, sagte sie leise.

»Okay, okay«, gab er nach. »Du hast gewonnen. Ich werde nicht zulassen, dass du … als ihre Königin leben musst.«

41

Monty brauchte nicht lange, um Serena zu orten. Nach nicht mal einer Stunde standen Ren und die anderen am Ufer des Zirahuén-Sees in Mexiko.

»Kein Wunder, dass der See ›Spiegel der Götter‹ genannt wird«, sagte Edison, als sie die glitzernde Wasserfläche betrachteten, die von baumbestandenen Hügeln umgeben war. Der Anblick war so wunderschön, dass es Ren den Atem verschlug.

»Es gibt auch eine Legende darüber«, fuhr Edison fort. »Nach dem Überfall der Spanier verliebte sich ein Hauptmann in die Aztekenprinzessin Eréndira. Weil sich der König weigerte, seine Tochter mit einem der Fremden zu vermählen, entführte der Hauptmann die Prinzessin und versteckte sie in einem Tal. Eréndira war am Boden zerstört und weinte Tag und Nacht. Schließlich hatten die Götter Erbarmen mit ihr und verwandelten sie in eine Meerjungfrau. Der See soll aus ihren Tränen entstanden sein. Und sie soll immer noch dort unten leben.«

»Meerjungfrauen sind jetzt echt nicht das Thema«, entgegnete

Ah-Puch gereizt und pustete sich eine Haarsträhne aus dem Gesicht. »Können wir uns bitte auf unser nächstes Ziel konzentrieren?«

Monty tauchte die Hand ins Wasser. »Schrecklich. Hoffentlich wurde der Hauptmann an den Zehen aufgehängt!«

Ren fand die Legende auch spannend, aber sie durften sich jetzt nicht ablenken lassen. Sie blickte auf ihre Uhr und überprüfte die Koordinaten, die Monty gemeldet hatte. »Es sind ungefähr anderthalb Kilometer bis dahin.«

Edison warf einen abgefallenen Zweig ins Wasser. »In einer Stunde geht die Sonne unter.«

»Dann kommt endlich in die Gänge!«, kommandierte Ah-Puch.

Bei jedem Schritt spürte Ren die Magie der Aztekenfürsten. Sie hing wie dichter Nebel in der Luft. Ren hatte die Klinge herausgeholt, obwohl sie immer noch keine rechte Vorstellung davon hatte, wie man sie einsetzte. Im Gehen spähte sie in den funkelnden *lago.* War der Meerjungfrau bewusst gewesen, dass sie sich nur von einem Gefängnis ins nächste begeben hatte?

Kannst du bitte aufhören, auf der Klinge rumzureiben?, schimpfte Zyanya. *Ich versuche nämlich zu schlafen!*

»Entschuldigung.«

Übrigens hast du mir gar nicht erzählt, dass du über Schattenmagie verfügst.

»Woher weißt du das?«

Ah-Puch und die anderen liefen ein Stück hinter Ren und unterhielten sich so gedämpft, dass sie nichts verstehen konnte.

Zyanya schlüpfte als kleiner Schatten aus Rens Tasche und flatterte vor ihrem Gesicht hin und her. *Wir Schatten erkennen einander. Und deine Schatten sind sehr mächtig. Ein bisschen finster, aber es ist nicht an mir, darüber zu urteilen.*

»Stimmt, aber …« Ren war zu müde für lange Erklärungen. »Mir geht es auch gerade nicht so gut.«

An Finsternis ist nichts Verwerfliches, solange man sie im Griff hat. Zyanya landete auf Rens Kopf.

Das ist ja das Problem, dachte Ren. *Ich habe sie nicht im Griff.*

Zyanya gähnte schallend. *Weck mich, wenn ich gebraucht werde. Ich schlafe noch ein bisschen.*

Rens Uhr vibrierte. Als sie draufschaute, meldete das Display: DU HAST DEIN ZIEL ERREICHT.

Sie standen vor einer bewaldeten Anhöhe, die über dem See aufragte. Ren drehte sich zu ihren Freunden um. »Das muss es sein.« Sie zeigte auf ein großes Steingebäude.

»Am besten nähern wir uns dem Haus von hinten«, sagte Edison, hob die Hände und erzeugte eine magische blaue Schutzkugel um die kleine Gruppe. »Gut, oder?«

»Kompliment an den Bezwinger.« Monty nickte anerkennend.

»Die Magie des Sees färbt ab. Glaubt ihr, die Legende von der Meerjungfrau ist wahr?«

Ah-Puch schnaubte verächtlich. »Meerjungfrauen sind ja wohl nichts Besonderes.«

Die Bemerkung machte Ren neugierig, aber sie wollte jetzt nicht nachfragen. Doch als sie die ersten Schritte bergauf ging, glaubte sie zu sehen, wie sich im Wasser etwas regte.

Sie erreichten eine niedrige Böschung und duckten sich dahinter. Das Gebäude erwies sich als weitläufige *hacienda* mit einem schmiedeeisernen Tor, zu dem eine lange, unbefestigte Straße hinführte. Seltsamerweise waren keinerlei Wachposten oder Dämonen zu entdecken. Aus dem Haus kam Musik. Am Horizont verlosch das letzte Tageslicht.

»Wahrscheinlich schwirren überall Kenjis Bienen rum«, mutmaßte Ren.

»Keine Sorge«, entgegnete Edison. »Mein Schutzschild hält sie ab.«

»Wenn wir am Haus sind, müssen wir uns aufteilen.«

Doch Edison schüttelte energisch den Kopf. »Ich kann uns nur schützen, wenn wir zusammenbleiben.«

Ah-Puch schnaufte. Würde er Ren ebenfalls widersprechen? Doch er sagte nur: »Sie hat recht.«

Vor Stolz fühlte sich Ren gleich ein Stück größer, aber sie musste sich konzentrieren. Als Anführerin des Teams musste sie die Aufgaben verteilen. »Edison und Monty, ihr seht euch nach Serena um. Hindert sie daran, den fünften Fürsten zu wecken.«

»Und was machst du so lange?«, wollte Monty wissen.

»Ich suche die übrigen vier Fürsten.«

»Wie denn?« Edison wirkte beunruhigt.

Ah-Puch sah Ren wissend an. »Ich begleite dich.«

»Abgelehnt. Du musst für uns alle Schmiere stehen.«

Ah-Puch stemmte mit finsterer Miene die Hände in die Hüften. »Du sprichst mit dem Todesgott, Renata Santiago. Der Todesgott steht nicht Schmiere!«

Um ihn zu besänftigen, nahm Ren seine Hand. »Mir ist klar, dass ich viel von dir verlange. Aber –«

»Geht's *noch* lauter?«, sagte da eine wohlbekannte Stimme.

Ren fuhr herum. Marco kam die Böschung hoch. Und er war nicht allein. Der Maya-Kriegsgott Nakon begleitete ihn. Weil Nakon nicht an der Zeitreise der anderen Götter teilgenommen hatte, war er ein Erwachsener – mit schwarzen Haaren, steinernem Blick, markantem Kinn und so gewaltigen Muskeln, dass es schon peinlich aussah. Und um das Klischee vollzumachen, trug er natürlich seine Lederjacke und die Bikerstiefel.

»Marco!« Am liebsten wäre Ren ihm entgegengerannt und hätte ihn umarmt. Und sie hatte schon gedacht, er würde sie im Stich lassen! »Was machst du denn hier? Ich dachte, du –«

»Ich hab mich auf die Suche nach dem Typen hier gemacht.« Marco zeigte mit dem Daumen auf seinen Vater, der daraufhin noch grimmiger dreinblickte.

Ah-Puch brummte nur verächtlich.

»Warum hast du das denn nicht gleich gesagt?«, fragte Ren.

Marco setzte das spöttische Lächeln auf, das Ren normalerweise auf die Palme brachte. Aber heute fand sie alles an Marco wunderschön. »Damit du nicht enttäuscht wärst, falls es nicht geklappt hätte«, erwiderte er.

Jetzt machte Nakon endlich den Mund auf. »Ich bin nicht hergekommen, um euch zu unterstützen. Jedenfalls nicht so, wie ihr euch das vorstellt. Ich bin für spektakuläre Schlachten zuständig, nicht für lächerliche Geplänkel, die mir keinen Ruhm einbringen.«

Ren blieb die Spucke weg. Ob sie sich jemals daran gewöhnen würde, dass die Götter immer nur an sich selbst dachten?

»Warum bist du dann hergekommen?« Edisons selbstbewusster Ton schien zu verkünden: *Mit ätzenden Göttern kann ich umgehen.*

Nakon ließ den Blick über das Tal und die *hacienda* gleiten. »Hinter dem Tor lauern ein paar Dämonen. Und ein Schwarm Wachbienen schwirrt umher.« Er rieb sich mit den Knöcheln das Kinn. »Auf der

Ostseite des Gebäudes halten sich ein paar Gottgeborene auf. Und –« Sein Blick wanderte weiter. »– auf der Westseite ein paar Baby-Aztekengötter.«

»Babygötter?«, wiederholte Ren verständnislos.

Nakon würdigte sie keines Blickes. »Weil sie gerade aus tiefem Schlaf erwacht sind, sind sie schwächlich wie Neugeborene. Doch ein Teil ihrer Macht steckt in etwas anderem.« Sein Ton war Unheil verkündend.

»Worin denn?«, bohrte Ren nach.

Statt einer Antwort fuhr der Gott fort: »Ihr Kinder könnt mit diesen läppischen Typen nicht fertig werden.« Bei »Kinder« blickte er Ah-Puch vielsagend an und sah aus, als würde er sich das Lachen verbeißen.

»Irre!« Monty schien schwer beeindruckt. »Und das kannst du alles von hier aus erkennen?«

Nakon kniff die Augen zusammen und drehte sich zu Marco um. »Ich habe meine … *Pflicht* getan.« Er spuckte das Wort förmlich aus.

Welche Pflicht? Was hatte Marco wohl für diese wertlosen Informationen opfern müssen?

Marco klopfte dem Kriegsgott kräftig auf die Schulter. »Hey, Dad, chill mal.«

Der Gott zuckte zusammen und schüttelte Marcos Hand unwillig ab.

Marco drehte sich zu den anderen um. »Kann euch mein Alter sonst noch irgendwie weiterhelfen?«

»Vielleicht kann er ja Serena und ihre Komplizen ins Weltall befördern«, schlug Monty in aller Unschuld vor.

»Das war nicht abgemacht«, sagte Nakon brummig.

»Warum …?« Ren musste sich überwinden, die Frage zu stellen, aber sie wurde aus Nakon nicht schlau. »Warum hilft er uns überhaupt, Marco?«

»Mach ich doch gar nicht«, entgegnete Nakon, und Ah-Puch sagte im selben Augenblick: »Macht er doch gar nicht.«

Marco lachte schallend. »Ratet mal, gegen wen er beim Wrestling verloren hat.«

Nakon sah aus, als würde er gleich explodieren. Seine Augen traten hervor, die dicke Ader an seinem Hals desgleichen. »Ich leide an Schlafstörungen, okay? Ich war todmüde.«

»Schon klar«, gab Marco spöttisch zurück. »Das sagen alle.«

»Auf jeden Fall vielen Dank«, machte Edison dem Geplänkel ein Ende. »Es ist total nett von dir, dass du hergekommen bist.«

Monty nickte eifrig. Nakon stieß einen Knurrlaut aus und löste sich in Luft auf.

»Wieso habt ihr *ihn* nicht aufgefordert, Schmiere zu stehen?«, sagte Ah-Puch mürrisch.

Weil es immer dunkler wurde, konnte sich Ren jetzt nicht um sein göttliches Ego kümmern. »Kannst du die Dämonen hinter dem Tor übernehmen, Marco?«

»Oder ich puste sie weg«, sagte Edison.

»Zu auffällig«, gab Ren zurück.

Marco ließ die Knöchel knacken und grinste träge. »Logisch kann ich diese blauhäutigen müffelnden Loser ausschalten.« Dann schien er selbst zu merken, was er gesagt hatte. »War nicht so gemeint, Edison. Und was machen wir mit den Bienen?«

Rasch ging Ren in Gedanken die verschiedenen Möglichkeiten durch, landete aber immer wieder bei derjenigen, die am sinnvollsten war und am wenigsten Aufsehen erregen würde. Sie holte Luft und konzentrierte sich. Ein riesiger, unförmiger Schatten quoll aus ihren Händen und schwebte über ihre Köpfe. Er sah wie eine schwarze Gewitterwolke aus. Als Ren wieder Luft holte, zerstob er in einen Schwarm Schattenschmetterlinge. Ren schickte sie in Richtung des Anwesens. »Das dürfte die Bienen eine Weile beschäftigen. Bist du so weit, Marco?«

»Ich geb euch Bescheid, wenn ich mit den Dämonen fertig bin.« Damit marschierte er so fröhlich davon, als ginge es um einen Pokal und nicht um einen Kampf auf Leben und Tod.

Sie blickten ihm nach, dann warteten sie schweigend. Rens Herz klopfte wild. Nicht weil sie Angst um Marco hatte oder fürchtete, dass ihre Mission gleich zu Ende sein könnte, sondern weil sie noch etwas anderes spürte als ihr Herz. Schatten und Macht und Gier, die immer stärker wurden. Etwas in dem Gebäude zog sie unwiderstehlich an.

Es schien kaum Zeit vergangen zu sein, als Marco das Tor von innen öffnete und sich schwungvoll verbeugte. Dann spannte er den Oberarm an und küsste seinen Bizeps.

»So was von cool!«, sagte Monty lachend.

»Wollen wir?«, wandte sich Ren an ihr Team.

»Meinetwegen stehe ich Schmiere«, gab Ah-Puch nach, »aber nur bis der Mond aufgegangen ist.«

Ren nickte, dann liefen sie los. Und bei jedem Schritt spürte Ren die Gegenwart der Fürsten, undurchdringlich und lastend wie ein mitternächtlicher Schatten.

42

Am liebsten hätte Ren kehrtgemacht und wäre zu Ah-Puch zurückgelaufen. Doch das kam nicht infrage. Sie musste da jetzt durch.

Auch wenn sie nur ahnen konnte, was in ihren Freunden vorging – bestimmt war ihnen genauso beklommen zumute. Was ihnen bevorstand, überstieg alles, was sie bis jetzt erlebt hatten. Es ging um viel mehr als nur um auferstandene Götter und abtrünnige Gottgeborene. Ren musste an eine Lawine denken, kurz bevor der Erdrutsch Fahrt aufnahm und alles platt walzte, was ihm im Weg stand.

Hinter dem Tor war ein Innenhof mit unebenem Steinboden, hohen Mauern und vertrockneten Schlingpflanzen und Büschen, die im Dunkeln grausigen Gerippen glichen. Die Freunde blieben noch fünf Sekunden beieinanderstehen – so lange, wie es dauerte, einander mit Blicken »Viel Glück!« zu wünschen.

Doch in Marcos zusammengekniffenen Augen lag ein Ausdruck, den Ren vom Sohn des Kriegsgottes nicht kannte – Furcht. Sie hätte ihren Freund gern umarmt, ihm versichert, dass schon nichts passieren würde, dass sie schon Schlimmeres durchgestanden hatten. Sie hätte gern lachend gesagt, dass sie schließlich noch eine Menge Aufsätze für ihn schreiben musste und darum bei ihm bleiben würde.

Doch sie löste sich wortlos aus der kleinen Schar und machte sich auf die Suche nach den bereits erwachten Fürsten der Nacht. Die vier mussten ganz in der Nähe sein, denn sie nahm ihre Magie wahr. Mit der Obsidianklinge in der Hand erzeugte sie eine Schattenleiter und kletterte aufs Dach des Gebäudes. Bei jeder Sprosse, die sie erklomm, flehte sie stumm: *Bitte mach, dass meinen Freunden nichts zustößt. Bitte mach, dass meinen Freunden nichts zustößt.*

Als sie auf dem Dach stand, regten sich ihre Schatten wieder. Sie wollten sich mit der fremden Magie vereinen, und ihre Ungeduld erfasste auch Ren selbst. Geduckt huschte sie über das Flachdach. Unter sich hörte sie erst Musik – einen langsamen, gleichmäßigen Beat – und dann gedämpfte Stimmen. Doch weil sie nicht die Stimme der Person heraushörte, nach der sie Ausschau hielt, huschte sie weiter und sagte sich dabei stumm vor: *Ich muss nur die vier Fürsten finden und den Vogel freilassen. Dann kann Zyanya sie allesamt in ewigen Schlaf versetzen.*

Sie erreichte die Dachkante. Unter ihr erstreckte sich ein nächtlicher Park. In Gedanken sah Ren das grüne Gras vor sich, das einst die Hänge bedeckt hatte, die weißen Blumen an den Spalieren und das üppige Laub der mächtigen Bäume. Doch jetzt war das alles tot, eine Winterlandschaft, die nicht hierhergehörte.

Sie packte eine dicke Ranke und ließ sich auf den Boden herabgleiten.

Es war unheimlich still. So still, dass sie ihre eigenen Atemzüge hörte.

Trockenes Laub knirschte unter ihren Schuhen, als sie einen Abhang hinunterkletterte und sich ihren Weg durch dichten Wald bahnte. Bei jedem Schritt dehnten sich die Schatten in ihrem Inneren aus und schienen zu flüstern: *Ja, hier bist du richtig.*

Ein warmer Wind strich durch die Bäume, ließ die dürren Äste schwanken und die letzten noch nicht abgefallenen Blätter rascheln. Dann erschien weiter vorn ein Lichtschein, als hätte jemand eine Kerze angezündet.

Der Wind legte sich schlagartig, die Bäume kamen zur Ruhe und hinter einem geschwärzten Stamm trat ein Mädchen hervor. Im Schein der Laterne, die sie trug, schienen ihre Augen tief in dunklen Höhlen zu liegen.

Ren blieb stehen. »Ezra?!«

»Ich wusste, dass du sie findest«, entgegnete die Tochter der für Zaubersprüche und Magie zuständigen Göttin lächelnd.

»Sie?«

Ezra kam einen Schritt auf sie zu und sagte leise, aber mit drohendem Unterton: »Auf der Suche nach der Obsidianklinge hättest du sterben können. Ich hatte deswegen fast ein schlechtes Gewissen, aber du weißt ja selber, dass so etwas immer riskant ist. Und irgendwer muss es ja machen, darum …«

»Ich verstehe nicht, worauf du hinauswillst.« Ren wurde es heiß und kalt. In ihren Fingerspitzen kribbelten die Schatten. »Und erklär mir bitte endlich, wieso du die Zeit anhalten kannst.«

Ezra grinste schief. »Kann ich eigentlich gar nicht. Aber ich kann einzelne Augenblicke sozusagen einschlafen lassen.«

Rens erster Gedanke war: Das *ist also ihre göttliche Fähigkeit. Oder* eine *ihrer Fähigkeiten. Sie kann Augenblicke einschlafen lassen und schlafende Götter aufwecken. Cool.* Ihr zweiter Gedanke lautete:

Und wie lange dauert so ein eingefrorener Augenblick? Der dritte Gedanke war eine Wiederholung von Ezras Worten, die erst jetzt richtig bei Ren ankamen: *Auf der Suche nach der Obsidianklinge hättest du sterben können.*

Als würde Ezra ahnen, was Ren durch den Kopf ging, fuhr sie fort: »Mir war klar, dass du die Einzige von euch bist, die sich die Klinge holen kann. Und dass Ah-Puch nur dir verraten würde, wo sie versteckt ist.« Sie grinste selbstzufrieden.

»Wie hast du überhaupt von der Klinge erfahren?«

»Meine Mom hat mir davon erzählt. Ich muss die Klinge unbedingt haben, denn …« Sie brach ab, als hätte sie schon zu viel gesagt.

»Dann war das Ganze eine Falle?« Im Grunde kannte Ren die Antwort schon.

»Eine Falle? Ich würde eher sagen, ein Plan.«

»Aber wozu? Nur damit du die Klinge in deinen Besitz bringst?«

»Die Klinge ist genauso mächtig wie dein Zeitseil. Meine Mom hat sie erschaffen und Ah-Puch, dieser Dieb, hat sie ihr geklaut. Ich sorge einfach nur für Gerechtigkeit.«

Irgendwie konnte Ren Ezra verstehen. Auch ihr kam es unfair vor, dass sich ein Gott etwas aneignete, das eine andere Gottheit erschaffen hatte – selbst wenn es sich dabei um verbotene Magie handelte. Aber Ren hatte nicht über dergleichen zu bestimmen und jetzt gerade war es auch nicht wichtig. »Du hast mir also nur vorgespielt, dass du meine Hilfe brauchst!« Insgeheim war sie sowohl gekränkt als auch wütend. »Du hast mir bloß Tipps gegeben, damit ich für dich die Drecksarbeit erledige. Aber was willst du denn nun mit der Klinge? Willst du sie Serena überlassen? Damit sie sich die Aztekenfürsten unterwerfen kann?«

Ist es das? Ist die Klinge der letzte Schritt von Serenas Plan, sich die Fürsten gefügig zu machen?

»Du glaubst doch nicht im Ernst, dass ich Serena etwas so Mächtiges überlasse!«, erwiderte Ezra entrüstet. »Würdest du dein Zeitseil hergeben?«

Ren schüttelte den Kopf. *Nur im äußersten Notfall.*

»Serena könnte sowieso nichts mit der Klinge anfangen«, fuhr Ezra fort. »Egal ob sie Königin wird oder sonst was.«

Ren beschloss, sich dumm zu stellen. »Königin?«

»Anscheinend gibt es eine Prophezeiung, dass diejenige, die die Fürsten der Nacht aufweckt, Königin wird. Ehrlich gesagt habe ich mich nie damit beschäftigt, denn darum geht es mir gar nicht. Ich will bloß die Klinge haben. Gib sie mir.«

Dann glaubte Serena also tatsächlich, dass sie Königin der Aztekenfürsten werden würde. Alles, was sie bis jetzt unternommen hatte, beruhte auf einem gewaltigen Missverständnis.

Ren wich zurück. »Ich kann sie dir nicht geben.«

»Weil du die Fürsten damit wieder einschläfern willst?« Ezras Augen wurden so pechschwarz, als hätten sich ihre Pupillen unnatürlich geweitet. Sie musterte Ren. »Als Astralreisende sehe ich, dass deine Freunde einen aussichtslosen Kampf kämpfen.«

Sie bluffte. Ren machte sich bereit, ihre Schatten loszulassen.

Ezra schloss die Augen. »Die Jägerin … ihre Pfeile sind eindrucksvoll, aber gegen Kenjis Bienen richten sie nichts aus. Deine Freundin wurde schon mehrmals gestochen. Und der große Junge mit den schwarzen Haaren … er versucht, einen Schutzwall zu erzeugen, aber die magische Wand zerfließt jedes Mal wie Wasser.«

Ren erschrak. Sie sah vor sich, was Ezra beschrieb. Entsprach irgendetwas davon der Wirklichkeit? *Das ist bestimmt nur wieder ein Trick.* »Das denkst du dir bloß aus.«

Ezra zuckte die Achseln. »Rück die Klinge raus oder es ergeht dir und deinen Freunden gleich noch viel schlechter.«

Ren zwang sich, in ruhigem Ton zu sprechen. »Hör mal, Ezra, wir sind doch beide Gottgeborene. Wir sollten zusammenarbeiten! Wir müssen keine Feinde sein.«

Ezra schien zu überlegen. Hatten Rens Worte gewirkt? Doch dann erwiderte sie: »Du nennst dich eine Gottgeborene? Du bist mit Mexica-Blut verseucht! Du bist eine Schattenhexe, eine Nachfahrin toter Götter!«

Die letzte Bezeichnung traf Ren wie ein Schlag in den Magen. *Eine Nachfahrin toter Götter.*

Sie konnte sich nicht länger beherrschen. Sie hatte ein für alle Mal die Nase voll davon, sich kleinmachen, beschimpfen und herumschubsen zu lassen. Sie hatte die Nase voll davon, jemandem Vertrauen zu schenken, nur um ausgenutzt zu werden. *Los, verletze sie so, wie sie dich verletzt hat. Tu ihr weh. Mach sie fertig.* Ren bekam Herzklopfen. Am liebsten wäre sie der Aufforderung gefolgt, hätte Ezra vorgeführt, welche Macht sie besaß. Die Finsternis breitete sich in ihr aus und strömte durch ihre Adern. Ren wehrte sich nicht mehr dagegen, sondern hieß die Finsternis willkommen und entgegnete mit fester Stimme: »Ich bin die mächtigste Gottgeborene von allen!«

Dann hob sie die Hand, um ihrem Zorn und ihren Schatten freien Lauf zu lassen. Doch nichts geschah.

Ezra lachte. »Tut mir echt leid, aber in einem schlafenden Augenblick richten deine Schatten nichts aus.« Damit stürzte sie sich auf Ren.

Ren sprang beiseite und nahm ihre Halskette ab. Sie ließ sie durch die Luft peitschen und das goldene Licht erhellte den schwarzen Wald. »Keinen Schritt näher!«, sagte sie warnend und kämpfte wieder gegen den schrecklichen Drang an, Ezra mit dem Zeitseil einzufangen, damit sie so litt, wie sie Ren hatte leiden lassen.

Ezra zuckte nicht mit der Wimper und streckte die Hand in Rens Richtung aus. »Schlafenszeit.«

Auf einmal brannten Rens Augen, ihre Lider wurden bleischwer und sie bekam pochende Kopfschmerzen. Sie spürte, wie sie in die Tiefe gezogen wurde. Hätten ihre Schatten nicht so in ihr getobt und sie wach gehalten, wäre sie bestimmt eingeschlafen. Mit letzter Kraft ließ sie das Seil wieder auf Ezra zuschnellen, sodass es sich um ihre Knöchel schlang. Ezra schrie auf, als ihre Haut verschmorte. Dann brach sie in die Knie.

Der Wind frischte wieder auf und wurde zum Sturm, der Ren beinahe umwarf.

Ezra versuchte nicht, dass Seil loszuwerden. Sie schloss nur die Augen und sagte: »Anscheinend ist der fünfte Fürst …«

Der fünfte ist der Fürst der Unterwelt! Der Boden unter Rens Füßen bebte heftig. Eine heiße Kraftwelle fegte durch sie hindurch und verschlug ihr den Atem.

Ezra machte die Augen wieder auf und verkündete grinsend: »Sie erwacht.«

»Sie?«

»Die mit dem Jaderock, die Wassergöttin.« Warum schwang in Ezras Stimme Verzweiflung mit?

Das kann nicht sein. Als Nächster ist der Fürst der Unterwelt an der Reihe! Nicht dass sich Ren beschweren wollte. Eine Wassergöttin klang weit weniger furchterregend.

»Gib mir endlich die Klinge«, sagte Ezra schroff. »Nur ich bin stark genug, um alle fünf jetzt sofort einschlafen zu lassen.«

Das mochte ja stimmen, aber Ren hatte inzwischen begriffen, dass Ezra die Fürsten gar nicht einschlafen lassen wollte. Sie wollte sie sich mithilfe der Klinge untertan machen. Rasch erzeugte Ren einen Schatten, der Ezra wie ein Käfig einschloss.

»Ohne meine Hilfe kannst du die Fürsten nicht besiegen!«, fauchte Ezra. »Dazu sind sie zu mächtig.«

Der Schattenkäfig würde nicht ewig halten, aber er würde Ren einen Vorsprung verschaffen. Sie lief los, tiefer in den Wald hinein, und folgte dem Ruf der Finsternis.

43

Ein Raunen drang durch die Bäume.

Komm, komm, hier entlang!

Benommen tat Ren wie geheißen. Schließlich stand sie auf einem Hügel und blickte auf einen kleinen, vom Vollmond beschienenen See hinab.

Donnerschläge hallten durch die Nacht. Blitze zuckten über den Himmel.

Die Wasseroberfläche kräuselte sich. Die Ringe wurden größer, dann leuchtete im innersten Ring ein siebenzackiger Stern auf.

Das Symbol.

Vor lauter Verblüffung achtete Ren erst gar nicht auf die Frauenstimme. Doch dann drehte sie sich um.

»Wunderschön, oder?« Hinter ihr stand eine zierliche Frau. Die kurzen dunklen Haare umspielten ihr spitzes Kinn. Sie trug ein silbernes Oberteil und einen langen, fließenden jadegrünen Rock, der im Mondlicht wie Edelsteine funkelte. Sie war so hinreißend schön, dass Ren den Blick nicht von ihr lösen konnte.

»Ich bin Chalchiuhtlicue, die Aztekengöttin der Flüsse, Bäche, Seen und Stürme. Man nennt mich auch ›Die mit dem Jaderock‹. Aber du darfst mich gern Jade nennen.«

Ren wollte etwas erwidern wie: »Was machst du hier?«, oder: »Wie kriegst du es hin, dass deine Haut so schimmert?«, aber in ihrem Kopf ging es drunter und drüber.

Die Göttin kam näher. »Ich bin die sechste Gottheit der Nacht. Und du ...« Sie stockte kurz und lächelte dann. »Du bist die Schattenkönigin.«

Königin. Wieder dieses Wort. Ren schüttelte verneinend den Kopf, aber der Teil von ihr, der von ihren eigenen Schatten mitgerissen wurde, hätte gern »Ja!« geantwortet. So wie sie auch zum Götterprinzen Ja gesagt hatte und in seine schreckliche Abmachung eingewilligt hatte.

»Ich warte schon Ewigkeiten auf dich.« Der Ton der Göttin war beinahe freundlich. Und Ren sehnte sich nach Freundlichkeit.

»Äh ... Wieso ist Nummer fünf ... also der Fürst der Unterwelt ... nicht vor dir aufgewacht?«

»Weil er unbedeutend ist.«

Ich weiß ja nicht ... Immerhin herrscht er über Mictlan. Und so eine Unterwelt ist groß und bringt viel Verantwortung mit sich. Ren befühlte unauffällig die scharfen Kanten der Obsidianklinge, als würde sie nach dem Abzug einer Schusswaffe tasten. Ihr war klar, dass sie Jade wieder einschlafen lassen musste. Jetzt war die Gelegenheit dazu. Sie musste nur den Vogel freilassen.

Und doch brachte sie es nicht übers Herz. Sie fühlte sich der Göttin seltsam verbunden, als würden sie sich schon ewig kennen. Als wären sie in einem anderen Leben Freundinnen gewesen.

Doch sie konnte ihr auf jeden Fall ein paar Informationen entlocken. »Dann sind jetzt fünf von euch wach. Was habt ihr nun vor?«

Die Göttin drehte sich zu ihr um und musterte sie von oben bis unten. »Deine Magie ist alt und mächtig.« Sie seufzte kaum hörbar. »Bald wirst du deine Macht mit unserer vereinen. Du hast dein Schicksal angenommen und dich durch eine Abmachung gebunden. Endlich kann es losgehen.«

Ren wagte nicht, sich zu rühren. *Wenn du nicht einwilligst, ihre Königin zu sein, bekommen sie ihre Magie nicht zurück*, hörte sie in Gedanken Sieben Tode wieder sagen.

Die Fürsten wollten ihre Magie zurückhaben und im Grunde konnte Ren ihnen das nicht übel nehmen. Die Frage war, was die Fürsten mit der Magie *tun* wollten. Mit jener beunruhigend zornigen Magie, die inzwischen auch sie selbst durchströmte.

Schattenmagie ist die einzige Magie, die niemals schläft.

Das Zeitseil um Rens Hals erwärmte sich und sie wurde plötzlich traurig. Jades Blick fiel auf die Goldkette. »Sie ist nicht deine einzige Mutter«, sagte die Göttin leise.

Ren glaubte, sich verhört zu haben. »Was soll das heißen?«

Jade straffte sich und wirkte trotz ihrer Zierlichkeit auf einmal majestätisch. Sie drückte die schlanken Hände gegen ihren schimmernden Rock. Das Blaugrün schien dunkler zu werden. »Die Mutter deiner Schattenmagie bin *ich.*«

Aber Sieben Tode hatte doch gesagt: *Deine Magie stammt von den Fürsten der Nacht*! Was stimmte denn nun?

»Aber nicht allein, oder?« Ren hatte Mühe, einen klaren Gedanken zu fassen. »Meine Magie stammt von euch allen zusammen und …«

Die Göttin unterbrach sie. »Die anderen haben mitgeholfen, die

Magie zu verbergen, das schon. Aber nur *ich allein* habe sie einer Handvoll Menschen eingeflößt. Deinen Vorfahren. Und dir auch.«

Ren platzte der Kragen. Sie hatte sich das alles nicht ausgesucht. Man hatte ihr die Schattenmagie aufgedrückt, ohne dass sie eine Wahl gehabt hätte. Aber *jetzt* hatte sie die Wahl! Sie tastete nach der Obsidianklinge, die sie wieder eingesteckt hatte.

Doch wenn sie Jade jetzt einschlafen ließ, würde sie niemals etwas über ihre eigene Vorgeschichte, ihre Familie und ihre Schattenmagie erfahren. Und sie hatte so viele Fragen!

»Die Schatten haben zu dir gesprochen«, fuhr die Göttin fort. »Und nun sprechen sie zu mir.«

Tatsächlich regten sich die Schatten in Rens Innerem wieder. Ja, sie hatten zu ihr gesprochen und es war gleichzeitig Furcht einflößend und beglückend gewesen. Was wusste sie noch alles nicht über ihre eigene Magie?

Im Mondlicht funkelten die dunklen Augen der Göttin. »Deine Schatten erzählen mir, dass du Angst hast. Dass du deine Freunde retten möchtest. Dass du keine Königin sein willst und doch …« Sie machte eine Kunstpause und sah Ren bedeutungsvoll an. »Du hast es gespürt, Renata Santiago. Das Verlangen, deinen Thron zu beanspruchen und die Macht zu ergreifen. Dein Schicksal als Königin anzunehmen.«

Heiße Tränen stiegen Ren in die Augen. Es waren aber nicht die Worte der Göttin, die sie innerlich zerrissen und ihr das Herz brachen. Sondern das, was Sieben Tode vorhergesagt hatte.

Deine Magie wird sich zu ihrem Ursprung hingezogen fühlen. Du wirst deine Freunde verraten und dich den Fürsten der Nacht anschließen. So war es dir von Anfang an bestimmt.

NEIN! Ren packte die Wut. »Ich hatte nie die Chance, irgendetwas selbst zu entscheiden!« *Aber ich entscheide mich jetzt! Für Treue, Liebe und Freundschaft. Und dich befördere ich wieder ins Traumland!*

»Die Chance hattest du sehr wohl«, widersprach die Göttin gelassen. »Du redest dir bloß das Gegenteil ein, weil du dann mit deiner Entscheidung besser klarkommst. Du hast dich entschieden, deiner Bestimmung zu folgen und Königin zu werden. Du hast dich für die Wahrheit entschieden.«

Ren sah zu dem leuchtenden Symbol auf dem See hinüber. *Das stimmt nicht. Ich habe mich entschieden, ein Leben zu retten. Und ich würde es jederzeit wieder tun.*

Ein eisiger Schauder lief ihr den Rücken hinauf und hinunter und sie zitterte heftig. Sie wusste, was sie zu tun hatte, selbst wenn es bedeutete, unwiderruflich darauf zu verzichten, Antworten auf ihre Fragen zu bekommen. Doch als sie die Klinge aus der Jeanstasche holen wollte, breitete die Göttin ihren weiten Rock wie einen Fallschirm aus und hüllte sie beide darin ein.

Im nächsten Augenblick schwebte Ren in einem Tunnel aus glitzerndem Grün und schimmerndem Gold. Die Wände bestanden aus silbernen und weißen Wasserrinnsalen.

Wo bin ich?, schoss es Ren durch den Kopf, aber die Göttin sagte: »Nicht wo, sondern warum.«

Ren fühlte sich betrogen. Ihre eigenen Schatten hatten sie im Stich gelassen. Plötzlich erschien im rinnenden Wasser ein Bild. Es war Marco, zähnebleckend und mit verzerrtem Gesicht. Jetzt machte er einen Satz wie ein Panther, aber er war verletzt. Auf seiner Stirn klaffte eine Wunde. Blut lief ihm über Gesicht und Hals. Und Ren spürte seinen Hass und seinen Zorn. Seine Reue.

Er hatte nie auf diese Mission mitkommen wollen, und jetzt das!

»Aufhören!«, schrie Ren so schrill, dass sie selbst zusammenzuckte.

Ihre Schattenmagie kribbelte schmerzhaft in ihren Fingerspitzen, stach ihr ins Herz.

»So sieht das Schicksal deiner Freunde aus«, sagte die Göttin im selben Augenblick, als Marcos Bild dem von Edison wich. Edison stand in einem nächtlichen Garten. Er knirschte mit den Zähnen, kniff die Augen zusammen und atmete so mühsam, als bekäme er nicht genug Luft. Dann hob er langsam den Blick zu seinem Gegner. War es Serena? Oder Kenji? Noch ein anderer Gottgeborener? Oder einer der Aztekenfürsten?

Auch Edisons Gesicht war hassverzerrt und plötzlich sah Ren wieder die blaue Dämonenhaut durchschimmern. Krumme Eckzähne schoben sich aus seinem Mund. Als er die Hände ausbreitete, ließ die Kraftwelle das Bild erst flackern und dann erlöschen. Doch Ren hatte seine innere Finsternis schon wahrgenommen. Das Monster, das in ihm hauste.

»Verstehst du jetzt, was ich meine?«, fragte Jade zuckersüß. »Auch deine Freunde werden von Finsternis überwältigt, von Zorn und Hass. Alle Lebewesen kennen diese Triebe, Renata. Man kann ihnen nicht entfliehen, aber man braucht sich auch nicht vor ihnen zu fürchten.«

Endlich ließ Ren ihren Tränen freien Lauf. »Bitte … Ich will nicht, dass sie verletzt werden!«

»Sie wurden längst verletzt«, erwiderte die Göttin ungerührt. »Sie tragen die unsichtbaren Narben deiner Freundschaft und Zuneigung.«

Es gab Ren einen schmerzhaften Stich, denn es stimmte – nur

ihretwegen waren ihre Freunde in Gefahr. Auf einmal musste sie an Monty denken. Warum war *ihr* Bild nicht erschienen? Und was war mit Ah-Puch? Stand er immer noch Schmiere?

Ihr Blick fiel auf ihr Handgelenk mit den inzwischen verblassten Buchstaben: *WWMM.*

»Lass mich raten«, wandte sie sich an die Göttin. »Ich soll mit dir eine Abmachung treffen, damit du meine Freunde rettest.« Es war die älteste Taktik der Welt. Und diesmal würde Ren nicht darauf hereinfallen.

Jade lachte in sich hinein. »Mitnichten, Renata. Ich wollte nur, dass du fühlst, was sie fühlen.«

»Wozu?«

»Weil es dir dann leichter fällt, dich in dein Schicksal zu fügen.«

Der Wassertunnel verflüchtigte sich und Ren stand wieder am Ufer des mondbeschiedenen Sees. Ihr war so eisig kalt wie noch nie. Ein sonderbares Gefühl erfasste erst ihre Füße, dann ihre Knöchel und Beine und schließlich ihr Herz.

Die Göttin legte ihr die Hand auf die Schulter. Die Berührung aktivierte Rens Magie wie ein Stromstoß. Schatten quollen ihr aus Augen, Nase und Mund und hüllten sie so fest ein, dass die Eiseskälte verflog.

»Ergib dich der Magie«, säuselte die Göttin.

Ren wehrte sich gegen die unsichtbare Macht, die sich in ihr ausbreitete, eine Macht, die sie gleichzeitig verabscheute und begehrte. Nach Atem ringend fiel sie auf die Knie. Doch sie war wild entschlossen durchzuhalten. Ganz kurz noch. So lange, bis sie die Obsidianklinge herausgeholt und den Vogel darin geweckt hatte.

So lange, bis sich der Vogel in die Luft schwang.

44

Zyanya flatterte aus der Klinge, umkreiste die Göttin und verströmte bei jedem Flügelschlag Schlafmagie.

Die Göttin blickte zu ihr hoch, als hätte sie mit der Vogeldame gerechnet. »Kluges Mädchen«, sagte sie belustigt zu Ren. Dann löste sie sich in eine Rauchfahne auf.

Ren hielt sich die Seiten und rang nach Luft. Sie wartete darauf, dass Zyanya in die Klinge zurückkehren würde. Vergebens. Der Vogel war zusammen mit der Göttin verschwunden – und auch mit Rens Fähigkeiten, denn sie spürte, wie sie unaufhaltsam in die Finsternis abglitt. Wie sich ihre Schatten nach einem Ort sehnten, der sich endlich wie ein Zuhause anfühlte.

Im selben Augenblick materialisierte sich der Rauchende Spiegel vor ihr. »Geht's dir nicht gut?«, fragte er mit seiner nervtötenden Samtstimme.

»Wo sind meine Freunde?«

»Die sind gesund und munter«, lautete die Antwort. »Bis auf einen. Er hat tapfer gekämpft.«

Er. Marco? Edison?

Ren schüttelte verzweifelt den Kopf. Alles war ihre Schuld! Und das nur, weil sie der Welt etwas hatte beweisen wollen. Sie hatte beweisen wollen, dass sie klug und tatkräftig und keine Versagerin war. Doch inzwischen war ihr das längst nicht mehr wichtig. Und jetzt war es zu spät.

Ren schloss die Augen, atmete tief und gleichmäßig und versetzte sich in Gedanken an einen anderen Ort. Einen ruhigen, friedlichen Ort. Ans Ufer eines leuchtend blauen Ozeans. Sie spürte kühlen Sand zwischen den nackten Zehen. Wellen plätscherten an den Strand. Die Morgensonne war warm und eine salzige Brise liebkoste ihr Gesicht.

Bitte hilf mir, Pazifik!

Doch ihre Mutter reagierte nicht. Stattdessen hörte Ren, wie ihre Schattenmagie sie zurückrief. Oder kam der Ruf zwischen den Bäumen hervor, die den Strand säumten?

»Ren!«

Marco!

Der Rauchende Spiegel war verschwunden. Ren vernahm eilige Schritte.

»Ren!«

Sie sah sich angestrengt um, doch die unstillbare Machtgier ihrer Magie vernebelte ihr Hirn mit Schatten. Auf einmal wusste sie nicht mehr, wer sie war. Als Marco die Hand nach ihr ausstreckte, vibrierte das Zeitseil um ihren Hals.

Plötzlich schrumpfte die Welt um sie herum zusammen und die Bäume rückten näher. Ren war zumute, als würde sie von warmem Wasser durchflutet, bis sie nur noch die Macht ihrer uralten Magie wahrnahm. Das Erbe »toter Götter«.

Sie stieß Marco so grob weg, dass er auf den Hintern plumpste. Sofort sprang er wieder auf. Sein immer noch blutendes Gesicht sah verwirrt aus. »Spinnst du, oder was?«

Ren wollte nur noch weg. Weg von Marco und seinem Zorn. Sie machte kehrt und lief auf den See und das Symbol zu. Doch da bebte die Erde plötzlich so gewaltig, dass sie beinahe hingefallen wäre. Als sie sich umdrehte, sah sie, dass Marco auf den Knien lag und mit der Faust auf den Boden eindrosch.

»Halt!«, brüllte er. »Sie dürfen dich nicht kriegen! Du musst kämpfen!«

Ren kümmerte sich nicht darum und lief weiter.

Marco rannte hinter ihr her, aber sie erzeugte blitzschnell einen Schatten, der ihn festhielt. So wild er auch um sich schlug, die Schattenmagie war stärker.

Das Symbol im See zog Ren unwiderstehlich an. Doch als sie schon bis zu den Knöcheln im Wasser stand, wurde ihr Hals auf einmal warm. Eine Erinnerung blitzte auf: an Licht, an etwas, das sie nicht benennen konnte.

Sie glaubte, den Todesgott flüstern zu hören: *So darf es nicht enden.*

Und ging tiefer ins Wasser hinein.

45

Stunden danach, bevor die Sonne aufging, bevor das Licht die Dunkelheit vertrieb, war ein Plan geschmiedet worden.

Es war kein besonders raffinierter Plan. Eigentlich war es nur ein Versprechen, das sich der Todesgott und die mächtigste Gottgeborene aller Zeiten gegeben hatten. Doch jetzt fühlte sich der Gott leer. Der Schmerz über seinen Verlust war so entsetzlich, dass er glaubte, sich nie mehr davon erholen zu können. Und eigentlich wollte er das auch gar nicht.

Während er im Dunkeln zwischen den Bäumen Schmiere stand und dabei alles spürte, was Ren tat und was in ihr vorging, zerknickte er ein abgefallenes Ästchen nach dem anderen. Er wünschte sich inständig, dass er noch ein mächtiger Gott wäre und nicht ein schwächlicher Jugendlicher, der nicht die Kraft und die Fähigkeiten besaß, das einzige Wesen zu retten, das er je geliebt hat. Vielleicht wünschte er sich sogar, dass er sie nie geliebt hätte.

Das Symbol im See leuchtete immer heller.

Die Geheimnisse des Gottes, die Abmachungen, die er getroffen hatte, und seine unersättliche Machtgier hatten ihn eingeholt. Denn zum allerersten Mal gab es etwas, dessen Verlust er nicht ertrug.

Abgesehen davon war ihm klar, wie tief es Ren treffen würde, dass sie so vernichtend besiegt worden waren. Dass Marco und die Abtrünnigen gefangen genommen waren und die Bienen Edison so zerstochen hatten, dass er bewusstlos zusammengebrochen war. Ren würde es sogar schrecklich finden, dass Serena vor Wut und Kränkung geschrien hatte, als ihr aufgegangen war, dass sie niemals Königin sein würde. Als sie begriffen hatte, dass sie sich von einer Prophezeiung hatte verleiten lassen, die gar nicht von ihr handelte. Nur dass Monty so gut wie unversehrt geblieben war, würde Ren freuen. Monty war samt ihren magischen Pfeilen entkommen und würde schon bald eine richtige Jaguarkriegerin sein.

Doch auch dieser kleine Sieg fühlte sich bedeutungslos an, denn er zwang Ah-Puch zum Handeln.

Der Gott dachte an das, was er vor ein paar Tagen gesagt hatte: *Zufällig ist Finsternis mein Spezialgebiet, Ren. Sie breitet sich überall aus und bringt einen dazu, dass man sie dem Licht vorzieht.*

»Hey!« Monty blieb neben ihm stehen. Ihr Gesicht hatte ebenfalls ein paar Schrammen abbekommen. Manche würden spurlos verheilen, andere würden Narben hinterlassen.

Ah-Puch freute sich nicht über Montys Kommen, denn es erinnerte ihn nur an das Versprechen, das ihm Ren abgerungen hatte.

Wenn sich die Nachtprophezeiung erfüllt und ich mich den Fürsten der Nacht anschließe, wenn ich ihre Königin werde und dich und meine Freunde verrate, dann möchte ich, dass du etwas für mich tust.

Der Gott ballte die Fäuste und wünschte sich, er könnte das alles ungeschehen machen.

Bitte sag Monty dann, dass sie mich erschießen soll, und nimm mich mit nach Xi'balb'a. Lieber sterbe ich, als mich in ein bösartiges Ungeheuer zu verwandeln.

Ah-Puch fand die Bitte unfair. Bestimmt hatte sich Ren nicht richtig überlegt, was das bedeutete. Zumindest nicht, was es für Monty bedeuten würde. Doch Montero hatte sich nicht abschrecken lassen. »Ich bin zuallererst Kriegerin«, hatte sie gesagt. »Und darum mache ich es. Für Ren.«

Ah-Puch spürte jetzt, dass Ren sich näherte. »Du kannst dich bereit machen, Montero«, sagte er matt.

»Ich wäre nie drauf gekommen, dass ich mir meinen Ehrentitel auf diese Weise verdienen muss«, erwiderte Monty mit zittriger Stimme. Dann schulterte sie Köcher und Bogen und kletterte auf den Baum, von dem aus sie am besten zielen konnte. Sie hatte gemeint, Ah-Puch könnte Ren doch einfach nur k.o. schlagen. Doch das wäre nur eine vorübergehende Lösung gewesen und die Finsternis hätte sich trotzdem in Ren ausgebreitet.

Ren trat aus dem Wald. Der Saum ihres langen silbernen Kleides schleifte über den Boden. Sie hielt die Hände vor der Taille gefaltet und den Kopf gesenkt.

»Ich lasse nicht zu, dass du als ihre Königin weiterleben musst«, sagte der Gott tonlos.

Über dem See, neben dem leuchtenden Symbol, erschien ein Podest aus Nebeldunst. Drei Aztekengottheiten materialisierten sich darauf: der Fürst des Feuers, der Rauchende Spiegel und der Götterprinz. Als Ren am Ufer stand, flackerte das Symbol und die Spirale rollte sich auf. Sie wurde zu einem Pfad aus Licht, über den Ren auf die Fürsten der Nacht zuschritt.

Bestürzt sah Ah-Puch neben ihr den Maisfürsten auftauchen. Er hielt eine Krone aus dunkelgrüner Jade und zuckenden Schatten.

Die schwarze Nacht wurde vom grauen Morgenlicht verdrängt. Trotz der Entfernung nahm Ah-Puch die Finsternis wahr, die in Ren brodelte. Die überwältigende Macht ihrer Schattenmagie. Es war unerträglich.

Doch er wandte sich nicht ab. Er würde sie nicht allein lassen. Er würde bis zum Ende dableiben.

Verstohlen sah er zu Montero hinüber. Sie hatte ihren Posten eingenommen. Ihr Gesicht war tränenüberströmt, doch der Pfeil in ihrer Hand bebte nicht.

»Ich gebe das Zeichen«, sagte der Gott gedämpft.

Wenn er mehr Zeit gehabt hätte, hätte er die anderen Mayagötter um Hilfe gebeten. Um Ren zu retten, hätte er alles getan, alles geopfert, alles versprochen.

Der Rauchende Spiegel hielt eine kleine Ansprache. Hinterher konnte sich Ah-Puch nur noch an ein paar Sätze erinnern: »Ihr Blut kennt kein Alter. Sie ist würdig, mit den Göttern vereint zu werden. Mit dem Götterprinzen.«

Ah-Puch kam die Galle hoch. *Sie wollen Ren mit dem Prinzen vermählen, damit er König wird!*

Dreh dich um, Ren!, beschwor er sie stumm mit aller Willenskraft, die er aufbieten konnte. *Gib mir ein Zeichen, irgendeines! Dann brenne ich für dich die ganze Welt nieder.*

Ren trat vor den Maisfürsten hin und neigte den Kopf.

Der Gott hielt die Krone in die Höhe und verfiel in einen unverständlichen Singsang. Das Symbol im Wasser leuchtete gleißend hell.

Ah-Puch hob die zitternde Hand und gab Montero das vereinbarte Zeichen.

Die Kriegerin hielt Wort. Der Pfeil sauste durch die Luft.

Als der Maisfürst Ren die Krone aus Jade und Schatten aufsetzte, sah sie hoch und erblickte Ah-Puch. In ihren eisblauen Augen flackerte ein Licht auf. Das Licht erzählte eine Geschichte, die der Gott niemals hören würde.

Denn der Pfeil hatte ihr Herz schon durchbohrt.

El Fin (irgendwie)

Rens Abenteuer geht weiter –
Band 2 erscheint im Herbst 2024!

GLOSSAR

Liebe Leserin, lieber Leser,

dieses Glossar soll dir ein paar Hintergrundinformationen zu Rens Geschichte liefern. Es ist aber nur ein kleiner Einblick in eine weit verzweigte Mythologie, die von Generation zu Generation überliefert wurde, und kann die Vielschichtigkeit der Legenden und der Kultur nicht wiedergeben. Die Menschen in den alten Mythen setzen sich mit ihrer eigenen Stellung im Universum und ihrer Beziehung zu etwas Größerem als dem, was man sehen, hören und anfassen kann, auseinander. Das fand ich schon als Kind spannend und konnte von den verschiedenen Versionen der Geschichten über Maya- und Aztekengottheiten gar nicht genug bekommen. Dass meine Großmutter ganz selbstverständlich über Geister, *brujos*, Götter und untergegangene Völker sprach, trug noch zu meiner Neugier auf Mythen und Magie bei. Hoffentlich geht es dir genauso und du bist offen für die faszinierenden Möglichkeiten des »Was wäre, wenn …«!

Actun Tunichil Muknal *(ak-TUHN tu-nie-TSCHIEL muk-NAHL) Höhle in Belize.* Wörtlich übersetzt bedeutet der Name »Steingruft-Höhle«. Hier wurden viele archäologische Fundstücke aus der Zeit der Mayas entdeckt, auch Skelette, die vermutlich von Menschenopfern stammen. Gruselig!

Ah-Muzen-Cab *(ah muh-sen KAHB)* Mayagott der Bienen

Ah-Puch *(ah-PUHTSCH)* Mayagott des Todes, der Finsternis und der Zerstörung. Wird auch der Stinkende oder der Furzer (!) genannt. Er wird oft als Gerippe dargestellt, das einen Halsschmuck aus den Augäpfeln seiner getöteten Opfer trägt. Kein Wunder, dass er bei den anderen Göttern so unbeliebt ist.

Akan *(ah-KAHN)* Mayagott des Weins

Centeotl *(ssenn-TEH-otl)* Aztekengottheit und einer der neun Fürsten der Nacht. Auch Blumenprinz oder Maisgott genannt.

Chalchiuhtlicue *(tschall-tschie-utt-LIKWE)* Aztekengöttin des Wassers und weibliches Mitglied der neun Fürsten der Nacht. Auch »Die mit dem Jaderock« genannt.

Eréndira *(eh-RENN-die-ra)* Sagenhafte Aztekenprinzessin, die von spanischen Eroberern gefangen genommen wurde. In der Legende wird sie in den Wald verschleppt und dort festgehalten. Sie weint Tag und Nacht und fleht die Götter um Hilfe an. Daraufhin verwandeln die Götter ihre Tränenflut in einen wunderschönen See. Eréndira springt hinein und wird zur Meerjungfrau.

Ixchel *(iesch-TSCHELL)* Mayagöttin des Mondes

Ixkik' *(sch-KIEK)* Mayagöttin und Mutter der Heldenzwillinge Jun'ajpu' und Xb'alamkej, auch als Göttin des Blutmonds oder Blutjungfrau bekannt. Ihr Vater gehört zu den Herren der Unterwelt.

Ixtab *(iesch-TAHB)* Mayagöttin und oftmals auch Beschützerin jener, die den Opfertod sterben oder ein anderes gewaltsames Ende finden

Nakon *(nah-KOHN)* Kriegsgott der Mayas

Piltzintecuhtli *(PILTZ-inte-kwitli)* Aztekengottheit der aufgehenden Sonne und einer der neun Fürsten der Nacht. Auch Götterprinz genannt.

Tezcatlipoca *(Tess-katli-POH-ka)* Aztekengottheit des Nachthimmels und einer der neun Fürsten der Nacht. Auch Rauchender Spiegel genannt.

Xi'balb'a *(schie-bahl-BAH)* Die Unterwelt der Mayas, ein finsteres, schreckenerregendes Land, das die Seele auf ihrem Weg ins Paradies durchqueren muss. Gelingt ihr das nicht, muss sie dortbleiben und den Dämonen Gesellschaft leisten. Bloß nicht!

Xiutecuhtli *(tschuh-te-KAT-li)* Aztekengottheit des Feuers, des Lichts und der Wärme und einer der neun Fürsten der Nacht. Auch Fürst des Feuers genannt.

Yohualli *(jo-WALL-ie)* »Nacht« auf Nahuatl (Sprache in Nord- und Mittelamerika)

Zirahuén *(ssie-ra-HUEN)* See im Hochland von Mittelmexiko, auch »Spiegel der Götter« genannt

RICK RIORDAN wurde von *Publishers Weekly* als »Erzähler der Götter« bezeichnet und hat als Autor fünf verschiedene #1 *New York Times*-Bestsellerreihen verfasst. Eine davon ist seine »Percy Jackson«-Reihe, die die griechische Mythologie für heutige Leser lebendig macht. Millionen von Fans auf der ganzen Welt haben seine kurzweiligen und lustigen Abenteuer bereits mit Freude gelesen. Das Ziel seines Imprints »Rick Riordan Presents« ist es, höchst unterhaltsame Bücher zu veröffentlichen, die von Autoren aus unterrepräsentierten Kulturen verfasst wurden. Sie sollen so die Möglichkeit bekommen, ihre eigenen Geschichten zu erzählen, die von der Mythologie, der Folklore und der Kultur ihrer Ahnen inspiriert wurden.

Neben »Ren gegen die Götter« von J. C. Cervantes erscheinen bei Ravensburger auch die Reihen »Zane gegen die Götter« von J. C. Cervantes (Maya-Mythologie), »Aru gegen die Götter« von Roshani Chokshi (Hindu-Mythologie), »Sikander gegen die Götter« von Sarwat Chadda (mesopotamische Mythologie) und »Tristan gegen die Götter« von Kwame Mbalia (westafrikanische Mythologie und afroamerikanische Folklore).

© Studio_E

J. C. CERVANTES ist im kalifornischen San Diego aufgewachsen, nahe der Grenze zu Mexiko. Dort fiel ihre Wissbegierde über die Mythen und Legenden der Mayas und Azteken auf fruchtbaren Boden. Gemeinsam mit ihrem Mann Joseph lebt sie heute in New Mexico und hat drei Töchter. Sie wünscht sich, dass Kinder auf der ganzen Welt sich in den Seiten der Bücher wiederfinden, die sie inspirieren, und dass sie lernen, über ihren eigenen Horizont hinauszusehen und auch das Leben von anderen Menschen zu verstehen und zu würdigen. Sie glaubt an Magie, feuert grundsätzlich den Außenseiter an und isst zu fast jeder Mahlzeit Salsa. Mit ihren Romanen »Sturmläufer« und »Feuerhüter« landete sie auf der *New York Times*-Bestsellerliste.

LESEPROBE

„Sikander gegen die Götter, Band 1:
Das Schwert des Schicksals"
von Sarwat Chadda
ISBN 978-3-473-40874-0

„Hilfst du mir mal mit dem Gitter, Daoud?", bat ich nicht zum ersten Mal an diesem Abend.

Daoud reckte den Zeigefinger in die Höhe und telefonierte unbeirrt weiter. „Echt jetzt? Aus Hollywood? Wann?" Er warf einen Blick auf seine Armbanduhr. „Cool. Ich komme."

„Endlich." Ich seufzte laut, als er sein Handy einsteckte. Es ging schon auf Mitternacht zu, und wir hätten unseren Deli – den Imbiss meiner Eltern – schon vor einer Stunde schließen müssen. Ich zerrte an dem störrischen Rollgitter.

Daoud spannte seinen Bizeps. „Hier sind ein paar richtige Muskeln gefragt." Er legte die Hand um den anderen Griff.

„Bei drei …" Ich packte mit aller Kraft zu. „Eins …"

„Drei!"

Unter lautem Getöse ratterten die stählernen Lamellen nach unten und knallten auf den Bürgersteig. Daoud ließ das Vorhängeschloss einrasten. „Yallah, Bruderherz. Ich muss los."

Bruderherz? Daoud benahm sich, als gehörte er zur Familie, aber in

Wirklichkeit war er bloß ein Typ, den mein Bruder vor zehn Jahren mal aus der Schule mitgebracht hatte. Damals war er in der fünften Klasse gewesen. Ich habe nie begriffen, was Mo eigentlich an ihm fand. Vielleicht lag es ja daran, dass es an unserer Schule nicht viele andere Kinder gab, die aus dem Irak stammten. Seit damals habe ich Daoud zwar fast tagtäglich gesehen, aber mein „Bruderherz" war er deswegen noch lange nicht.

„Mal wieder eine Party?", wollte ich wissen.

„Nicht alle hier wollen ihr restliches Leben am Kebab-Grill verbringen."

„Ist ja nicht haram. Der Mensch muss schließlich essen", erwiderte ich. „Und? Wer ist diesmal in der Stadt? Spielberg? Der Chef von Disney?"

Er grinste. „Eine wichtige Casting-Agentin aus L. A. Sie kommt zur Premierenparty von *Hamilton.* Du weißt schon, dieses neue Musical. Da muss ich in genau einer Stunde sein."

Wir wandten uns dem zweiten Rollgitter zu. „Wäre es nicht einfacher, wenn du mal eine Schauspielschule besuchen würdest?", hakte ich nach. „Oder, keine Ahnung, mal tatsächlich irgendwo mitspielen würdest?"

Daoud zog eine Grimasse. „Falls du es vergessen hast, ich hab schon in *Homeland* mitgespielt. Zweimal sogar."

„Ja, genau, und jedes Mal war dein Gesicht mit einer Kufiyah verhüllt. Was für eine Rolle war das gleich noch mal? Terrorist?"

„*Anführer* der Terroristen!" Ein kräftiger Ruck, und schon ratterte das Gitter nach unten.

Ich machte das Vorhängeschloss fest. „Und wann spielst du endlich mal einen richtigen Helden?"

Daoud lachte. „Leute wie wir kriegen nie die Heldenrolle. Das weißt du doch."

„Wieso eigentlich? Weil du Araber bist oder weil du Muslim bist?"

„Such's dir aus, Bruderherz. Such's dir aus."

Warum gab Daoud sich überhaupt noch Mühe? Das konnte ich nicht verstehen. Wie konnte er damit zufrieden sein, immer nur Bösewichte zu spielen?

Da war es doch weitaus vernünftiger, mit beiden Beinen auf dem harten Asphalt zu bleiben. In der Realität.

Wir betraten den Deli durch den Hintereingang und gelangten durch die vollgestopfte Küche in den Speiseraum. Das Mo's machte nicht viel her. Die Tische passten nicht zueinander und etliche Stühle wackelten, aber der Laden war *heiß*. Und damit meine ich nicht nur die Zwiebeln in der Pfanne oder das Shawarma am Drehspieß, sondern auch die Leute – die waren ziemlich heiß auf unser Essen. Wir lagen direkt an der Ecke von Fifteenth Street und Siegel Street, darum hatten wir den ganzen Tag über jede Menge Laufkundschaft. Und wir waren auf arabische und mediterrane Speisen spezialisiert, also auf die beste Küche der Welt.

Wir machten morgens um 6.00 Uhr auf, um die Büroangestellten mit frischen Pitas und türkischem Kaffee zu versorgen, der so dick war, dass man einen Löffel senkrecht in die Tasse stellen konnte. Etwas später kamen dann die Leute aus der Nachbarschaft, um ein wenig zu plaudern, Backgammon zu spielen oder mit einer Tasse Pfefferminztee am Fenster zu sitzen und den Rest der Welt vorbeihasten zu sehen.

Ich hatte die Spätschicht übernommen. Ja, ich weiß, dass Dreizehnjährige eigentlich nicht arbeiten dürfen, aber Mama und Baba haben die Unterstützung bitter nötig. In Laufweite unseres Deli gibt es jede Menge Discos und Kunstgalerien, und einen besseren Start in den Abend als ein Falafel-Sandwich, gekrönt mit einem Löffel unserer berühmten Bagdadsoße, gibt es einfach nicht. An guten Abenden wird aus unserem heißen Deli ein Deli, das *in Flammen* steht. Man hat dann das Gefühl, als hätte sich die ganze Stadt hier bei uns versammelt.

Wenn man sein Zuhause mit tausend anderen Menschen teilt, gibt es allerdings ein Problem: Am Ende jedes Tages muss man sehr gründlich putzen, und dafür waren Daoud und ich zuständig. Aber hauptsächlich ich.

Ich schloss die Eingangstür von innen ab und legte den Schlüssel auf die Theke, während Daoud mir in aller Ausführlichkeit – und zum tausendsten Mal – seinen Karriereplan erläuterte.

„Es geht überhaupt nicht um Talent – schau dir doch bloß mal an, wer alles die ganzen Hauptrollen abgreift –, es geht darum, entdeckt zu werden. Und entdeckt wird man auf Partys. Auf den *richtigen* Partys."

„Wenn du das sagst."

„Sieh dir doch mal dieses Gesicht an. Los, sieh es dir an."

Ich tunkte den Mopp in den Eimer mit Seifenwasser. „Ich weiß, wie du aussiehst, Daoud."

„Sieh doch mal hin. Na los."

Okay, zugegeben. Daoud sah unerträglich gut aus, mit Betonung auf *beiden* Wörtern. Kantiges Kinn, hohe Wangenknochen, dichtes, lockiges, schwarzes Haar sowie tief liegende Augenbrauen, die seine hellbraunen Augen nur noch größer erscheinen ließen. Seinen Körper hatte er im Fitnessstudio gestählt, und seine Haut war so makellos, wie es nur mit einer täglichen dreistündigen Kosmetikprozedur möglich war. Er war noch eitler als die Promi-Schnepfen in irgendwelchen Reality-Shows und gab den Großteil seines Arbeitslohns für luxuriöse Duschseifen und Versace-Rasierwasser aus. Und ich? Ich rieche *gern* nach gedünsteten Zwiebeln.

Daoud deutete auf sein Kinn. „Ich habe noch genau fünf Jahre, Sik, dann ist es vorbei. Dann bin ich zu alt."

„Mit fünfundzwanzig ist man zu alt?"

„Als Frau schon mit einundzwanzig."

„Hast du dir deshalb zum Opferfest Botox-Gutscheine gewünscht?"

Er warf einen prüfenden Blick auf sein Spiegelbild im Fenster. „Schönheit muss auch erhalten werden."

Ich musterte ihn mit zusammengekniffenen Augen. „Ist das ein Pickel?"

„Was?!" Seine Stimme klang entsetzt. „Wo?"

„Mitten auf der Stirn. Nicht zu übersehen."

Er heulte laut auf und rannte ins Badezimmer, um jede einzelne Pore einer gründlichen Überprüfung zu unterziehen.

Endlich hatte ich ein bisschen Ruhe. Ich zog den Eimer in die Mitte des Raums und fing an, mit langen, gleichmäßigen Zügen den Boden zu wischen.

Das Wischen war immer Mos Aufgabe gewesen. Ich war um diese Zeit schon im Bett und konnte den säuerlich-süßen Zitronenduft des Reinigungsmittels riechen, der aus dem Deli nach oben stieg, bis ich eingeschlafen war.

Einmal waren wir auf ein anderes Mittel umgestiegen, aber die Kunden hatten sich beklagt, dass das Mo's nicht mehr so vertraut duftete wie zuvor, darum hatten wir wieder das Zitronenzeug gekauft. Man konnte Mo einfach nicht entkommen – das hier war sein Deli.

Überall an den Wänden hingen Fotos von ihm. Das größte war am Tag seines Highschool-Abschlusses entstanden und hing direkt unter dem eingerahmten Takbir, gleich neben der irakischen Flagge. Er war dort geboren worden, und obwohl er noch sehr klein gewesen war, als meine Eltern in die USA ausgewandert waren, war der Irak immer seine Heimat geblieben. Deshalb ist er auch schon während der ersten College-Ferien dorthin zurückgekehrt. Und in allen folgenden College-Ferien auch.

Ich hielt inne und sah mir die Collage an, die er aus Bildern von seinen Reisen zusammengestellt hatte – all die historischen Stätten, die bereits antik gewesen waren, als Rom noch ein kleines Dorf war. Da war er breit grinsend vor der Zikkurat von Ur zu sehen, auf einem Kamel vor den Ruinen von Ninive oder völlig verstaubt nach seinem Motorrad-Trip zu den Backsteinhügeln bei Lagash, die noch aus einer Zeit stammten, als das Land seinen altertümlichen Namen Mesopotamien getragen hatte.

Die Wiege der Zivilisation. Doch als ich die Fotos von Mo betrachtete, wie er in Flüchtlingslagern aushalf, sich am Wiederaufbau zerbombter Dörfer beteiligte und bei der Neubepflanzung von Farmen behilflich war, musste ich unwillkürlich daran denken, welche Qualen diese Wiege im Lauf der Jahrhunderte hatte erdulden müssen. Warum hatte man sie nicht einfach in Ruhe lassen können?

Auf einigen Fotos war auch ich zu sehen – an Geburtstagen oder zusammen mit Mo in Halloween-Verkleidung. Typische Geschwisterfotos eben.

Unser Deli war nicht besonders groß – acht mal drei Meter höchstens –, aber er dokumentierte Mos gesamtes Leben, vom Anfang bis zum Ende.

In erster Linie waren es die Blumen, die den Deli erst zum Mo's machten. Mein Bruder war am Rand einer kargen Wüste geboren worden und hatte daher eine große Liebe zu Pflanzen entwickelt. Darum hatte er sich auch für ein Biologiestudium mit Schwerpunkt Botanik entschieden. Am Ende unseres Häuserblocks hatte er einen Gemeinschaftsgarten angelegt; seine Lieblingspflanzen hatte er gepresst und eingerahmt. Jetzt ließen sie die weiß getünchten Wände des Mo's in den leuchtendsten Farben, die die Natur hervorbrachte, erstrahlen. Rosen von tief dunkelrot bis schneeweiß rankten sich an den oberen Fensterrändern entlang. Üppige lilafarbene Orchideen hingen neben den leuchtend pink-, gold- und orangefarbenen Blütenblättern zahlloser Wildpflanzen.

Ein Auto fuhr vorbei. Das Licht der Scheinwerfer strich über die hintere Wand, dehnte die Schatten und erweckte sie zum Leben.

Der Zitronenduft, die Fotos, die Blumen, die nächtliche Stille sowie die vorbeihuschenden Schatten, das alles zusammen brachte ihn zu mir zurück. Es kam mir vor, als würde mein Bruder vor mir am Tisch sitzen.

„Hallo, Mo", sagte ich.

Asalaamu alaikum, Yakhi. Du gehörst ins Bett. Morgen musst du in die Schule.

„Und wer soll abschließen? Daoud vielleicht? Niemals." Ich tunkte den Mopp in das Seifenwasser und drückte ihn aus, bevor ich anfing, unter den Fenstern zu wischen.

Sag mal, hättest du heute Abend nicht eigentlich bei Aaron sein müssen? War nicht am Donnerstag immer Spieleabend mit ihm und den anderen Jungs?

„Du weißt doch, dass ich dafür keine Zeit mehr habe, Mo. Der Deli braucht ..."

Es gibt noch ein Leben außerhalb des Deli, Sik.

„Aber mir gefällt es hier", fauchte ich zurück und drückte den Mopp energisch in den Eimer. „Außerdem wäre das alles gar nicht nötig, wenn du noch hier wärst und helfen könntest. Wann hast *du* das letzte Mal gewischt?"

Sag du's mir.

„Vor zwei Jahren, drei Monaten und vierzehn Tagen." Als wüsste ich das nicht ganz genau. „Und wann kommst du zurück?"

Hör doch auf, Sik ...

„Der Ort, an dem du jetzt bist, muss wohl so eine Art Paradies sein. Ist es besser als zu Hause?"

Du hast doch Daoud.

„Er war aber immer dein Freund und nicht meiner", erwiderte ich. „Er wohnt jetzt in deinem Zimmer. Ist das denn zu glauben?"

Immer noch besser, als wenn es leer stehen würde.

„Er zieht auch deine Klamotten an. Kannst du dich noch an die Lederjacke erinnern? Die trägt er ständig."

Was soll denn das, Sik?

Erinnerungen überschwemmten meinen Geist. Der schlimmste Tag meines Lebens. Ich hatte neben meinen Eltern am Festnetztelefon gesessen, als sie erfahren hatten, was passiert war. Ich wusste, dass es schlechte Nachrichten waren. Wenn um drei Uhr morgens das Telefon klingelt, können es nur schlechte Nachrichten sein. Mo war nachts mit dem Motorrad unterwegs gewesen, ein Lastwagen war auf seine Fahrbahn geschlingert und … In jener Nacht hatte ich zugesehen, wie Mama und Baba von einem Augenblick auf den anderen alt geworden waren, weil ihre Zukunft zu Staub zerfallen war.

„Irgendjemand muss sich schließlich um unsere Eltern kümmern", gab ich zurück.

Und was ist mit dem Garten? Kümmerst du dich darum auch?

Ich verzog das Gesicht: „Sicher, irgendwann, inshallah. Vielleicht kommendes Wochenende."

Du hast seit Monaten kein Unkraut gejätet.

„Ist ja klar, dass du *das* weißt."

Alles, was ich weiß, weißt du auch.

„Das stimmt nicht. Ich weiß zum Beispiel nicht, wieso du weggegangen und nie wieder zurückgekommen bist."

Ich musste. Es war die richtige Entscheidung.

„Nein, war es nicht. Es war falsch."

Der Irak war meine Heimat. Und es ist nie falsch, die Heimat zu retten.

Ich wollte mich nicht mit ihm streiten. Das hätte nichts gebracht. „Du fehlst ihnen so sehr, Mo. Ich sehe es Mamas Blick an. Und Babas auch, aber er kann es besser verstecken als sie."

Vergiss mich nicht, Yakhi.

„Niemals." Ich hob ruckartig den Kopf, hoffte, ihn für einen kurzen Moment, nur für den Bruchteil einer Sekunde, dort am Tisch sitzen zu sehen, aber natürlich war er nicht da.

Warum tat ich das? Warum versuchte ich Abend für Abend, ihn zurückzuholen? Warum konnte ich meinen Bruder nicht einfach vergessen und mein Leben weiterleben?

Die Vertrauenslehrerin an der Schule hatte das einen „Bewältigungsmechanismus" genannt. Das sei meine Art, mit dieser Tragödie umzugehen. Sie hatte mir versichert, dass ich mich irgendwann daran gewöhnen würde, dass Mo nicht mehr da war, aber jetzt, zwei Jahre später, war er noch genauso real wie immer. Und obwohl er nur eine durcheinandergeratene Sammlung aus Erinnerungen war, widersprach er mir – und zwar ständig. Seltsam, oder? Ich schätze mal, manche Menschen lassen sich einfach nicht beeinflussen, auch wenn sie nur das Produkt der eigenen Fantasie sind.

Ich ging in die Küche, um die Töpfe auszuwaschen, und fing mit den Resten der Libanon- und der Kairosoße an. Den Topf mit der Bagdadsoße nahm ich mir als Letztes vor und beschnüffelte ihn auch dann nur aus respektvollem Abstand. Er war zwar fast leer, aber das reichte, um mir die Tränen in die Augen zu treiben. Die tödlichen Chilischoten, die mein Vater in die Soße legt, sind einer der Gründe, weshalb unser Deli so beliebt ist. Irgendwann will jeder Gast die Bagdadsoße probieren – „eine zutiefst erschütternde und Ehrfurcht gebietende Erfahrung für die Geschmacksknospen", sagt Baba immer. Nur die Härtesten fragen ein zweites Mal danach.

„Für dich, Yakhi", sagte ich, während ich den Rest der dicken roten Soße in die Spüle kippte. Mo hat die Bagdadsoße geliebt. Er hat sie sogar über seine Cornflakes gekippt.

Da hörte ich draußen in der Gasse hinter der Küche eine Katze schreien, gefolgt vom Geräusch einer umkippenden Mülltonne. Der Containerdeckel knallte.

Was war denn da los? Ich machte die Hintertür einen Spalt weit auf, konnte aber in der Dunkelheit nicht das Geringste erkennen.

Dann hörte ich Stimmen.

Irgendjemand stieß einen zufriedenen Rülpser aus. „Nun sieh dir das mal an, Sidana, alter Kamerad. Auch einen Happs?"

Ein angsterfülltes Quieken ertönte.

Dann schmatzte jemand laut und vernehmlich mit den Lippen. „Fett und saftig, lecker fein, so muss eine Ratte sein."

Jagten die etwa eine *Ratte*?

Es waren mindestens zwei Personen, aber ich konnte sie nicht sehen. Also hörte ich zu.

Das Quieken klang immer verzweifelter.

„Ungeziefer aus Manhattan. Was Besseres findest du nirgendwo."

Die Ratte quiekte ein letztes Mal, dann ertönte ein Knacken und anschließend ein widerliches Knuspergeräusch, gefolgt von lautem, zufriedenem Rülpsen.

Okaaaay … Jetzt wurde es richtig abgedreht.

Die Antwort, begleitet von einem leisen Kichern, lautete: „Weißt du noch, früher, da gab es mal Finger, ganz biegsam und weich, solche fleischigen Dinger, und dazu dann das Mark, der Knochen, das Blut – das war wahrer Genuss, das war mehr als nur gut."

Aber *so was* von abgedreht! Und auch noch in gereimten Versen.

Ich zögerte einen Moment, dann legte ich meinen Wischmopp beiseite und nahm unseren großen, schweren Eisen-Wok vom Haken an der Wand. Ich huschte nach draußen, um mich umzusehen.

Aber das war, wie sich gleich herausstellen sollte, ein Riiiieeeesenfehler.